異世界除霊師

Different world exorcist

及川シノン
Illust. さかなへん

CONTENTS

Different world exorcist

ダッシュエックス文庫

異世界除霊師

及川シノン

Case.1『事故物件』

Different world exorcist

「剣も魔法も使えないお前を、これ以上ウチ《パーティ》で使い続けることはできない」

魔物退治の依頼《クエスト》を終えた夜。

宿屋に戻ってきて、一階の酒場スペースで食事を終えると。

テーブルの対面で腕組みしつつ座る屈強な『戦士』クロムから、そう告げられた。

赤色の髪を逆立て、威圧感たっぷりな男が「お前はクビだ」と、ハッキリ言い切った。

柱は古いものの壁や床は真新しい宿屋にて、他の冒険者パーティは酒盛りをしており、今日の収穫や活躍を嬉々として語り合っている。

仲間同士で楽し気な声が聞こえてくる中、俺達のテーブルだけは険悪な空気が漂っていた。

「貴方《あなた》は剣や槍といった武器の扱いに慣れていないですし、神官のくせに回復魔法のひとつも使えない。……逆に何ができるっていうんですか？　雑用しかしていないですよね？」

クロムに続くのは、前髪を弄《いじ》りながら椅子《いす》に腰掛ける、『弓使い』のエル。

金色の前髪の隙間《すきま》から覗《のぞ》く、切れ長な目で睨《にら》んでくるが、コッチにだって言い分はある。

細身な腕で弓を引くのは得意なエルだが、矢や弦《つる》の調整は日頃から全て俺に任せていた。

「雑用ばかりさせてきたのは、お前らの方だろ。武器の手入れくらい、自分でしろっての」

「なに？　アタシ達に歯向かうの？　『役立たず』のレイジがさ」

『魔法使い』のイルザも、紫色の長い髪を揺らして、テーブルに頬杖《ほおづえ》をつきながら嘲笑《あざわら》う。

　魔女の衣装に身を包む彼女《コイツ》は、顔は可愛《かわい》らしくて身体付《からだつ》きも豊満なのに、良いのは外見や外面《そとづら》だけで、近しい人間には横柄《おうへい》な態度を取る性格ブスだ。

　俺と同じ村に生まれた幼馴染《おさななじみ》だが、本当に昔から性格が悪くて、扱いが面倒な女だった。

「反論できる立場じゃねぇだろ。お前の唯一使える戦技《スキル》……なんだったか？」

「『除霊《じょれい》』だ」

　クロムに聞かれてそう答えると、エルとイルザは腹を抱えて笑い始めた。酒場の喧騒《けんそう》にすら負けないほどの、大声で下品な笑い方だった。

「ははは！　除霊ですってさ！」

「幽霊なんて存在しないものを倒すスキルぅ？　おっかしー」

『幽霊なんていない』って考えには同意するが、仕方ないだろう。

　剣も槍も弓の才能もなくて、魔力すら皆無。それでも俺は冒険者になりたかった。

　自由気ままに行き先を決め、獰猛《どうもう》な魔物や悪漢を倒し、仲間達と友情や愛情を深めて……。

　そんな心躍る大冒険に憧れていたのに、お祈りさえできれば誰でもなれる神官の職業《ジョブ》しか選べず――習得できたスキルは、使い道のない『除霊』だけ。

「とにかく、そんな無駄スキル持ちの役立たずレイジとは、コレでお別れだ。今日なんて、俺らが大型魔物《ダークウルフ》と戦ってる間、スライム一匹にすら手こずりやがってよォ」

「せいぜい、幽霊が漂っていそうな墓場でも冒険していたら良いんじゃないですか？　ふふふっ、最低級のFランク判定を受けた、『除霊』のスキルを活《い》かして！」

「そもそも魔法学的にもありえないのよね。魔力で説明できなくて、再現性も法則性もない現象や存在なんて。霊魂だの死者の怨念《おんねん》だの、子供騙《だま》しの与太話《よたばなし》だわ」

幽霊退治ではなく、口々に勝手なことを言うコイツらこそ退治してやりたい。だが武力でも魔力でも勝る三人相手に、俺一人で勝てる道理はない。

それに『除霊』は、教会お墨付《すみつ》きの使《つか》えないFランクスキル。そもそもこの世界では、『幽霊』なんて神や天使と同じような、伝承や噂話《うわさばなし》の中だけの存在だった。

魔物の生態を観察し、人に害を為《な》す個体や種族があれば駆除《くじょ》して。魔力を研究し、理論体系化された魔法を操る冒険者達にとっては、「いるかいないかも分からない幽霊を倒すスキル」なんて――そんなスキルを持っている俺なんて、無価値に等しい。

「雑用係がいなくなるのだけは不便だけどねー。ま、後で亜人《あじん》でも雇いましょ」

『子供騙し』と言っているイルザだが、故郷の村を旅立つ前の幼少期から、虫や暗がりが大の苦手だった。村長から怪談話を聞かされた日の夜なんて、トイレに行けなくて漏《も》らしていたくせに。

だがそれを指摘すると、また面倒な言い合いになりそうだ。

俺は仕方なく、コイツらからのパーティ追放宣告を受け入れることにした。

「……まぁ、でもぉ。レイジが泣いて謝って、それくらいしてまでアタシと一緒にいたいってなら？　特別に『荷物持ち』として使い続けてやっても良いけどぉ～？　アンタとの幼馴染特権で、アタシが仕方な～くクロムとエルを説得してあげる」

「いや、いいわ」

「……えっ？」

幼馴染からの提案を、キッパリ断る。

するとイルザの侮《あなど》りと嘲《あざけ》りに満ちた笑顔は凍り付き、言葉を失ってしまったようだった。

「……なに驚いた顔してるんだ。当たり前だろ？　こんなボロクソ言われて、俺がお前達とまだ一緒にいたいなんて、思えるわけないだろうが」

「いや、えっ、で、でも……！　ほ、本当に良いの？　アンタみたいな雑魚《ざこ》冒険者、他に行くアテなんかないでしょ……!?　ここで追放されたら、引退することになるのよ!?」

「いや？　別に冒険者を引退したりなんてしないが？」

「えっっ」

鳩が豆鉄砲を食らったような状態のイルザへ、眼鏡《めがね》越しに視線を真っ直ぐ向ける。

「お前達の仲間から外されたとしても、冒険者の資格をギルドに剝奪《はくだつ》されるわけじゃない。確かに行くアテはないが、俺自身がやめようと思わない限り、俺の冒険は絶対に終わらない」

なんでもないように答えると、クロムもエルもイルザも、ぽかんとした表情を浮かべた。

「ま、待ってよ。だとしても、幼馴染のアタシとお別れすることになっちゃうのよ……!?」

「なにかと俺を小馬鹿にして暴力を振るったり、魔法の練習台にしてくるお前のことが、子供の頃から大嫌いだったよ」

「うぅっ……！」

イルザは涙目になるが、コッチにも溜まりに溜まった鬱憤《ストレス》ってやつがある。

それをぶちまけ、正論という名の鈍器《どんき》でイルザを打ち負かすと――クロムとエルはテーブルを激しく叩き、怒り顔で立ち上がった。

「テメエ、相手は女子だぞ！」

「何もそこまで言わなくても……！」

「お前らが今まで俺へ言ってきたことに比べたら、可愛いモンだろ。それに、相手が男子なら問題ないのか？　不当な暴言や暴力が許されないのは、男でも女でも同じことだろうが」

「んだと……!?　この屁理屈《へりくつ》野郎！」

「出会った時から、本当に頭が固くて嫌みな人間ですね、貴方って人は！　無力なくせに！」

一触即発《いっしょくそくはつ》の空気になった、その時。

宿屋の扉を開け、一人の冒険者が酒場スペースに入ってきた。

その人物はクロムの席の近くを通る際、クロムが座っていた椅子の足を強く蹴《け》ってしまった。

「……オイ！　どこ見て歩いてんだ！」

イライラしていたクロムが怒鳴る。

だが、その冒険者はわざと椅子を蹴ったわけではない。単なる事故だ。

しかも相手は女。今さっき「相手は女子だぞ」と言っておいて、矛盾《むじゅん》しているだろ。

「あら、ごめんなさい。失礼したわ」

そう言って謝罪したのは、青い鎧《よろい》と青い瞳が特徴的な、金髪の美女だった。

豪華な装飾の剣を腰に差し、その剣の輝きにも負けない、美しく整った顔立ちをしていた。

背は低めで、年齢は俺達と同じくらいに見える。だが彼女の放つ凛《りん》とした雰囲気《ふんいき》は威厳に満ち溢《あふ》れており、並大抵の冒険者でないことは、誰であろうと一目で分かる風体《ふうてい》だった。

「謝って済むなら、町に衛兵は要らねぇんだよ……！　テメエ、どう落とし前を……！」

「ちょ、ちょっと！　やめなさいよクロム……！」

「そ、その人、確か『勇者』のセフィラ様ですよ……！」

「なっ……!?」

「ほう……？」

これは驚いた。まさか噂に聞く勇者様と、こんな安宿で遭遇《そうぐう》するとは。

エルやイルザに指摘されて気付き、クロムも呆然《ぼうぜん》としている。

優れた冒険者には二つ名が付くこともあるが、『勇者』の称号で呼ばれる人間は何千という冒険者達の中でも一握り。基本的に、百年に一人の存在だ。

しかも最年少で『勇者』の称号を獲得した聖女セフィラ。他人の二つ名や評判に疎《うと》い俺ですら知っているレベルの、超有名人。

「こ、これは、とんだ失礼を……！」

その実力は一国の軍隊にも匹敵すると言われているのが『勇者』だ。

頭の悪いクロムでも分が悪いと悟ったのか、大人しく頭を下げてから椅子に座り直した。

「……わざとじゃなかったと理解して頂けたなら、幸いよ」

勇者セフィラはクールに言うと、頭髪の薄い宿主へ宿泊料を払い、二階へと上がっていく。

階段を上がる際にチラリと見えた、すね当て《グリーブ》とスカートの隙間から覗くムチムチした白い太ももが眩《まぶ》しかった。

……あれが聖女か。多くの魔物や悪人と戦ってきて、恐れるものなんて何もないのだろう。

まさに『勇者』の名に相応《ふさわ》しい魅力と美貌《びぼう》、そして威厳と強さを兼ね備えた佇《たたず》まいだった。

「……じゅ、寿命《じゅみょう》が縮むかと思ったぜ……」

「最強の冒険者である勇者様に喧嘩《けんか》を売るのだけは、マズイですからね……」

「はぁ、憧れちゃう……。いつかアタシも、『勇者』や『聖女』って呼ばれてみたいものだわ」

「その性格で聖女はムリでしょ」

俺がそう言うと、イルザは再び涙目になり、エルからは「黙っていなさい！」と怒鳴られた。

しかし事実を言ったまでなので、別に悪びれない。

そんな俺に対して、勇者セフィラに気迫負けしてしまった八つ当たりでもするかのように、
クロムは「この野郎！」と叫び、酒の入ったコップを投げつけてきた。

眼鏡使用者《がんきょう》としては眼鏡《メガネ》が割れると困るので、とっさに回避した。つくづく幼稚な連中だ。

「とにかく、テメエはもう俺達の仲間じゃねぇんだ……！　明日からは一人で生きろよな！」

性格の悪い連中とオサラバできるなら、こっちこそ万々歳《ばんばんざい》だ。

……だが実際のところ、危機的状況でもある。

俺の実力は、スライム一匹を倒すのに百発は殴《なぐ》る必要があるレベルだ。魔法も使えない、そんな神官を新しく仲間に入れてくれる奇特な冒険者達《パーティ》など、皆無だろう。

（勇者セフィラか……。どうせ仲間になるなら、あれくらい冷静な人間とが良いが……）

名高い勇者の仲間になれば、それだけで人生安泰とも言える。しかし流石《さすが》に雲を摑《つか》むような話だ。

結局――俺が摑んだのは、床に零《こぼ》れた酒を拭くための雑巾だけ。コップを投げて中身をぶちまけたのはクロムなのに、本当に理不尽極まりない。こんなことが許されて良いのか？

だが他人を恨んでばかりいても仕方ない。今夜はさっさと寝て、明日に期待するとしよう。


「――……ったく。いっそ、『幽霊だった頃』に戻りたいもんだ……」

姿が見えず、腹は減らず、寝る必要もなく。そんな存在になれたなら、今より楽だろうか。

しかし現実は、宿屋二階へと上がっていったクロム達はベッドで寝て、俺は個室でもなんでもない、一階の酒場のソファーで横になっているという状態。これが悲しい格差。

神官服《カソック》の黒い上着を毛布代わりにして横になり、そうして少しばかり『昔』を懐かしみながら、眠りへと落ちていった……。

＊＊＊

その夜。懐かしい夢を見た。

俺の前世は、別世界の『日本』という国に住む若者だった。名前は偶然にも同じく『礼二《れいじ》』。

だが高校の入学式を迎える日の朝、高校生としての新生活や新しい出会いに、期待に胸を膨《ふく》らませつつ学校へ向かっている途中――大きな車《トラック》に轢《ひ》かれて、死んでしまった。

横断歩道を渡っていたら、赤信号を無視したトラックがノーブレーキで突っ込んできて、撥《は》ねられた。

その後トラックの運転手は俺を助けるでも通報するでもなく、そのまま逃げていった。

『……俺の人生、こんなに呆気《あっけ》なく終わるなんて……』

まだまだやりたいことが、たくさんあった。

見たい景色や、行きたい場所は、いくつもあった。

前世の時から冷静な性格だったが、未来への願望や欲求は、人並みに抱いていたんだ。

それがたった一瞬で、理不尽にも奪われた。俺は、ちゃんと交通ルールを守っていたのに。

信号無視だけでなく轢き逃げまでした相手への、怒りや恨みも当然あった。理不尽を許してはいけないと思った。

……それでも、トラックの運転手を呪い殺したり、夜道を歩くだけの無関係な通行人達の前に化けて出て、八つ当たりのように脅《おど》かすわけにもいかず。

俺は事故現場にて足のない幽霊となって、ただその場に留まり続けた。何日も、何十日間も。誰の目にも映らず、何も食べず、寝ることもできず。どこにも行けないまま、誰とも喋《しゃべ》れないまま。孤独と退屈という拷問《ごうもん》を味わい続けた。

あまりにも暇すぎて、成仏《じょうぶつ》したら小説《ラノベ》や漫画やアニメで見たことのある『異世界転生』ができるんじゃないかな、とも夢想していた。それくらいしか、退屈しのぎがなかった。

そして俺は実際に、この世界の住人として転生《生まれ変わる》することになる。

交通事故で死んでから、四十九日間を幽霊として過ごした後に。

『……幽霊って、本当にいたんだな……』

ホラーやオカルト話なんて、全て創作か嘘だと思っていたのに。だが自分自身が死んで幽霊になったのだから、現実として受け止めなきゃいけない。認識を改めなければ。

――それでも俺は、「幽霊なんて信じない」と言い切れる。

そう思いながら事故現場に漂っていたところ、死後五十日目に天から降り注いだ温かな光が、足のない幽体《全身》を包み込んだ。

そして――冒険者達が剣と魔法を振るう世界に、『レイジ』として新たに生まれ落ちた。

＊＊＊

「……ん？」

夜中に、ふと目が覚めた。

前世の記憶というか、過去の自分を夢で思い出していた。どうせなら、もっと良い夢を見たかったが。ソファーの寝心地が悪いせいだろう。

しかし実際は違った。中途覚醒《かくせい》した原因は、夢のせいじゃなかった。


ギシッ……ギシッ……。……ギシッ………


誰もいないはずの宿屋一階。食事や飲み会が終わった酒場スペースに、不気味な音が響く。

「……『家鳴《やな》り』か。今夜は風も強いしな」

しかし俺は、アッサリと正体を突き止めた。

この世界の建物は、ほとんどが木製。木材というものは気温や湿度の変化で、僅《わず》かに伸びたり縮んだりする。その時の変化で建材同士が擦れ合い、不愉快な音を鳴らす。特に新築の家で起きやすいらしい。

この宿屋は小さいながらも最近改装《リフォーム》したらしく、柱は古いが壁や床材は綺麗《きれい》だ。そんな真新しい建物であるせいだろう。

要するに、単なる自然現象。それだけのことだ。

「ふわぁ～あ……」

特に気にするまでもない現象だと気付き、二度寝するため神官服の黒い上着を被《かぶ》り直した。

だが――。

ドタドタドタっ……。ドドドドっ……！


「……あぁ？」

二階から、足音がする。一人や二人じゃない。大勢の人間が走っているかのような音だった。

しかしこの夜更け、二階に泊まる冒険者や客達のほとんどは寝ているはず。

それに広くも大きくもない安宿だ。一部屋に十人も入れば、身動きすら難しくなるだろう。


バタバタバタッ……。キャハハハッ……！


だというのに。子供でも走り回って遊んでいるのかと感じるほど、騒がしい足音と笑い声。

冒険者ばかりが利用するこの宿に、子供なんているはずがない。しかもこんな深夜に。

理解不能な怪奇現象に対して、俺は――。

「……いや、うるっせぇんだけど？　夜中に騒ぐな」

天井に向かって注意する。

すると、物音はピタリと止んだ。

「まったく……。時間考えろっての。眠れないだろうが」

人が寝静まっている時に騒ぐのは良くない。特に子供なら、年上が教えてやらないとな。

しかし。そんな俺の態度へ、不満を示すかのように。

酒場の壁にかけてあった絵画が突然落下し、額縁のガラスが「ガシャンッ！」と派手な音を鳴らして、粉々に砕けてしまった。

「あーあ」

突然の大きな音に驚いたが、『恐怖』と『驚き』は違う感情。

それよりも「片付けなきゃ……」という義務感で、寝ていたソファーから立ち上がった。実に面倒臭《めんどうくさ》い。

「勘弁してくれよ……。明日からは俺一人で生きていかなきゃならないってのに、寝不足でスタートしたくねぇわ」

誰かへの不満を漏《も》らしつつ、落ちた絵画や床に散乱するガラスを回収するため向かう。

酒場は既に消灯されており、歩いていく足元を照らす頼りは、朧気《おぼろげ》な月明かりだけ。

家鳴りも二階からの足音も消え、完全なる無音。虫の声すらしない。

「……！」

その時。ふと、気付いた。

神官としての能力なのか、スキルのせいか、あるいは俺の知覚が鋭いのか。

いずれにせよ——誰か、いる。

それも背後に。すぐ後ろ、数歩もない距離だ。背後にピッタリと、誰かが張り付いている。

「……誰かいるのか？」

「…………………」

振り向かないまま問う。返事はない。不気味な静寂だけが、周囲に広がっていた。

しかし確実に、何者かの気配がする。人間でも魔物でもない……と思う。正体は不明だが、背筋に悪寒《おかん》が走っているのだけは確かだった。首筋に、じっとり生温《なまぬる》い吐息を感じる。

すると――。

「……う、あぁ……」

呻《うめ》き声が、耳元で聞こえた。

「ッ――!?」

直後。咄嗟《とっさ》に振り向く。

だがそこには、誰もいなかった。目線の先には、黒い上着を置いたソファーがあるだけ。

「……気のせいか」

そう思って再び前を向き、壁から床へと落ちた絵画を拾いに行こうとすると。

落下の衝撃でガラスが割れたはずの絵画は、壊れる前の状態で元の位置に戻っていた。

「なっ……!?」

落下した音を間違いなく聞いたはず。背後を振り向くまでは、確かに床に落ちていたのに。

この奇妙な出来事に対して、俺は――。

「……っしゃぁ～！　片付ける手間が省《はぶ》けた……！」

喜んでいた。ガラス拾いは、下手《へた》をすれば怪我《けが》するからな。絵画が落ちて壊れたわけではなかったのなら、薄毛な宿主《オヤジ》も損をせずに済む。

さて。寝るとするか。

その瞬間。

壁一面に、血と同じ真っ赤な色で、無数の手形がべたべたべたべたッ!!! と出現した。

「……!?」

大きい手から小さな手まで。十数人が手の平に塗料を付け、壁へと押し付けたかのように。

何度でも確認するが、一階には俺以外、誰の姿もありはしない。

手形だけが現れ、壁一面がベッtリと真紅の色で染まった。

「……いや、掃除《そうじ》しなきゃいけないじゃねえか!!」

しかし恐怖よりも、壁掃除の大変さを想像して叫んだ。

「あーもー、どうすんだよコレ……。水で落ちるのか？　ゼッタイ俺のせいにされるわ……」

薄毛な宿主に、なんと説明したら良いものか。宿屋一階の酒場スペースで寝ていたのは俺だけだから、どう言い訳しても俺が悪いと認定される。

こうなりゃ、もう……。不貞寝《ふてね》を決め込むしかないな。

壁の汚れは放置し、ソファーで二度寝することを決意した。

「マジで迷惑なんだけど……。誰だか知らんが、いるんだろ？　朝までには綺麗にしとけよ」

今も感じる『気配』に対して忠告してから、ソファーの位置まで戻る。

そして毛布代わりの黒い神官服を被って寝るため、ソファーから上着を持ち上げると――。

――服の下から、全身血まみれの男が現れ、摑《つか》みかかってきた。

「うぉあぉあぉあああぁッ!!!」

「いや、うるせぇぇぇぇぇぇッッ！！！！」

スキル『除霊』発動。握った右手の拳に、青白い炎が宿る。

深夜に大騒ぎする迷惑な輩《やから》へ、その顎《あご》へ、全力のアッパーカットをお見舞いしてやった。

すると殴《なぐ》られた血まみれ男は、光の粒となって消滅していく。そして同時に、今まで感じていた『気配』もなくなった。

「幽霊だろうが人間だろうが、寝ようとしている相手に摑みかかっちゃダメだろ！」

除霊されて、もう既にこの世からいなくなった血まみれの男。俺の正論が、ちゃんと届いていると良いんだが。

「……てか、初めてスキルが役に立ったな。これが『除霊』か……」

魔物に対して有効なスキルや魔法は多くあるが、それでも一撃で倒せるものは少ない。

だが俺の場合は一撃《ワンパン》で除霊できた。

……結構な強スキルなのでは？　対象は死者のみに限定されてしまうが。

自分の真の力に驚いて、熱さを感じない青白い炎が灯る拳を、見つめていると――。

「きゃぁぁぁあああああっ!!!」

二階から、少女の悲鳴が聞こえてきた。

しかし俺はすぐに駆け出すこともせず、ゲンナリした顔で溜め息を漏らす。

「……明日の冒険のために、さっさと寝たいんだけどなぁ……」

＊＊＊

面倒臭がりつつも黒い神官服を素早く着て、宿屋の階段を駆け上がり、二階へと向かう。

今の悲鳴は、幽霊の足音や呻き声とは違う。明らかに、生身の人間の悲鳴だった。

「ひっ……！　ひゃぁぁあああっ！」

「こっちか……！」

悲鳴が再び、宿屋二階の角部屋の方から聞こえた。

その部屋へと駆けつけ、鍵《かぎ》がかかっている扉を蹴破《けやぶ》って入室した。剣も魔法も使えないが、これくらいは冒険者として当たり前にできる。宿主には後で謝って、扉を弁償するとしよう。

「ッ!?　きゃぁぁあああっ！」

「落ち着け。怪しい者じゃない。悲鳴を聞いて、ここに来たんだ……って」

扉を蹴破り突然入ってきた黒装束《くろしょうぞく》の神官に、その女性は驚いて二度悲鳴を上げる。

しかし同時に、俺も驚いた。

宿屋二階の角部屋に泊まり、悲鳴を上げる少女は――最強の冒険者である勇者セフィラだったのだから。

「ゆ、勇者様のお部屋だったとは……」

「あっ、あ、貴方《あなた》っ……！　その恰好《かっこう》、神官ね!?」

「そ、そうです。レイジと申します」

相手は遥《はる》か格上の有名人。失礼があってはいけない。

しかしもう既に、冒険者としても男としても、致命的な失態を犯しているかもしれない。

なぜなら今の彼女は、ピンク色の薄手なネグリジェ一枚に身を包んでいるだけなのだから。

大きな胸の谷間や、ムッチリした太ももが露出されている。汗に濡れた寝間着は肌にしっとり張り付き、水色の下着も透けて見えてしまっていた。

「あ、あれを……！　あれを見て！」

だが、あられもない姿を俺に見られたことより、恐ろしいものを見た恐怖と動揺《どうよう》の方が、遥かに勝っているみたいだった。

彼女は小さな手で、震える細い指先で、部屋の中央に置かれている椅子《いす》を指差した。

「この椅子が、何か……？」

「ね、寝る前までは、部屋の隅にっ、テーブルのそばに置かれていたの！　それなのに、物音がして目覚めると、この椅子が移動していて……！」

「はぁ」

『ポルターガイスト』だろうか。

幽霊の仕業《しわざ》によって部屋の物品が宙を舞ったり、別の場所に移動すると信じられている怪奇現象のことだ。さっき一階で絵画が床に落ちたのも、ポルターガイストの一種と呼べる。

「一度目は、ベッドから起きて自分で元の位置に戻したわ……！　でも、でもっ……！」

「でも？」

「また物音がして目覚めたら、椅子が勝手に動いているのを見たのよ！　床を滑るような動きでっ……！　誰も触っていないのに！　それで、部屋の中央へ……！　い、いやぁあああ！」

戦慄の体験を思い出し、また悲鳴を上げる。頭を抱え、全身をブルブル震わせていた。

「落ち着いてください、勇者セフィラ様。夜中に騒ぐのは他の客に迷惑です」

クロムに恫喝《どうかつ》されてもクールな表情を維持していたし、どんな魔物や暴漢にも負けない勇気を持っているからこそ、『勇者』と呼ばれているのだと思っていた。

しかし。不可解な現象に怯《おび》える姿は、どこにでもいる普通の少女。最強の冒険者にも、意外な一面があったようだ。

「でも、椅子が勝手に動いたのよ！　誰かの魔力も感じず……！　こんな現象、見たことも聞いたこともないわ！」

「ええ、分かりました。椅子が勝手に動いたんですね？」

「そうよ！　さっきから、そう言っているでしょう!?」

「――それって、何か困ることあります？」

「……えっ？」

目を丸くする彼女へ、眼鏡《めがね》越しに真っ直ぐ見つめ、静かに語りかける。

「部屋の隅に置いてあったはずの椅子が、勝手に部屋の中央へ移動する。たしかに不可解ですが……。そのせいで特に何か困ることって……あります？」

「……ないわね」

落ち着いて『当たり前のこと』を教えてあげると、セフィラは幾分か冷静さを取り戻した。

物が勝手に動くのは、確かに不思議だ。しかし椅子が宙を舞って、寝ている自分にぶつかってくるとかでもない限り、気にする必要はない。

「それでも心配だと言うなら……じゃあ、こうしましょう」

部屋の中央に置かれている問題の椅子を掴むと、俺はツカツカと窓際へ向かう。

「……？　貴方、何を……」

そして窓を開け――椅子を外へと放り投げた。

「いや何してるの!?」

窓から顔を出して下を覗《のぞ》き、椅子が壊れることなく外の大通りに着地したのを見届けてから、振り返る。

「何って……。ポルターガイストで部屋の中の家具や物品が動くなら、部屋に何もなければ良いだけかな、と」

呆然《ぼうぜん》としている勇者セフィラへ、我ながら冴えた解決策を提示する。

しかし「テーブルとか箪笥《たんす》も部屋の外に運び出しましょうか？」と提案したのに、「そ、そこまではしなくて良いわ！」と遠慮《えんりょ》された。

かくして、最強の勇者が叫ぶほどの異常事態は、ただのポルターガイスト現象だと判明した。

一階の酒場で幽霊は退治したし、椅子も部屋から追い出し、今夜はもう何も起こらないはず。

「それじゃあ、俺はこれで……。お休みのところ、失礼しまし……」

「あっ……！　ま、待って！」

ようやく眠ることができると思って、勇者が泊まる部屋から出ていこうと——すると。

セフィラから、思わぬ『お願い』をされた。

「……い、一緒にいてくれないかしら……？」

顔を赤くしモジモジ恥ずかしそうにしながら、チラチラと上目遣いで俺の方を見てくる。

「ええ……？」

「へ、変な意味じゃないわよ!?　ただ、一人は心細くて……。それに、神官がいればオバケは嫌がって出てこないかもしれないし！」

「そう言われましても……」

一人で寝るのが不安な気持ちは分かるが、相手は格上の冒険者。しかも男女が同じ部屋で寝るだなんて。流石《さすが》に色々と問題がありそうだ。どうにか説得して、丁重にお断りし——。

「私が使っていない隣のベッドで、貴方は寝ても良いから」

「全身全霊で勇者様の安眠を守ってみせます……！」

この部屋はツインベッドの部屋。セフィラが寝ている場所の、隣の寝床は空《あ》いている。

そこで寝られるという話であれば、快諾《かいだく》するしかない。上着を毛布代わりにしてソファーで寝るのと比べたら、超特急の大出世だ。断る理由は一つもない。

「……ただし言っておくけど、貴方が変な気を起こしたら、私の聖剣デュランダルが……！」

「くー……。ぐぅー……」

「早ッッ」

最強の勇者が枕元の聖剣《デュランダル》をアピールして警告してきた時には、俺は既に柔らかな布団の中。

「……神官なのに、変な人……」

そして布団に包まれ寝息を立てる俺の姿を見て、セフィラもベッドに横たわった……。

＊＊＊

「――……暑……」

勇者セフィラと神官レイジが、同じ部屋で就寝した後。セフィラは不快感と共に目覚めた。

椅子が動くというポルターガイスト現象に怯えて悲鳴を上げ、大量に汗をかいたせいだ。

薄手の寝間着《ネグリジェ》はぐっしょり濡れ、未だ拭《ぬぐ》いきれない幽霊への不安と恐怖も相まって、熟睡できない。

「むにゃむにゃ……」

「……凄《すご》い精神力ね」

しかし隣で寝ている神官レイジは、幸せそうな寝顔を浮かべている。

日々の冒険で疲れていたのか、あるいは幽霊などまったく怖くないのか、単に鈍感なのか。

「はぁ……」

寝込みを襲ってきたり覗きをしてくる危険もないと判断し、ベッドから静かに抜け出す。

そして室内に取り付けられている浴室《バスルーム》へと、セフィラは向かった。

「……またちょっと大きくなったかしら。動きにくいのよね……」

自身の豊満な胸のサイズを気にしながら、脱衣所で寝間着も下着も脱いでいく。

浴室に入ると、そこには一本のシャワーが取り付けられていた。

『シャワー』とは、遥か古代にこの地方を訪れた『東方の賢者』が人々に授けた、数多《あまた》の知識や技術のうちの一つ。どういう仕組みなのかはセフィラも詳しく知らないが、蛇口《じゃぐち》をひねると無数の小さな穴から温水が流れ落ちてくる、便利な道具だ。

「ふぅ……」

温かな水は長い金髪を濡らし、小さく整った顔に浮かんでいた汗を、爽《さわ》やかに洗い流す。

セフィラは自身の手で、滑らかな鎖骨《さこつ》や、最近になって大きくなってきている柔らかな果実をなぞる。くびれた腹や腰、ムチムチした尻や太ももも撫《な》でて、全身を洗っていった。

「……！」

その時、ふと、何かの気配を察知し、背後を振り向いた。

しかしそこには、誰もいない。

「身体《からだ》を洗っている時って、後ろに誰か立っていないか、つい不安になっちゃうのよね……」

これは仕方のないこと、よくあることだ、と自分自身に言い聞かせるようにして。

『勇者』の称号を与えられたのに、椅子が動いただけで悲鳴を上げたり、ビクビクしながら汗を洗い流しているのは、決して情けないことではない——と、言い訳するかのような言葉だった。

「……さっぱりした」

全身に滲《にじ》んでいた嫌な汗を流し終えると、蛇口を元の位置に戻して湯を止める。

そしてバスタオルで水滴を拭き取っている時。なんとなく、浴室の鏡へと視線を移した。

湯気でわずかに曇っているが、自分の姿はよく見える。冒険者として幾度も戦ってきたが、その高い技量によって、白い肌には傷一つ付いていないのが密かな自慢だった。

「……ぁ、あぁっ……」

「ひっ……!?」

その瞬間。背後から呻《うめ》き声が聞こえてきた。

悲鳴を上げそうになりながら、それでも『勇者』の自覚を思い出したこともあって、必死に我慢しつつ振り返る。

だが後ろには、やはり誰の姿もない。

もし他人が入ってくれば、脱衣所の扉が開く音がするはずだ。それが聞こえなかったのに、誰も入ってきていないのに、声なんて聞こえるはずがない。

「……き、気のせいかしら。ちょっと弱気になりすぎているわね……」

自嘲《じちょう》するように小さく笑ってから、再び鏡へ目線を向けると——。

——黒く長い髪を垂らした、血まみれの女が背後に立っていた。

おぞましい姿が鏡に映っている。その女は真っ赤な両目から血の涙をボタボタ流し、狭い浴室の中、殺意に満ちた形相《ぎょうそう》でセフィラを睨《にら》んでいた。

＊＊＊

「いいぃいいいいやぁあああああああああっ！！！！」

幽霊の気配を感じて俺が目を覚ましたのと、勇者セフィラが絶叫し、衝撃波を放つ攻撃魔法で扉を吹き飛ばしたのは、ほぼ同じタイミングだった。

枕元に置いていた眼鏡をかけ、隣のベッドを見る。寝間着姿の金髪美少女の姿は、今はベッドの上になかった。

だが悲鳴は、すぐ近くから聞こえてきた。そして床に転がるひしゃげた扉。あの扉は——。

「浴室か……！」

飛び起きて、バスルームへ急ぐ。そして脱衣所に駆け込むと——。

「大丈夫ですか、勇者様！」

「ひやぁぁあああああっ！」

全裸の聖女が、抱き着いてきた。

「んなっ……!?」

セフィラは酷《ひど》く錯乱《さくらん》しながら、神官服をまとう身体を強く抱きしめてくる。

そんな彼女に、俺自身も動揺《どうよう》してしまう。

彼女の柔らかい肢体《したい》が、豊満な胸が、むにゅううっ……と押し当てられているのだから。その肌はしっとり濡れていて、良い匂《にお》いも漂ってくる。

しかし恐れ慄《おのの》いているセフィラは、そんなことなど一切気にせず――気にしている余裕なんてまったくない、といった表情で――震える声と涙目で、恐怖体験を語る。

「お、女っ、血が、長い髪の、か、かか鏡の、中っ！　魔法、効かなっ、いいいぃいいい！」

何言ってるかサッパリ分からん。

「落ち着いて、勇者セフィラ様。とりあえず服を着てください……！」

近くにあった大きめのバスタオルを取り、白く滑らかな背中にかけ、その美肌を隠してやる。

我ながら実に紳士だ。

だが震える手で俺の服をガッチリ摑《つか》んできて、未だ離そうとしない。こんな場面を誰かに見られたら、とんでもない騒動になるだろう。特に幼馴染《おさななじみ》のイルザは、ヒステリックに叫ぶかも。

「何があったんですか？」

「出たのよ！　お風呂の中に、オバケが！　長い黒髪の、血まみれの女が！」

「女の幽霊……？」

幽霊の気配は、既にこの部屋にはない。しかし、どこか離れた位置にいるのを感じる。距離自体はそう遠くない。——宿屋の建物内だ。

「もう一体いたのか……」

酒場の一階で血まみれの男を除霊して、それで終わりだと思っていた。

だがセフィラの言う『長い黒髪の血まみれ女』。そして今も感じている、この微《かす》かな気配。

初めから、この宿屋には二体の幽霊が棲《す》み着いていたのだろう。

「はぁ、はっ、はぁっ……！　……ご、ごめんなさい。取り乱した姿を見せてしまって……」

「あ、いえ……」

俺が来たこと、そして異変を伝えたことで少しは冷静になったのか、神官服を摑んでいた手をようやく離してくれた。凄い握力だった。

だが、勇者らしい凜々《りり》しさまでは戻らず。恐怖と絶望、そして諦めの表情が浮かんでいた。

「……幻滅したでしょう？」

「え……？」

「私ね、勇者だなんて呼ばれているけど……。本当は、とっても怖がりなの」

「…………」

「でも、私には剣の才能も豊富な魔力もあったから……。困っている人を助けたくて、魔物も盗賊《とうぞく》も暗い所も、本当は怖くて怖くて仕方ないのに、ずっと無理して戦ってきたの……」

予想外の真実。誰よりも勇敢《ゆうかん》で、恐れるものなど何もないと思われていた最強の冒険者は、偶然に強さを持っているだけの、怖がりな少女だった。

そんな普通の少女《セフィラ》は「何もかもが終わった」といった様子で、うなだれていた。

「笑うなり、失望するなり、好きにすると良いわ……。『勇者が本当は臆病者だった』って世間に言いふらしたければ、貴方《あなた》の自由に……」

「……勇者セフィラ様。確かに貴女《あなた》は怖がりかもしれないが、決して『臆病者』ではない」

「え……？」

俺もしゃがんで、震える肩に両手を置き、脱衣所でへたり込む『勇者』へ、力強く言った。

するとセフィラは顔を上げ、目線が交わる。

俺は、憧れの冒険者が──最強の勇者が本当の勇気を持っていることに、感動していた。

「怖いのに、恐ろしいのに、それでも貴女は戦ってきた。それは並大抵の精神力じゃない。人を助けるため、『勇者』の称号を汚さないため。『恐れ知らず』が勇者に選ばれるわけではない。恐怖という感情を乗り越えて進めるのが、本当の勇者だと……俺は、そう思います」

「貴方……」

真っすぐ見つめ、慰めや偽りではない、本心からの言葉を伝える。

すると恐怖で揺れ動いていたセフィラの青い瞳が、見つめ返してくれた。美しい宝石《サファイア》のような瞳に、再び光が宿る。

「……貴方の名前、確かレイジだったかしら？」

「はい」

「ありがとう、レイジ。そんなことを他人に言われたのは初めてだわ。……私が怖がりであることを打ち明けたのも、貴方が最初よ」

「光栄です」

そうして穏やかに微笑《ほほえ》み合う。

格上の冒険者である勇者セフィラと、こうして交流できただけでも、本当に名誉なことだ。

「さて……。それじゃあ、俺はそろそろ行きます」

だが、いつまでも笑ってはいられない。

「え……？　ど、どこへ？」

立ち上がり、黒い神官服のシワを伸ばし。懐《ふところ》にしまっていた金色の十字架《ネックレス》を首から下げ、村を旅立つ時に姉から貰《もら》った赤いマフラーを首に巻く。

「勇者セフィラ様。ひとつ確認したいのですが、貴女はここの宿泊料金を支払いましたよね？」

「……？　も、勿論《もちろん》よ。この宿屋に入った時、受付で宿主へ払ったわ」

なにを当たり前のことを聞いているのかしら、と不思議そうにしている。

だが大事な確認だ。一泊分の宿泊料を前払いしているのであれば、既に『義務』は終えて『権利』が発生している。

「宿屋の料金を支払い終えている貴女には、この部屋で安眠する正当な権利がある。その権利を脅《おびや》かすような資格は、人間にも幽霊にも存在しない」

「そ、そんな無茶な屁理屈《へりくつ》……！　オバケには通じないと思うけど!?」

「屁理屈じゃないです。この世に居座るなら、この世の法律や常識、道理を守るべきだ。守れないなら、さっさとあの世に逝《い》くべきだ。死者になったからといって、好き勝手に生者を怖がらせたり、迷惑をかけて良い特権なんて発生しないんです」

「凄《すご》いこと言うわね貴方!?」

セフィラは困惑している。

幼馴染のイルザや仲間だったクロムやエルからも、よく「頭の固い奴」と煙たがられていた。それでも俺は、自分の信念を曲げる気は微塵《みじん》もない。

俺は前世で事故死し、四十九日間を幽霊として漂っていた。だがその間、事故現場を通る無関係な車や人間を脅《おど》かしたり、迷惑をかけたことは一度もない。

この宿に居座る幽霊は、かつての俺と同じような存在なのに。正規料金を支払って宿泊している客の休息や安眠を、理不尽にも妨げるなんて――言語道断《ごんごどうだん》だ。

そういえば前世の時からも、家族すら「礼二は頭が固すぎる」と厄介《やっかい》がっていた。

俺のこの性格は、死んでも転生しても変わらなかったってわけだ。

「だ、だとしても、相手は凄く恐ろしい見た目の、攻撃魔法もすり抜けるオバケだったたわ……！　私が勇者だからって、見ず知らずの貴方が、私のために危険を冒す必要は……！」

「貴女が『勇者』と呼ばれている最強の冒険者だろうが、その辺の町娘だろうが、そんなことは関係ない。人助け自体には、俺は大して興味がないしな」

ならばなんのために、とセフィラは顔を上げる。

「正体の分からないモノを突き止めたり、前人未踏の地へと勇んで踏み込んでいくのが――我々『冒険者』でしょう？」

俺を見上げていた青い目が、大きく開かれる。オバケよりも奇妙なものを見る瞳だ。

「貴方、一体何者……。いえ、何をするつもりなの……!?」

眼鏡《めがね》を押し上げ、神官服に金色の十字架をぶら下げて。

宿屋の闇を睨《にら》みつつ。この世界でも『存在しないもの』とされていた幽霊の正体を突き止め、退治するため。赤いマフラーをなびかせ脱衣所から出て、最初の一歩を踏み出す。

「除霊の時間だ……！」

＊＊＊

戦士クロムと同じ部屋に泊まる弓使いのエルは、大きな声で目を覚ました。

遠く離れた別の部屋から、女性の悲鳴が聞こえてきた気もするが、それが原因ではない。

「ぐぉー……っ！　んぐぉお……！　んごごっ……！」

「……はぁ」

これだ。隣のベッドで眠るクロムの大きなイビキで、睡眠を邪魔されたのだった。

こんな時ばかりは、神官レイジの方がマシだと思えてしまう。理屈っぽい割に役立たずな頑固者ではあったが、実害を与えてくる男《マイナスになる》ではなかった。

「まったく……。だから一人部屋が良いと言ったのに……」

自分《エル》と違って『勇者』の称号を持つ聖女セフィラは、ツインベッドの部屋に一人で寝泊まりしているという噂《うわさ》だ。冒険者として出世すると、それほどの贅沢《ぜいたく》ができるのだろう。

だが自分達は中堅以下の冒険者パーティ。仕方なく、騒音を我慢しながら寝ることにした。

「うるさいですね……」

ガサツなクロムの盛大なイビキ。更に今夜は強風も吹いており、びゅうびゅうと風が鳴る音や、窓がガタガタ揺れる音まで気になり始めてしまう。

今夜は眠れないかもしれないと、睡眠不足な朝を迎える予感が――。

「ん……?」

ふと、異変に気付いた。思考を中断し、耳を澄ませる。

クロムのイビキや風の音に混じって、何か『異音』が聞こえてきた。


ザワザワ……。ヒソヒソヒソヒソ……

目や耳が良いから弓使いになったエルは、その『話し声』を聞き逃さなかった。

（誰か喋《しゃべ》っている……？）

部屋の外からではなく、この室内から、微《かす》かな話し声が聞こえてくる。

だがこの部屋に今晩寝泊まりしているのは、自分と《エル》クロムだけ。

魔法使いイルザは隣の部屋に泊まり、役立たずのレイジは一階で寝ているはずだ。

「……？　気のせいですかね……？」

どうにかして自分も眠りにつこうと無視を決め込んだ矢先――その『異状』に気付いた。

防音のため頭に枕を被《かぶ》って、無理にでも寝ようと思ったのに。枕を手に取ることができない。

腕が、動かないのだ。

腕だけではない。足も。胴体も。――全身が硬直している。

「っ……!?　かッ……!?」

手足どころか、首から下の全てを動かせなくなっていることに気付く。

それを認識した瞬間、呼吸すらもできなくなってしまった。

「か、はっ……！　かひゅっ……！　た、助け……っ！」

溺《おぼ》れるような感覚。息ができなくて苦しい。このままでは窒息《ちっそく》してしまう。

隣のベッドで爆睡している仲間《クロム》へ、口の端に泡《あわ》を浮かべつつ、必死に助けを求めようとする。

だが呼吸すらできない状態では、発声は不可能。それどころか、クロムの姿を見ることさえ。

首から上は動くのだから、隣で眠るクロムへ目線を送ることはできるはず。

しかし――横を向いたエルの視界には、長い黒髪の、血まみれな女の姿が飛び込んできた。

その女は、横たわるエルを覗《のぞ》き込むようにして、ベッド脇に立っている。

「ッ……!?　ひっ……！」

「……ね……ね……ね……」

女は、エルに向かって話しかけていた。聞こえていた声の正体は、この女だったのだ。

恐ろしい形相《ぎょうそう》の血まみれ女に見下されている間、聴力に優れた耳が聞き取った言葉は――。

「……死ね。死ね」

＊＊＊

「……んがっ？」

役立たずの神官レイジを追放してスッキリし、酒も飲んで気持ち良く寝ていた戦士クロムは、不意に目を覚ました。身体《からだ》が尿意を感じ取ったので、便所《トイレ》に行くため起きたのだ。

「小便、ションベン……」

面倒臭《めんどうくさ》いとは思いつつ、宿屋のベッドに垂らすわけにもいかない。

眠い目を擦って布団をめくると——隣のベッドで寝ている弓使いのエルが、何か呻《うめ》いているのを聞き取った。

「かっ……！　く……！　ひっ……！　ひぃ……！」

「……おい、エル。うるせぇぞ……」

盛大なイビキをかいていたくせに、自分のことは棚《たな》に上げ——そもそもイビキをしていた自覚もないため——迷惑な仲間《エル》だ、と思って注意する。

しかし。上半身を起こしたクロムが見たのは、寝言《ねごと》を呟《つぶや》いているエルではなかった。

腰の辺りまで届く黒髪を伸ばした、白いボロ布に身を包む女の後ろ姿が、そこにはあった。

「……あぁ？　誰だテメエ。ここの部屋は俺らが……」

脳が半分寝ている状態で、その女の背中に向かって「酔っ払って部屋を間違えたかぁ？」とからかう。

そんなクロムに声をかけられた女は、ゆっくりと振り向く。

「……!?」

だが、その『振り向き方』は尋常《じんじょう》ではなかった。

普通、人間が背後を見る時は、腰を動かし身をひねる。人体の構造上、他に手段はない。

それなのに。その女は首だけを動かし、直立不動のまま足も腰も動かさず、頭部だけを後方へ向けようとする。

首の骨がミシ……ミシミシッ……と嫌な音を立てても、首の回転を止めようとしなかった。

「オ、オイ……！」

見ている方が不安になってくる、無茶な首の動かし方。そして不快な音。

だがその女は、ぎちっ、ぎちぎちっ、と首の可動域が限界に達しても動きを止めず——そして、ごきんっ！　と完全に折れた音を鳴らした、直後。

背中はクロムに向けたまま、それでも百八十度回転させた首で、眼球から血を流す真っ赤な瞳で、クロムを見つめた。

その表情は、首の骨が折れているはずなのに、ニタニタと笑っていた。

＊＊＊

「ひっ、ひぎゃぁぁぁああああっっ！！！」

隣の部屋から聞こえてきた野太い悲鳴に、魔法使いイルザは強制的に起こされた。

「……んぅう～。何よ、うるっさいわねぇ……」

明日の朝になったら、どうやってレイジをパーティに引き留めようか、色仕掛けでもしようかしら、とベッドの中で考えているうちに、イルザはいつの間にか眠ってしまっていた。

だが男の悲鳴が聞こえ、仲間の戦士クロムの声に似ていたような気がして、紫髪をボサボサにしたまま、うつ伏せで寝ていた身体を起こした。

「睡眠不足は美肌の大敵なのに……」

お肌が荒れたらどう責任取ってくれるの！　とクロムへ文句を言いに行かなければ。普段から寝言やイビキがうるさくて、しかも今夜は寝ぼけて叫ぶだなんて。

うるさい男よりも、頑固だが寡黙《かもく》で落ち着いているレイジみたいな男こそ自分《アタシ》にふさわしいわね、と思っていると――。


ひたっ……。ひたっ……。ひた……


「……？」

足音が、近づいてくる。

まるで濡れた足で歩いているような、水面を歩くかのような、不気味な足音だった。

「レ、レイジ……？」

とりあえず、親しい仲間の名前を呼んでみた。

だが聞き慣れた神官レイジの足音ではなく、クロムやエルのそれとも違う。

言いようのない不安と不気味さが、胸中に込み上げ――。

ガチャ、ギイイィィイイイイ……ッ

イルザの泊まる部屋の扉が、ノックもないまま開かれた。鍵《かぎ》はかけていたはずなのに。

「！」

咄嗟《とっさ》に頭から毛布を被って、猫のように丸まり、布団の中へと隠れる。

物盗《ものと》りだろうか。大したものは持っていないし、盗むなら勝手にしてちょうだいと願う。

万が一、自分自身《イルザ》に手を出してくるような暴漢だったら、魔法で股間《こかん》を吹き飛ばしてやるわ、とも覚悟を決める。

「……ぁ、あぁあ……」

「……!?」

しかし。部屋に入ってきたのは、盗人《ぬすっと》でも夜這《よば》いに来た輩《やから》でもなかった。

濡れた足で歩き、何かをボタボタと床に垂らしながら。腹の底に低く響く、あるいは鼓膜《こまく》をぞりぞりと不躾《ぶしつけ》に撫《な》でるかのような、おぞましい声を漏《も》らしていた。

（な、何……!?　誰、誰なのぉ……!?）

紫色の頭に布団を被り、爪先《つまさき》すら出さないよう、全身をすっぽり隠して。イルザは息を押し殺す。気配を消すため狸寝入《たぬきねい》りを決め込むが、それでも身体はブルブル震えてしまう。

すると――。

「……？　……あれ……？」

恐怖で縮こまっていると、いつの間にか異音は止んでいた。足音も、声もしない。

（出ていったのかしら……？）

身体を包んでいた布団の中から、恐る恐る頭を出し、薄暗い室内を見回す。

そこには誰の姿もなく、部屋の扉が開いている様子もなかった。

「……気のせい、だったの……？」

夜中に野太い声で起こされて、夢でも半分見ていたのかもしれない。

「なぁんだ、良かった……」

安心したイルザはクロムの叫びのことなど忘れ、二度寝しようと仰向《あおむ》けになり足を伸ばし、再び布団を被ろうと――。


「うあぁぁあー……っ」

引っ張った布団の中に、血まみれの女がいた。

＊＊＊

「いいぃいぃいぎゃぁあああああああああああああっ！！！！」

「イルザ……!?」

セフィラが見たという女幽霊を退治しに行くため、角部屋を出た瞬間。少女の悲鳴が聞こえてきた。

この声は間違いなく、幼馴染《おさななじみ》イルザのものだ。昔、彼女の家に大きな害虫が出た時も、同じような絶叫を上げていた。

「この部屋ね……！」

後からついてきたセフィラは聖剣《デュランダル》を持ち、寝間着姿で駆けつける。

自分《セフィラ》の泊まる部屋で待っていても良いのに、勇気があるからか、単に一人は不安なのか。

どちらにせよ少女《イルザ》の悲鳴を聞いて、『勇者』としての使命感を身に宿したのだろう。聖剣でドアの鍵を破壊し、進む道を作ってくれた。

「大丈夫か、イルザ！」

「レ、レイジ!?」

部屋に突入したのと同時に見たのは、寝間着姿《パジャマ》で腰を抜かし、赤ん坊のように床を這いつくばって、ドアの方向へ逃げようとしているイルザ。

そして——その背後に立つ、長い黒髪の血まみれ女だった。

「死ね。死ね。死ね。死ね。死ね。死ね。死ね。死ね。死ね死ね死ね死ね死ね……！」

「お前か……」

異様な風体《ふうてい》と、不気味な呟《つぶや》き声。

だが相手は武器を持った暴漢でも、巨大な魔物《モンスター》でもない。ビビる必要はまったくない。

『除霊』のスキルを発動し、右手を握りしめて構えた。握った拳には、温度を感じない青白い炎が燃え盛る。

「俺は人間も幽霊も区別しないし、男女も平等に扱う。痛みがあるかどうかは知らんが、今からお前を全力でブン殴《なぐ》って除霊する。歯ァ、食いしばれ……！」

警告してから、大きく踏み込む。

そして一撃で幽霊を消滅させる、除霊のパンチで――。

「レイジぃぃいいいっ！　助けに来てくれるって、信じていたわぁぁあああ！　やっぱり私の運命の相手は……！」

しかし。俺が駆け付けたことに感動したらしきイルザは、幽霊に殴りかかろうとする俺へと――俺の胸元へと、飛び込んで抱き着こうとした。

だが、それはマズイ。

もう既に攻撃の動作《モーション》に入ってしまっている。俺と幽霊との間に、割って入ってしまったら――。

「ば、馬鹿っ！」

「ほぇ？」

――鉄拳が、整った小顔に正面から叩き込まれた。

「ぶべらッ!!!」

ボギャァっ！　と鈍い音が響く。小さな身体《からだ》は空中で一回転してから、床へと落下した。

……俺のせいで。

「ス、スマン。大丈夫かイルザ」

日頃から俺へ罵詈雑言《ばりぞうごん》を浴びせかけてきて、非常に性格の悪い幼馴染だが。事故とはいえ全力で殴ってしまって、申し訳なく思う。

「い、良いの……。助けに来てくれただけで、アタシ嬉しいから……っ」

物理攻撃に弱い魔法使いといえども、流石《さすが》は冒険者。格闘家でもない神官のパンチを受けた程度では、大したダメージは喰らっていないように見える。

間違って殴ってしまったのだから、烈火の如く怒るかと予想したが……何故か嬉しそうにしている。やや気持ち悪い。

「ちょっと、何をしているの貴方《あなた》達!?　取り逃がしてしまったわ！」

「何……!?」

一部始終を目撃していたセフィラによれば、俺が部屋に突入し、間違ってイルザを殴ってしまった直後、女の幽霊は霧や煙のように消えてしまったという。

だが俺は、幽霊の気配を未だ感じ続けている。

「どこか遠くへ逃げられたら大変だわ……！」

「……おそらくアレは『地縛霊《じばくれい》』だ。この宿屋の敷地外へは行かないはず」

広域をテリトリーとする浮遊霊にしては、姿がハッキリし過ぎている。

何より、ヤツの気配は今も近くから感じている。

居場所を突き止めるため、イルザの部屋から薄暗い廊下《ろうか》へ出ようとすると——。

「ま、待ってよレイジ！　どこ行くの!?　この部屋にいてよぉ！　朝まで!!」

「ここでジッとしていたところで、なんにもならないだろうがイルザ。ヤツを追いかけ、正体を暴き、除霊する。じゃなきゃ何も終わらないし眠れない。そういうことだ。……行きましょう、勇者セフィラ様」

「というか、なんで勇者様と一緒にいるのよ！　どういう関係!?」と憤慨《ふんがい》するイルザを無視し、勇者セフィラを誘う。

しかし彼女は、渋い顔をしていた。

「……正直言うと、私も行きたくないのだけど？　あんな怖い姿の幽霊を見ておいて、よく『追いかける』って発想が出てくるわね、貴方……！」

ならば俺一人だけでも行くだけだ。怯《おび》える少女二人に背を向けて、廊下へ出ると――。

「レイジ!?　こっ、これは良いタイミングですね……！」

「おおおお前、除霊のスキル持ってたよな!?　た、助けてくれぇえええっ！」

別の部屋から飛び出してきた男達と目が合った。クロムとエルだ。

二人とも酷《ひど》く怯え、目に涙を浮かべ、顔を真っ青にしている。嘲笑《ちょうしょう》しながら俺をパーティから追放した時とは、まるで別人のような恐慌っぷりだった。

「ちょっとレイジ！　アタシを置いていかないでってばぁ！　離れずに守ってよぉぉお！」

そして俺を追いかけ、部屋から出てきたイルザ。イルザもまた恐怖に震えつつ、背後から俺の腰へと細い腕を回し、しがみついてきた。

「レイジぃぃいい！　さっきは俺達が悪かったたぁあああ！」

「貴方だけが頼りなんですよぉ！　我々は仲間でしょう!?」

「クロムやエルなんかより、幼馴染のアタシを最優先で守ってよ！　なんでもするからぁ！」

「うるさい。全員落ち着け。夜中に騒ぐな」

黒い神官服の腰にしがみつく三人の元仲間達。引き剝《は》がして一列に並べ、落ち着かせるためそれぞれの顔をべちんっ！　べちんっ！　べちんっ！　とビンタしてやった。

「俺はもうお前達の仲間じゃない。『明日から一人で生きろ』って言われたからな。まだ夜明けじゃないが、日付が変わった時刻だから、今は既にその『明日』だ。つまり他人同士だ」

「そ、そんなこと言うなよぉ……！」

屈強で背の高いクロムが、まるで捨て犬のように弱々しく見つめてくる。

因果応報《いんがおうほう》。他人を大事にしないから、いざという時に助けてもらえなくなる。この世の摂理《せつり》だ。

ざまぁない、という爽快《そうかい》な心地ではあるが……。コイツらにこのまま恐怖で騒がれ続けても、それはそれで面倒だ。

「……お前達がどうなろうと知ったことじゃないが、俺は今からあの女幽霊を退治するつもりだ。そうすれば結果的に、お前達もこの戦慄の夜から抜け出せる。だから邪魔だけはするな」

「おぉ……！」

「な、なるほど……！」

「流石レイジだわ！　まったく、素直じゃない屁理屈《へりくつ》ガンコ男なんだから……！　ふふっ、アタシを助けたいからって、そんな回りくどい建前《たてまえ》を用意しなくても良いのよ！」

……コイツら放置して、一階で寝たいなぁ……。

だが幽霊《トラブル》を認識したまま放置はできず、勇者セフィラと俺自身の安眠を守るためにも、引き下がるわけにはいかなかった。

そう思って、女幽霊の姿を探すために、廊下を見渡すと――。

「――オイ、アンタら……」

「「ひぎゃぁあああああああああっ！！」」

不意に。俺達の死角からガチャリと扉を開けて、太った中年男が姿を現した。

突然その男に声をかけられ、クロムもエルもイルザも悲鳴を上げる。

「落ち着け。この人は宿屋の主だ。宿泊の受付をする時に、会話しただろ」

だが俺だけは唯一冷静に、中年男の顔や禿《は》げ頭を見て判断していた。

「な、なんだ宿屋のオヤジかよ……。脅かすなっての！」

「驚いたのはコッチですよ、お客さん。あとアンタら、さっきから何を騒いでいるんです？　他の客に迷惑ですから、夜中に騒ぐのは……」

この宿を経営する者としては、至極《しごく》真っ当な意見だ。

だが俺はツカツカ歩み寄り、宿主の胸ぐらを摑《つか》んでグイッと引き寄せる。

そして眼鏡《めがね》の奥の眼光で、鋭く睨《にら》みつけた。

「ちょっと、レイジ!?」

「急にどうしたの⁉」

乱暴に摑みかかった俺に、イルザとセフィラは困惑の声を上げる。クロムとエルも困惑しているようだった。

だが『真っ当な経営者』を気取るなら、説明不足を説明してくれないとな。

「オイ。アンタ、宿泊客達《俺ら》に言っていないことがあるよな？」

「ひっ……！　な、何を言っているんです……⁉　は、離してくださっ……！」

「とぼけるなよ。地縛霊が二体もいるんだ。そのうちの一体、女幽霊はここにいる全員が目撃した。名高い冒険者である、勇者セフィラ様もな」

「なっ……⁉」

「……ええ、確かに見たわ。でも『幽霊が出る部屋だ』なんて説明は受けていないわ」

「そ、そそ、そんなことはっ、私も初耳で……！」

『幽霊』という単語を出しただけで酷く動揺《どうよう》し、目が泳いでしどろもどろになっている。嘘を吐いているのがバレバレだ。

シラを切ろうとする宿主に、俺は更に詰め寄る。

「この宿屋は町にある他の建物に比べて、やけに壁も床も新しい。……何か事件があって、張り替えたんじゃないのか？」

「そ、それは……！」

「この宿屋……『事故物件』だな？　過去に、自殺か殺人があったんだろう」

「っ……！」

『正解』を突き付けられて、宿主は申し訳なさそうに俯《うつむ》いた。

事実を認めたので、掴んでいた襟元《えりもと》を離してやる。

そして観念したのか廊下にへたり込み、ぽつぽつと真実を語り始めた。

「……半年ほど前に泊まった、男女の冒険者が……。彼らが、痴情《ちじょう》のもつれで殺し合いを始めて……。二人とも互いに致命傷を与えた後に……。……この宿屋で、死んだんです……」

＊＊＊

話を要約すると、つまり以下のようになる。

全てのきっかけは、半年ほど前。

改築前だった古い安宿《ココ》に、一組の冒険者が泊まりに来た。

その男女は受付の時から険悪な雰囲気《ふんいき》であり、それでも同じ部屋に泊まった。

その夜。宿主は、男女が激しく言い争う声を聞いたのだという。

二人は冒険者仲間であるのと同時に恋仲であり、しかし互いに浮気していたらしく、ついには我慢の限界に達してしまったようだった。

「これまで冒険してこられたのは俺のおかげ」「私がいなかったら何度も死んでいたわ」「最初

に裏切ったのはお前の方だ」「貴方が私をちゃんと愛してくれなかったせいよ」等々……。

互いが互いに自分の落ち度や裏切りを棚上《たなあ》げし、相手への罵倒《ばとう》や人格否定に終始した結果――惨劇《さんげき》は、起きてしまった。

血で血を洗う男女の醜《みにく》い愛憎劇《殺し合い》。女は二階で男に殺され、しかし致命傷を受けた男も、一階に下りてきたところで力尽き、壁にベットリと血を塗りたくった状態で絶命した。


「――……それからというもの、夜になると二人の亡霊が出るようになって……。あ、あの女幽霊……！　男性客がいれば自分を殺した冒険者の男だと見間違え、女性の客に対しては、自分の恋人を誘惑した浮気相手だと勘違いして！　そうやって、客達を恐怖のドン底に……！」

なるほど。そして男の幽霊からしてみれば、俺みたいな男の客は恋人《彼女》を奪おうとする恋敵《こいがたき》。逆に女性客を見れば「自分に致命傷を与えた相手《あの女》だ」と勘違いし、怪奇現象を引き起こすのだろう。

「名高い神官を呼んで調査を依頼したこともありましたが、そんな時に限って出てこなくて……！　結局『やはり幽霊なんて眉唾《まゆつば》だ』と、マトモに取り合ってもらえなくなり……！」

……一応、俺も神官なんだけど？　なのに出てきたとは、完全にナメられているな。確かに徳のある上位神官じゃないが、見下すとは気に喰わん。

「テメエ……！　そんな大事なことを伝えずに、俺達や他の客を泊めていたのか！」

クロムの怒りは至極当然だ。見た目は綺麗《きれい》なリンゴだと思って買ったら、中身が腐っていたようなものだから。

「し、仕方ないでしょう！　私にだって、生活があるんだ……！　この年齢では、新しく雇ってくれる場所もないし……！」

「関係ありませんよ、そんなこと！」

「エルの言う通りだわ！　このハゲ親父《おやじ》、どう痛めつけてやろうかしら……！」

「ひぃいいっ……！」

「よせ。告知事項や通達義務を怠《おこた》ったのは許せないが、この人もある意味では『被害者』だ」

「……被害者？」

暴走しそうなクロム達をなだめ、宿主を庇《かば》うような発言をする俺に対して、セフィラは不思議そうな目線を向ける。

「……なぁオッサン。半年前にこの宿屋で死んだ、その二人組の男女……。払った宿屋の料金は、一泊分だったのか？」

「え？　え、えぇ……たしか……。そうだったと、記憶していますが……」

「……また宿泊料の話なの？　一体、なんの関係が……」

セフィラの疑問に答えるべく、眼鏡を押し上げつつ説明する。

「支払った料金は一泊分。だが半年間も、あの女幽霊はこの宿屋に居座って他人に迷惑をかけている。つまり『無賃滞在』だ。幽霊になったからといって、金を払わずに宿屋や賃貸の部屋に居座り続けて良い道理なんてない。言語道断《ごんごどうだん》だ」

それを聞いた元仲間の三人は、「いつものが始まった」と表情が渋くなる。

「うーわ、また出やがったよ……」

「レイジの屁理屈が炸裂《さくれつ》ですね……」

「レイジ、アンタ……！　幽霊相手に、滞納料金でも請求するつもり!?」

「それは無理だろう。だが支払わないなら、さっさと退去するべきだ。それは人間も幽霊も同じだ。できないなら、強制的にこの世から出ていってもらう。俺の『除霊』でな」

金も支払わず宿屋に泊まり続け、しかも宿泊客《他人》に迷惑をかける。そんな理不尽が、まかり通ってたまるか。

腕力があるから。金があるから。権力者だから。幽体で人間に干渉されないから。

そんな理由で他人に迷惑や不条理を押し付け、好き勝手するような連中が、俺は大嫌いだ。

「……それで。あの女幽霊は、今どの辺にいるのかしら？」

「それは……」

本気で「除霊してやろう」としている俺の覚悟を感じ取ってくれたのか、セフィラは「現実的にどうするか」を問うてくる。

『除霊』は強力だが、拳の届く位置まで幽霊に接近しないといけない。死者に対して無敵な効果を発揮するのは、腕一本分の範囲だけ。

射程距離が極めて短いのだから、どうにかして正確な居場所を突き止める必要がある。

すると——。

「……ひゃっ!? な、何!? 急に暗く……!?」

「落ち着けイルザ。月が雲に隠れただけだ。今夜は、風が強いからな……」

突然廊下《ろうか》が真っ暗になり、それだけでも幼馴染《おさななじみ》は怯《おび》えた声を上げ、抱き着いてくる。

そしてセフィラも、暗闇の中で神官服の裾《すそ》をコッソリ摑んできた。

『両手に花』と言えば聞こえは良いが、いざという時に動きにくい……。

「お、おいエル！ お前の耳で、何か聞き取れねぇか……!?」

「さ、さっきから周囲は警戒しています！ ですが、別に何も……。……ッ!?」

その時。エルは息を吞《の》んだ。

ブルブルと震える手で、廊下の向こうを──長い廊下の最奥を──指差す。

そこには、窓から月光が差し込んでいた。

強風で雲の流れが速く、月の姿は隠れたり現れたりしている。

窓ガラスから月光が差し込んでいる間は、そこには何もないのに。

月が隠れて薄暗闇になると、ぼんやりと──何者かの輪郭《りんかく》が、浮かび上がった。

宿主も元仲間達も「ひ……！」と喉奥《のどおく》で悲鳴を上げ、勇者セフィラは俺の服を強く握る。

俺だけは、眼鏡を中指で押し上げ、真っ直ぐに『その姿』を捉えて睨《にら》み付けていた。

「そこか……。今度は逃がさん」

視線の先、暗闇の中。廊下の奥には、血まみれで長い黒髪の女が立っていた。

＊＊＊

右手の拳を握って除霊《青白い炎》のスキルを発動し、廊下奥の窓際にいる女幽霊を見据える。

しかし。月を隠していた雲が強風によって流れ、月光が窓から再び差し込んでくると——幽霊の姿は、忽然《こつぜん》と消えてしまった。

「!?」

「消えた……!?」

いや、消えてはいない。気配は近くから感じ続けている。ただ見えなくなっているだけだ。

だが俺以外の人間には、幽霊の気配を感じ取ることができない。故に恐怖と混乱で騒ぎ始めてしまう。

特に、普段は勝気なくせに虫やオバケは大嫌いなイルザが、こういう時にウルサイ。

「どっ、どうなってるのよ……！　明るくなったのに、なんで何も見えないのよぉ！」

「おいエル！　お前はちゃんと見てたのかよ！」

「み、見ていましたよ！　ですが私の目も耳も、今は何も……！」

動揺《どうよう》するクロム達。このままでは、仮に幽霊が接近してきたとしても、除霊の拳を上手《うま》く振るえない可能性がある。

「……陣形を取るぞ。全員『背中合わせ』になるんだ」

不本意だが、俺が指揮を執《と》るしかない。戦闘力で言えば薄毛な宿主の次に弱いが、真に冷静なのは俺一人だけだから。

先程まで幽霊がいた位置を見据えつつ、正面に立つ。

そんな俺の背後には民間人の宿主と、後衛《サポート》としてイルザ。

その二人を囲むように俺の背中側、廊下の反対方向は、聖剣を構えた勇者セフィラに見張ってもらう。空《あ》いた両脇《左右》は、クロムとエルが塞《ふさ》ぐ。

これで陣形の完成。イルザと宿主以外の四人が、それぞれ背中を合わせるような位置。どの方向から幽霊が現れても、即座に報告し対応できるフォーメーションだ。

「良いか。姿を見たら、すぐに言うんだ。怖いだろうが、目を閉じるなよ」

誰かが唾をゴクリと飲み込む。その音ばかりが嫌に響く。

それほどの静寂。頼りになるのは朧気《おぼろげ》な月明かりだけ。

静まり返った宿屋の二階廊下で、女幽霊の姿を、不気味な足音を、聞き漏《も》らさず見逃さないようにしていると――。

月が雲に隠れ、周囲は再び暗黒に包まれた。

「ひっ……！」

すると背後にいるセフィラが、悲鳴を上げそうになった。

「わ、私の前方にいるわ！」

しかしクロム達の前で情けない姿を見せたくないのか、恐怖を必死に抑え込んだようだ。

「後ろか……！」

『最強の勇者が実は怖がり』という事実を露呈させないためにも、俺は即座に背後を振り向いて、素早く除霊しに行こうとした。

「イルザ！　明かりを！」

「う、うん！　『シャイニング』！」

光魔法によって、生み出された光球によって、セフィラが目線を向けていた方向へ、眩《まばゆ》い光が伸びる。

――しかし、そこに人影はなく。長い廊下と、宿泊部屋へ通じる扉があるだけだった。

「い、いないじゃねぇか」

クロムは「脅《おど》かすなよ」と不満そうな言葉を漏らすが、こんな時に他人を驚かそうとする不《ふ》謹慎《きんしん》な人間なんて、存在しないと信じたい。

「わ、私は確かに見たのよ！　でも、光で照らされたのと同時に見失って……！」

弁明するセフィラの言葉は、嘘ではないのだろう。

暗くなると輪郭が見え、しかし月明かりが差し込んでくると姿が消える。今も、イルザの光魔法で照らした瞬間に見失った。……もしかすると、これは……。

「おい、エル！　オメエは何か聞いていなかったのか？」

恐怖に震えるクロムは、それでも陣形を崩さないようにと必死に踏ん張っていた。

そして背後のエルへと、何か不審な姿や音は察知していないか聞いてみると――。

「……エル？」

「ちょっと、どうしたのよエル？」

「……⁉」

クロムが振り向き、イルザも『異変』に気付き、俺達は恐ろしい事実を認識する。

――エルの姿がない。

「エル？　……ちょっと、エル⁉　どこ行ったのよ⁉」

「こ、怖くなって逃げたのでは……？」

「このハゲ……！　エルはそんな奴じゃねぇんだよ！」

「ひぃいいいっ……！」

仲間《エル》の逃亡を疑われたクロムは怒るが、宿主の考えも理解できる。突然にいなくなったら、どこかへ逃げてしまったのだろうと思う。誰だってそう考えたい。

だが、逃げ出すような足音は誰も聞いていない。消されたのだ。

「お客さん達の前に出て脅かすだけでなく、ついには人間一人が消されるなんて……！　も、もう今夜はこの宿から出ましょう！」

「こ、この際、アタシは野宿でも良いわ……！　朝までこの宿屋にいる必要なんてないし！」

「イルザ、テメエまで……！　エルのことはどうすんだよ！」

エルが消えたことで動揺し、この宿屋から逃げ出す意見が出始める。

だが我先にと床を這《は》って逃げようとした宿主の襟首《えりくび》を、俺は摑《つか》んで捕まえる。

「クロムと意見が合うのは珍しいな。エルが消された状態で、無視はできない。勝ち逃げされるみたいで気に入らんしな。それにこの店はアンタの所有物で、俺達宿泊客も朝まで泊まる正当な権利がある。何故、俺達が追い出されないといけないんだ？　立場が逆だろう」

幽霊が出てきて、恐ろしいから逃げる。確かに普通の反応や判断かもしれない。

だが俺は、この宿を去る気などなかった。

「……でも一体、どうするの……？」

セフィラも逃げ出そうとはしないが、その声は上擦っている。聖剣を握る手が震えているのか、剣の装飾がカチャカチャと金属音を鳴らしていた。限界が近いのかもしれない。

「……そうだな。イルザ、明かりを消してくれ」

「……!?　なっ、何言ってるのよレイジ!?」

「暗くちゃ何も見えないじゃねぇか！　馬鹿かテメエ!?」

イルザの光魔法《シャイニング》は、この場にいる全員にとってまさに希望の光。それを消せという指示に、非難が集まるのも当然だ。

「で、できないわ、そんなこと！　ただでさえ怖いのに、暗くするだなんて！」

幽霊の出現条件を説明してやっても良いが、それだと更に恐怖と混乱を生むかもしれない。

だが俺にはイルザを押さえ付ける戦闘力もないし、どうしたものかと思っていると――。

「……『マジック・アウト』」

勇者の唱えた妨害魔法によって、イルザが生み出していた光球は消滅してしまった。

「オイ！　何やってんだ!?」

「勇者様……!?　酷《ひど》いわ、こんなことするなんて！」

暗闇に包まれて、クロムとイルザは激しく憤《いきどお》って抗議する。

だが俺は嬉しかった。名高い勇者様が考えを汲《く》み取ってくれて、自身《セフィラ》も怖いだろうに、信頼してくれたのだから。

そして――。


『ひひっ！　ひひひはははははははははははッ！！』


執念深い女の不気味な笑い声が、暗闇の中、廊下全体に木霊《こだま》して鳴り響いた。

「ひぃぃいっ……！」

恐怖に耐えかねた宿主が、俺達の陣形の中で膝をつき、頭を抱えて亀のように蹲《うずくま》ってしまった。

消えたエルが見張っていた位置はイルザに任せるが、イルザも「やだ……やだぁ……怖いぃい……」と、今にも泣きそうな声を出している。

クロムだけは「来るなら来やがれ……！」と強気でいるものの、斧使《おのつか》いであるのに愛用の武器を持たず、丸腰の寝間着姿では相当に不安だろう。

そんな中で、セフィラだけは剣を構えたまま静かにしていた。常に後方を見つめ続けている。

誰よりも怖がっているかもしれないが、誰よりも『勇気』を振り絞《しぼ》っているようだった。

「……セフィラ様。そちらの方向に異状は？」

「い、今のところはないわ。あのオバケが出たら、すぐに言うから……！」

「ねぇ、もう部屋に戻りましょうよレイジぃ……！　アタシ、もう無理ぃい……！」

「チクショウ、エルをどこに連れてったんだ、あの野郎……！」

「終わりだ……。この宿屋はもうダメだ……。せっかく、新しく改装したのに……！」

不安と恐怖。混乱と絶望。それら全ての感情を、俺達全員を、暗闇が包んでいる。

すると――。

（近くに来ている……！）

気配を感じる。今までになく強烈に察している。肌がヒリヒリと焼けつくような感覚だ。

だが俺の前方には何も見えない。漆黒《しっこく》だけ。セフィラもイルザもクロムも異状を告げない。

なのに、近付いている。

確実に距離を詰めている。分かる。

もう数歩の距離まで来ている。どこだ。どこから来る。

どういうことだ。なぜ誰も見つけられない。前後左右を警戒できる陣形なのに。

「……！」

そして――。

「――『上』だッッ!!!」

俺の叫び声に反応して、クロムとイルザとセフィラも天井を見上げた、その瞬間。

逆さ吊りになった血まみれの女が、床に這いつくばって頭を抱えていた宿主の身体《からだ》を掴み、天井の闇へと素早く引き上げていった。

「ううううわあああああああっ!!!　ぎゃぁああああああっ！！！！」

絶望の表情と、絶叫する宿主。

セフィラは咄嗟《とっさ》に聖剣を投擲《とうてき》する。だが女幽霊の身体をすり抜け、天井に突き刺さるだけ。

俺も除霊のスキルで拳を叩き込もうと思ったが、高い天井には届かない。

「クソッ……！」

「アタシもう無理！　シャイニング!!」

「待てイルザ！　ダメだ！」

再び光魔法で明かりは点《つ》けられたが、それはマズイ。女幽霊も宿主の姿も、天井をいくら照らしたって見つけることができない。……完全に、見失った。

「しまったな……」

これは完全に俺のミスだ。幽霊は、人間のように床や地面だけを移動するとは限らない。どこからだって出現して、生者を襲うことができる。そこらの魔物より強力で厄介《やっかい》だ。

そんな現実を、目の前で見せつけられ。乱暴で恐れ知らずなクロムでさえ、顔を真っ青にして冷静さを失っていた。

「も、もう限界だ！　こんな所にいられるか！　俺は自分の部屋に戻るぜ！」

「待て、落ち着けクロム！　陣形を崩すな！　それに、この状況で一人になるのは……！」

「お、おおお俺に命令するんじゃねぇ、役立たずのレイジが！　除霊のスキルを持ってるくせに、なんの働きもしねぇでよぉ！　やっぱりテメエは、どこまでも無能だな!!」

制止を聞かず、俺が摑んだ手を振り払い、陣形から離れていく。完全に錯乱《さくらん》状態に陥《おちい》っている。

そしてクロムは自身がエルと共に泊まっていた部屋へ駆け込み、鍵《かぎ》を閉め、誰も侵入できないよう椅子《いす》や机でバリケードを作ったようだった。

だが、その直後——。

「……ひぎゃぁあああああああああああッッ！！！！！」

密室状態の部屋の中から、悲痛な叫び声が聞こえてきた。

「クロム……」

除霊のスキルを持っているのに、救えなかった。

勝手な行動をした結果の自業自得《じごうじとく》とも言えるが、俺をパーティから追放した『元』仲間でしかないが……。三人も連続で幽霊の犠牲《ぎせい》となってしまっては、流石《さすが》に後味が悪い。

何より、幽霊に好き勝手させている状態だ。

残されたイルザは廊下《ろうか》にへたり込んで泣き始め、セフィラだけは俺の背後で構え続けているが、その手に聖剣はない。彼女達も、いつ精神崩壊を起こすか分からない。

「うぅ……っ。ぐすっ、ひっく……！　もうダメだわ、皆死ぬんだわ……！」

「……死んだらヤツと同じ幽霊になるわけだから、第二ラウンド開始で再試合《リベンジ》できるな」

　そんな軽口に、セフィラは「ふっ」と少しだけ笑って、緊張をほぐしたみたいだ。

　しかし、恐怖の感情が怒りへと変わった幼馴染《おさななじみ》は、大声で喚《わめ》き出す。

「……この状況で、よくそんなこと言えるわね！　バカ！　役立たず！　アンタのそういう所、昔から大嫌いだったわ！　自分だけが頭良いみたいに、冷静ぶって！　う、ぅううっ……！」

　怒るのか泣くのか、どちらかにしてほしい。

　赤ん坊のように泣き喚く相手を慰めているヒマなどない。ベビーシッターじゃないんだ。

　俺は神官で、除霊のスキルを与えられた『除霊師』なのだから。

「イルザ」

「何よ！」

「俺も昔から、お前のことが大嫌いだったよ」

「っ……！　ぅ、うぇ……！」

　パーティから追放された時にも同じことを伝えた。

　だが――。

「大嫌いだが、お前《イルザ》に『死んでほしい』なんて思ったことは、過去に一度もない」

「え……」

「だから、あの幽霊は必ず除霊する。この場にいる全員、生きて明日の朝日を拝むぞ」

　今も感じている幽霊の気配は、あの女のものだけ。エルや店主やクロムが死んだなら、彼らの魂の気配も感じるはずだ。だがこの宿屋からは、未だに一体の幽霊の存在しか感じない。

つまり消えたクロム達は、まだ生きている。その可能性が高い。

俺が除霊すれば、全て解決する。

そうした根拠のもとに「だから騒ぐな。落ち着け」と伝えた。嘘偽りのない本心で、少しは冷静になってくれるかと期待しつつ。

「レイジ……」

今にも消え入りそうな声だが、それでも泣き喚くことや、怒り散らすことは止めたらしい。

そして細い腕を伸ばし、俺の神官服の裾《すそ》を、へたり込んだままギュッと掴《つか》んできた。

「レイジ……。アタシも……。昔から、酷いこと言ったり、殴《なぐ》ったりしてきたけど……！」

暴言を放っている自覚はあったんだな。それはそれで性質《タチ》が悪いけれど、今はそれどころではない。

「アタシ……アタシね……！　本当は、レイジのこと、ずっと……！」

月明かりが差し込み、ほんの僅《わず》かに明るくなった廊下の中で。俺は少し驚きながら、幼馴染の表情を見ていた。

こんなにもしおらしく、素直に喋《しゃべ》る様子なんて珍しい。

何を言おうとしているのか、イルザの方向へと身体を向けた瞬間――。

「アタシ、レイジのことが……！」

――雲が月に隠れ、廊下が暗くなり、イルザの顔が見えなくなった。

『ひゃはははははははははははははははっっっ！！！！』


女の笑い声。急接近する気配。そしてイルザの悲鳴。

暗闇の中で僅かに見えた、幼馴染の見慣れた瞳。その瞳には涙が浮かんでおり、目以外の全ての部分――整った顔面には、血に染まった手が張り付き、背後からわし掴まれていた。

そして小柄な身体は後方へと、どこまでも続く闇の中へ、猛スピードで引っ張られていく。

咄嗟に右腕を振り抜いたが、髪の毛一本分、『除霊』の拳は届かない。

「イルザ……っ」

――そうして深い闇へと、幼馴染は跡形もなく連れ去られた。

これで廊下に残されたのは、俺と勇者セフィラだけとなってしまった。

「……皆、やられてしまったみたいね」

「あぁ……」

セフィラは恐怖で喚くことも、俺を「無能だ」と非難することもなく。ただずっと、最初に頼んだ通り、後方を注視し続けてくれている。

「……これからどうするの？　作戦は？」

「勇者セフィラ……」

ひとつ、『策』を思いついた。

「セフィラ様。目を閉じて頂くことは、できますか」

「……!?」

目を閉じろと。この極限状況下で、視界を失くせと。

当人からすれば無茶苦茶《むちゃくちゃ》な頼みだろう。案の定《あんじょう》、セフィラは異を唱える。

「それは、つまり……。私に、囮《おとり》になれと……!?」

「簡単に言えば、そうですね」

「……自分で言うのもなんだけど、私は一応『勇者』として……!」

「貴女《あなた》が最強の勇者であろうと、その辺の町娘だろうと、そんなことは関係ない」

「っ!」

セフィラの部屋で告げたのと、同じ台詞《せりふ》を呟《つぶや》いてから。背後の勇者へ目線を向ける。

俺を見つめ返すセフィラの表情は——理解し難い化け物を見るかのような顔だった。

「確かに貴女は剣術も魔法も最強クラス。だがあの女幽霊にはどれも通じなかった。しかし俺には『除霊』のスキルがある。この状況で、どちらかが敵を引き付けなければいけないとすれば……。……ここまで言えば、お分かりですね?」

奥歯を食いしばるセフィラ。『理解』はできても、『決断』には葛藤《かっとう》が必要なようだ。

「代案があれば言ってください。俺のより良い作戦であれば、それに従います」

そしてセフィラは俺に背を向ける。だがそれは、拒絶の姿勢ではなかった。

「……それで、あのオバケに勝てるのね?」

「はい。仮説が実証できれば、確実にヤツを除霊できるはずです」

「そう……」

何度も深呼吸してから、セフィラはその小さな背中を、俺の背中へと預けた。背中同士をピッタリ触れ合わせる。

その背中からは、セフィラの感情が伝わってきた。

激しく鼓動する心臓。汗でびっしょり濡れている背中。ブルブルと小刻みに震えた身体《からだ》。

——死ぬほど怖がっている。ずっと、廊下に出てきてから今の今まで、怖かったのだろう。

それなのにセフィラは後方を警戒したまま、悲鳴ひとつ上げずにいた。

「……私も、勝つためには手段を選ばない主義なの。……後のことは、頼みましたよ……！」

「お任せを」

そしてセフィラは——その青い瞳を、閉じたようだ。

廊下には未だ月光が差し込んでいる。光源がある時は、ヤツは出てこない可能性が高い。

だが『暗闇』を自ら作ってしまえば、どうだろうか？

もしも此方《こちら》側のタイミングでおびき寄せることができるのなら、勝機はある。

「勇者セフィラ様……」

ゆっくりと、背後を振り向いてみる。そこにはもう、セフィラの姿はなかった。

彼女の長い金髪の毛一本すら落ちていない。

まるで、最初から『勇者』なんてこの場に存在しなかったかのように。

——そして、誰もいなくなった。

＊＊＊

俺は『勝利』を確信していた。

犠牲《ぎせい》になったイルザ達。そして勇気を振り絞《しぼ》って仮説を立証してくれたセフィラ。

全員のおかげで、勝ち筋を見つけることができた。

「やるか……」

眼鏡《めがね》を押し上げ、深呼吸して準備を整える。

黒い神官服の胸元には、首に十字架をぶら下げて。隙間風《すきまかぜ》に赤いマフラーをはためかせ、月明かりだけが照らす薄暗い廊下を見つめる。

だが俺は、その目線を――瞳を、閉じた。

右手の拳を握って構えたまま、自ら視界を閉ざして、暗黒へと飛び込んでいく。

「来いよ……！」

これでもう、月明かりや光魔法も関係ない。目を瞑《つむ》っているのだから、決して明るくはならない。

だからこそ、ヤツが現れる可能性がある。

あの女幽霊は、明るい場所には出てこない。暗い所でのみ襲いかかってきて、光で照らされると即座に消えて逃げることができる。

ならば、目を閉じて自分の方から『闇』を作ってしまえば——ヤツはその闇という餌に食いついて、姿を現すはず。

「……死ね。死ね。死ね。死ね。死ね。死ね。死ね。死ね。死ね死ね死ね死ね死ねっ……！」

瞼《まぶた》を落としていると、暗黒となった視界の遠くから、血まみれの女が歩いて近付いてきた。

やはりな。気配も濃厚に感じている。耳が痛くなるほどに、女の恨み言は響く。

それでも俺は動かない。瞼を上げて『光』に逃げることもしない。閉ざされた視界の中、真っ暗闇の中で微動だにしない。拳が届く距離まで、引き付けないといけないのだから。

「死ね、死ね、死ねぇぇえええっ……！」

徐々に、女との距離が近くなる。

星々が輝かない暗黒の宇宙空間じみた場所での、俺と幽霊との一対一《タイマン》だ。

女は長い黒髪を振り乱し、真っ赤な瞳から血の涙を流しつつ。かつて冒険者の恋人に斬られたのであろう、傷だらけの身体から血をボタボタ滴《したた》らせ。鋭い爪と、牙のような歯を剝《む》き出しにして、闇の中で一歩一歩接近してくる。

「モタモタするな。襲うなら、さっさとかかってこい」

挑発してはみるが、中々に精神力を問われる状況だ。おぞましい姿の女幽霊が近付いてくるのに、自分は動くことも目を開けることもできないなんて。これだけの恐怖体験に耐えられる人間が、一体どれほどいるというのか。

——俺みたいな奇特な人間は、そう多くはないだろうな。

「死んで、しまぇえええええええええええッッ！！！！」

女の幽霊が俺の肩を掴《つか》み、魔物に匹敵する強い力で、闇の奥底へと引きずりこもうとした、その瞬間。

「うるせぇ。死んでる奴が、口を開くな」

『除霊』のスキルを発動。右の拳に青白い炎を宿し、女幽霊の顔面に目掛け、全力でストレートパンチを打ち込んだ――。

「ひひひひひっ！」

「……!?」

しかし。空振《からぶ》った。必殺の一撃は、当たらなかった。

幽霊といえどもバカじゃない。俺が幾度も右手に炎を宿し、コイツ目掛けて殴《なぐ》ろうと狙っていたのだ。『右の拳に触れたらヤバい』ということは、とっくに伝わっていたのだろう。

死んでも腐っても冒険者ということか。女幽霊は初見の能力を看破し、ギリギリのところで首を動かし頭部を横にズラして、右ストレートを紙一重《かみひとえ》で回避してみせた。

「死ねぇええええええええええッ！！！！　ひぃえへへへへへへへへへッ！！！」

そして勝ち誇った女幽霊は不気味に高笑いしながら、俺の細い首を、異常な握力を持つ両手で絞《し》め上げる。気道を塞《ふさ》ぎ、血管も圧迫し、俺の脳内に酸素や血液を回らなくする。

――これでもう、何もかもが終わりだ。

俺は目を開き、廊下《ろうか》の暗闇で絞殺《こうさつ》しようとしてくる、血まみれの女幽霊を見下ろした。

「待ってたぜ。この瞬間《とき》をよ」

――握りしめた『左の拳』に、青白い炎が激しく燃え盛る。

「!?」

女幽霊は動揺《どうよう》した。いや、恐怖した。人間を脅《おど》かして恐怖のドン底に叩き落とす幽霊が、怖がるなんて実に珍しい。こんなに痛快な話はないな。

「こういうのはな、恐怖《ビビッ》した奴が負けるんだよ」

青白い炎を灯した左手で――女幽霊の胸部ド真ん中を、全力で殴り抜いた。

「ぎイいいいいいいいいいいやぁああああああああっ!!!!!」

背中まで貫通する、俺の拳。燃え盛る左手。

女は全身を青白い炎に包まれ、眩《まぶ》しい光を放ちながら――ついに、跡形もなく消滅した。

「……ふぅっ」

全てが終わった。

安堵《あんど》と疲労の息を吐き、同時にその息で左手の炎も吹き消す。

振り向いて見ると、薄暗い廊下にはクロムやエルやイルザ、中年の宿主に、それに勇者セフィラも気を失って倒れていた。どうやら全員、無事に取り返すことができたようだ。

これにて一件落着。宿屋を騒がせた幽霊騒動は、『除霊』のスキルによって解決した。

そんな決着を迎え、俺は――。

「ふわぁ～あ……。……明日は寝不足だな……」

勝ち誇りも、歓喜することもなく。

ただ「面倒な夜だった」と、何事もないように欠伸《あくび》して、頭をボリボリ掻《か》いていた。

＊＊＊

翌朝。宿屋二階の部屋に窓から差し込む、眩しい光で目覚めた。

「朝か……」

クロム達から冒険者パーティを追放され、一人で生きていくことになった初日。

昨夜の幽霊騒動で睡眠時間は削《けず》れてしまったが、不思議と疲労や眠気は残っていなかった。

しかし。

俺はベッドから起き上がることができなかった。身体が硬直し、動けない。

「ッ……!?」

これは『金縛《かなしば》り』だ。寝ている時に、幽霊の力で身動きや呼吸ができなくなる怪奇現象。

だが、どうしてだ。宿屋の幽霊は全て除霊したはずなのに。まさか、三体目がいたのか――。

「すー……。すー……」

「……あぁ。そういえば、そうだった……」

動けないのは、幽霊の仕業《しわざ》ではなかった。

顔を横に向けた時、視界に飛び込んできた白い肌と金色の長い髪で、納得する。

ツインベッドの部屋なのに、わざわざ同じベッドに入り、俺の身体に抱き着いて寝ているセフィラ。彼女のせいで、起き上がることができないのだった。

『も、もしかしたら、またオバケが出るかもしれないわ。だから……私が寝るまでで良いから……。……そ、添い寝して、ほしいの……』

幽霊騒動が終わった直後。顔面血まみれな女幽霊以上に、恥ずかしさで顔を真っ赤にする彼女から、そう頼まれた。

流石《さすが》にそれはどうなのかと思ったが、勇者様の命令とあらば逆らえない。『勇者』の称号を持つ冒険者は、一〇〇人規模の軍隊を指揮することができる権利すら持っているのだから。

剣も魔法も使えない弱小冒険者の神官には、拒否権など存在しない。

「むにゃむにゃ……。……もう食べられないわ……」

「やれやれ、呑気《のんき》なことで……」

俺の気苦労も知らず、穏やかな寝顔を浮かべている。

だがそんな安心しきって寝る彼女を見ていると、面倒な除霊をした甲斐《かい》があったのかもしれないな、とも思う。

しかも聖女セフィラと同衾《添い寝》できるなんて。どれほどの色男《イケメン》が誘っても、多額の金を積んでも、体験できはしないだろう。

「ううーん……。すっごく大きなクマさん……。素敵なクエスト報酬《ほうしゅう》ですね……」

「どんな報酬だ」

夢の中でぬいぐるみでもプレゼントされて喜んでいるのだろう。大きく柔らかな胸を俺に押し付けつつ強く抱きしめ、ぴったり密着し子供のような高い体温を伝え、足には柔らかでスベスベな生足を絡ませてくる。

若い男子として、この状況に何も思わないわけではないが――『神官』である俺は、一応でも聖職者のはしくれである限りは、『そういうこと』に手を出すわけにはいかない。

幽霊どもへ、この世の道理や常識を守るよう求めるのに、俺自身が禁忌《タブー》を犯したのでは、最低なクズに成り下がる。

「……まぁ、もう少しこのままでも良いか……」

そしてセフィラが目覚め、真っ赤な顔で頭を下げて謝罪してくるまでの間。

抱きしめられつつ、窓から見える朝の綺麗《きれい》な青空を見上げていた。

＊＊＊

身支度《みじたく》を終えて荷物を持ち、宿屋を出る。

昨夜の恐怖体験や幽霊騒動など知りもしない町人達は、賑《にぎ》やかな大通りを歩き、今日もそれぞれの仕事や日常へ向かっていく。

そして宿屋の前では、クロムとエルとイルザが待っていた。

「おせーぞレイジ！」

「さぁ、行きますよ」

「昨日はアタシ達、あんなこと言っちゃったけど……。昨夜のアンタの活躍で見直したわ！首の皮一枚だけ繋《つな》がったわねぇレイジ。これからも、アタシ達と一緒に冒険することを特別に許可してあげる！　話し合って、そういう結論になったの！」

「いや、いいわ」

「「「えっっ」」」

なに驚いた顔しているんだ。当たり前だろ。

「……悪いけれど、貴方《あなた》達のパーティを追放されたレイジは、新しい所属先を見つけました」

俺の後に続いて、伝説の聖剣《デュランダル》と豪華な鎧《よろい》を装備したセフィラも、宿屋から出てくる。

その表情は幽霊に怯《おび》えたり、俺に添い寝を頼んで恥ずかしがっていた時とはまったく違う、クールで知的な『勇者』の威厳に満ち溢《あふ》れていた。

「ゆ、勇者セフィラ様……」

「新しい所属先とは……？」

「ま、まさか……！　嘘よねレイジ!?」

イルザは悲痛な叫びを上げる。

トドメを刺すかのように、セフィラは神官服の肩へと細い腕を回して、俺を抱き寄せた。な

かなかに男前《イケメン》だ。

「神官のレイジは、今日から私の仲間になったの」

「「「えぇええええええええっ!?」」」

賑やかな朝の町の喧騒《けんそう》にも負けない声で、クロムもエルもイルザも驚いた。

だが俺自身も、今朝にセフィラから唐突《とうとつ》にスカウトされ、かなり驚嘆《きょうたん》したものだ。

「レイジが、勇者の仲間だと……!?」

「歴代の『勇者』の同行者《パーティメンバー》といえば、歴史に名前を残すほどの実力者ばかりなのに……!」

「レ、レイジぃいいっ……!」

イルザ達は「武力も魔力もない神官《レイジ》が、どんな理由で」と混乱している。

しかし俺という男は、別に戦力として期待されているわけではなかった。

誰よりも強い勇者様ではあるが、誰よりも怖《ビビ》りなセフィラのため、オバケの恐怖から遠ざけるため、『お守り代わり』としての人材登用《スカウト》なのだろう。

まぁ理由はなんであれ、『雑用係』から『名高い勇者の仲間』になったのだから、歴史的な大出世と言える。

「……まぁ、そういうことだ。じゃあな、クロム。エル。イルザ。……元気でな」

未だに言葉を失っている元仲間達に別れを告げ、俺はセフィラと新たなる冒険へ歩き出す。

「マジかよ……。本当に勇者と行っちまったぜ、レイジの奴……」

「信じられませんね……」

「……ア、アタシは諦めないんだから！　どこまででも、追いかけてやるわ……！」

後方でイルザ達が何か騒いでいるようだが、既に聞こえないほど離れていた。

それよりも朝の爽《さわ》やかな日差しを浴びて、小鳥が歌う声を聞き、新たな仲間へ語り掛ける。

「それで、次の目的地はどこへ行くんですか。勇者セフィラ様」

「『セフィラ』で良いわ。今日から私と貴方は対等な仲間なんですもの。よろしくね、レイジ」

「……あぁ、分かった。これからよろしく。セフィラ」

軽く握った拳同士を、こつんと触れ合わせる。

俺は、この拳に宿る除霊のスキルで、理不尽を振りまく悪霊共を退治するのだろうと——見たこともない壮大な冒険が待ち受けているのだろうと、そう予感して心躍らせていた。

……そんな俺達の背中を、密かに尾行している存在に、この時の俺は気付かないまま。

「————……最年少の勇者に、除霊の能力《スキル》を持った神官……。これは、金になりそうな匂《にお》いがするニャ……！」

Case.1　『事故物件』　END

Case.2 『悪霊の館』

Different world exorcist

深緑の森の中を、青い手甲《てっこう》を装備した金髪の美女が駆ける。

そんな彼女へ、片刃の斧《おの》を持った魔物――緑色の体表のゴブリンが、脳天めがけて凶器を振り上げた。

「ギシャアァァァアッ!!」

「はぁあああああっ!!!」

振り下ろした斧が、長い金髪の頭部へと吸い込まれる――直前。

勇者セフィラは目にも留まらぬ速さで聖剣《デュランダル》を振るい、両腕ごと胴体を斬り裂いた。

一撃で斃《たお》されたゴブリンは斧を手放し、肉塊《にくかい》がドチャリと地に落ちる。物言わなくなった身体《からだ》は、やがて森の土へと還《かえ》っていくだろう。

「ガァァァッ!」

「キシャアアァ!」

しかし一体倒して終わり、ではない。セフィラの後方から、更に二体が迫り来る。

ゴブリンという魔物はその繁殖力《はんしょくりょく》が特徴的であり、個々の身体能力や知性は貧弱だとしても、数の利を活《い》かして襲ってくる。油断すれば、熟練の冒険者といえど暴力の津波に呑《の》み込まれて命を落とす。

「ふっ！」

だがセフィラは『熟練』どころじゃない。

即座に反応し、振り向き様に一閃《いっせん》——槍で突こうとしていた新手の首を刎《は》ね飛ばした。

「グギッ……!?」

槍を持っていた相方を殺され、棍棒《こんぼう》を装備したゴブリンは足を止める。

過去に冒険者を殺して武器や防具を奪い自信を付け、今回も同じ要領で人間を弄《もてあそ》ぶつもりだったのだろう。しかし完全にアテが外れたようだ。明らかに動揺《どうよう》している。

「『フレア』アァアッ！」

その後方から、棍棒を持った味方《ゴブリン》を守るかのように、火球が飛来する。

四体目のゴブリンは、驚くべきことに魔法の杖《つえ》を操り、呪文を詠唱《えいしょう》してみせた。

「『マジックゴブリン』……！」

ゴブリンは他種族と交配することで数を増やす。その過程で稀《まれ》に『特異個体』が生まれるケースもある。身体が巨大で強靭《きょうじん》なウォーゴブリン、魔獣との交配により生まれたビーストゴブリン、そして魔法を操る個体はマジックゴブリンと呼ばれる。どれも厄介《やっかい》な相手だ。

「珍しいわね。なら……『アクア・スピア』」

それでも——勇者の脅威《きょうい》にはならない。

セフィラの唱えた水魔法は火球を打ち消し、そのまま鋭い槍状に変化する。そして棍棒を持ったゴブリンも後衛の魔法使い《マジックゴブリン》も貫いて、計四体のゴブリンを数分とかからず殲滅《せんめつ》してみせた。

「お見事」

鮮やかな剣技や魔法で敵を秒殺したセフィラへ、特に何もしていない俺は賞賛を送る。

しかし見ているだけでは『冒険者』としての名が廃《すた》るというものだ。

俺達を襲ってきたゴブリンの群れ――その数は五体だった。斧使いや槍使い、棍棒持ちとマジックゴブリンまで斃《たお》された生き残りは、それでも鋭い爪と牙を見せ、戦意を失っていない。

俺は血の付いた棍棒を拾い上げ、復讐《ふくしゅう》に燃えている相手へと踏み込んだ。

「苦しませはしない。一撃で終わらせてやるよ」

「ガァァァアアアッ!!」

交差する視線。低級魔物《ゴブリン》だろうと慢心はしない。これは命のやり取りだ。

そして、棍棒を勢いよく振り上げ――。

「あっ」

――握っていた棍棒が、手からすっぽ抜けた。思ったより重かった。

「レイジ!?」

不運は重なり、森に生えている木の根に足を取られ、その場に顔面から倒れ込んでしまう。

「あっぶね！」

咄嗟《とっさ》に眼鏡《めがね》を外してレンズと顔を守る。代わりに、鼻から地面に叩き付けられた。

「いってぇ！」

「何やってるのよ!?」

セフィラのツッコミが心に刺さる。胸も顔面もメッチャ痛いが、眼鏡が割れたり破片が突き刺さることはなかった。不幸中の幸いだな。

「グギ……？」

俺と対峙《たいじ》していたゴブリンは、呆気《あっけ》に取られている。

そりゃそうだろう。自分を殺そうとしてきた神官が、武器を手放し勝手にすっ転んだのだから。こんな冒険者の人間は、過去に出会ったことがないだろう。

俺を見下ろすゴブリンの瞳は、「お前も弱さで苦労しているんだな……」といった哀れみに満ちていた。

＊＊＊

「……それにしても貴方《あなた》、本当に戦えないのね」

結局、生き残りの五体目もセフィラが一撃で倒した。

俺達は森の地面に座り込み、鼻の骨が折れていないのをセフィラが確認してくれる。戦う時は比類なき実力を発揮していたが、俺の前でちょこんと座る今の彼女は、年相応だ。

整った顔を近付け「鼻血も出ていないわね。良かった」と心配してくれつつ、やや驚いたような目線も送ってくる。その目や言葉は元仲間達《イルザ》と違って「役立たず」だの「無能のザコ」と罵倒《ばとう》するものではなかったが、純粋に疑問なのだろう。

「神官になる前に、剣も斧も槍も弓も魔法も、一応は挑戦してみたが……。まったくもって才能がなかったからな」

戦うことはおろか、神官であるにも拘《かか》わらず、未だに治癒《ちゆ》魔法の一つも使えない。

ここまで素質がないのに、よく冒険者を目指したもんだなと自分でも思う。

「最強の冒険者である『勇者』の仲間には相応《ふさわ》しくないと、俺を追放でもするか？」

「まさか。二日連続で追放される冒険者なんて、聞いたことがないわ」

少し卑屈《ひくつ》なことを言った仲間に対して、セフィラは明るい表情で笑い飛ばした。

「人には得意・不得意があるもの。戦いが苦手な貴方《レイジ》の代わりに、私が前線で戦う。でも、その代わり……」

「オバケが大の苦手な貴女《セフィラ》の代わりに俺が除霊する、と」

「ま、まぁ、苦手というか？　ちょっと相手するのが面倒かなー、って程度よ」

「今更強がっても手遅れだぞ。死ぬほどビビッていたくせに」

昨夜の泣き叫んでいた様子を思い返して指摘してやれば、「うぐ……」と顔を赤くして押し黙る。

宿屋では初対面の男である俺に対して、自身が全裸であろうと、涙目で抱き着いてきたほどなのだから。

しかしそんな『実は怖がり』なセフィラだからこそ、俺は勇者様の仲間になれたわけだ。

「ま、幽霊を退治するより魔物を討伐《とうばつ》する機会の方が、遥《はる》かに多いとは思うがな……」

この世界の住人達は、魔法や魔物といったファンタジーな要素が日常に溢《あふ》れているというのに、何故か『幽霊』や『霊魂』といった存在については半信半疑、といった考え方だった。

俺の前世——地球が存在する世界の日本という国にいた人々と、似たような認識を幽霊に対して抱いていた。

「で、でも、万が一を考えると凄《すご》く怖いの！　お願いだから、夜は常に一緒にいてよ……？」

黒い神官服の裾《すそ》を摑《つか》んで、上目遣いで『お願い』してくる。

もしこの場に他人がいたら、誤解を生みそうな言い方や表情だ。距離も近いし。

ただ、その辺の魔物より圧倒的に強い勇者様の寝込みを襲うだなんて、絶対に不可能だ。やましい気持ちを抱くことすらできない。

「分かったよ。俺の出番が来たら、ちゃんと仕事はするさ」

「お願いね」

「それじゃあ、また出発するか……」

「いえ、私はもう一仕事残っているわ」

「ん？」

ゴブリンは全て倒したはず。なのに、まだ戦う相手がいるというのか。

そんな疑問に答えるよりも先に、セフィラはゴブリンが落とした斧を拾いつつ立ち上がり

――大きく振りかぶると、東の方角に向かって斧を投擲《ブン投げ》した。

「!?」

投げられた斧は高速回転し猛スピードで、針の穴を通すように木々の隙間《すきま》を真っすぐ飛ぶ。

そして一本の木を伐《き》り倒すと――その背後にあった大木に、深々と突き刺さった。

木にめり込む斧の真下には、小さな人影があった。

『彼女』の身長がもう少しでも高かったなら、脳天をかち割られていたことだろう。

「ひっ、ひニャぁああっ……！」

「さっきから私達の後をつけてきて、何か御用かしら？」

低身長な人物へ、セフィラは近付きながら優しく問いかける。

だが相手からすればイキナリ斧をブン投げられて、しかも樹木を一刀両断するほどの威力で、さぞ驚いたはずだ。

しかし俺も驚きだ。セフィラに続いて歩み寄った俺は、今まで尾行されていることに気付いていなかった。もしゴブリン達との戦闘中に背後を狙われたら、危なかったかもしれない。

セフィラ曰《いわ》く『宿屋からずっと追跡していた者』は、森の地面にへたり込み、涙目を浮かべて弁明し始めた。

「あ、怪しい者じゃないニャ！　ただちょっと、商談をしに来ただけニャぁああ！」

「商談……？」

投げられた斧に恐怖し、ぶるぶる震えながらも、金の話をしようとするとは豪胆《ごうたん》な奴だ。

俺達を追跡していた、その者の正体は――人間ではなかった。

セフィラよりも年下に見える、黒い短髪の少女。すべすべした両腕両足を露出する袖なし服《ノースリーブ》とショートパンツ姿。つるつるな腹や小さなヘソも露出している。

だが最大の特徴は――フサフサした毛の細長い尻尾《しっぽ》を腰から生やし、縦長な瞳孔《どうこう》の金色の瞳をきょろきょろ動かし、頭部には猫耳を生やしている点だろう。

「お前……『獣人』か」

「そ、そうニャ。アタイは猫族の『キャシー』と申しますニャ！　決して決して、勇者セフィラ様や神官レイジ殿に危害を加えるつもりは、これっぽっちもありませんニャぁああ！」

鈴を転がすような声で、キャシーと名乗った獣人は敵意がないことをアピールする。

「私だけでなく、レイジの名前も知っているなんて……。貴女《あなた》、何者なの？」

セフィラに指摘され、キャシーは「しまった」といった表情を浮かべた。

「ア、アタイのことはどうでも良いじゃないですかニャ！　ただ、お二人にとって『得』になるお話を持ってきたのであって……！」

「得？」

すると尖った爪の指で輪っかを作り、怯《おび》えていたはずの表情はニヤリとした笑みに変わる。

「勇者様のネームバリューと、レイジ殿の除霊のスキルを使って……『一儲《ひともう》け』してみてはいかがでしょうかニャ!?　絶対に損はさせませんニャ！」

……うわぁ、胡散臭《うさんくせ》ええ……。

「必ず儲かる方法を特別にお教えしちゃいますニャ！」「今回限りで二度とは聞けない話ですニャ！」とか言っているが、この手の怪しい勧誘《セールストーク》は聞き流すに限る。

「もう行こうセフィラ。こういう奴の話に、耳を貸しても時間の無駄だ」

「え、ええ。そうね……」

呆《あき》れてキャシーに背中を向け、この場を離れようと歩き始める。

「ニャニャっ!? ちょっと待ってニャ！ 獣人だからって差別するのかニャ!? 『下等な獣人風情《ふぜい》の話は聞くに値しない』っていう、ありがちな獣人差別ニャ！ 獣人愛護団体に訴えてやるニャ！」

「……あぁ……？」

そう叫ばれて――踵《きびす》を返した俺は、キャシーの胸倉を掴み、その小さな身体《からだ》を高く持ち上げた。

「ひニャぁあああ!?」

「レイジ!?」

宙ぶらりんの状態で、キャシーはジタバタと抵抗《もが》くする。

だが俺は武力や腕力こそないものの、小柄な体軀《たいく》を掴み上げ続け、金色の瞳を睨《にら》みつける。

「オイ。勘違いしてんじゃねぇぞ。俺は、相手が人間の貴族だろうが凶暴なゴブリンだろうが大司教だろうが幽霊だろうが、『聞く必要がない話』には付き合わないんだよ。逆に、有益な話なら何時間でも話を聞く。つまり、お前が獣人であることとは一切関係ない。分かったか？」

「……わ、分かったニャ！　分かりましたニャ！　だから、降ろしっ……！」

「分かればよろしい」

ぱっと手を放し、地面に降ろしてやる。

キャシーは「ギニャぁっ！」とワザとらしく痛そうな声を出したが、身軽な猫の動きそのもので衝撃を打ち消し、上手《うま》く着地してみせた。

「な、なんなのニャ、コイツ……！　初対面であんなキレるかニャ普通!?」

「……ごめんなさいね獣人さん。私の仲間は、ああいう人なの」

「まったく、とんでもない屁理屈《へりくつ》ガンコ男だニャ……！　絶対モテないニャ！」

「聞こえてんぞ」

まぁ、陰で悪口を言われるよりは、面と向かって文句を言ってくれた方が楽だ。

だがこれ以上コイツと関わって、面倒ごとに巻き込まれるのはゴメンだ。その前にさっさと立ち去るとしよう。

「アタイを獣人として差別しないなら、ちゃんと聞けニャ！　儲け話っていうのは、『人助けする代わりに、報酬《ほうしゅう》を頂く』っていう話ニャ！　アタイはその報酬の中から、仲介料を少～し頂ければ良いだけニャ！」

「人助け……？」

「……キャシーとか言ったか。知ってて声をかけたんだろうが、お前の目の前にいるのは勇者セフィラ様だぞ。どれだけの人々を助けてきて、どれほど多くの賞賛と報酬を手にしてきたと思っている」

……仲間になったばかりだから、俺も詳しくは知らないけど。セフィラってどれくらい稼《かせ》いでいるんだろう。

「でもそれは、ギルドを仲介してのクエストに限った話ニャ。世の中にはギルドに頼む金もない弱者や、『こんな依頼は受けられない』って跳ね返される困り事もたくさんあるニャ！」

「確かに、そういう問題点もあるわね……」

「直近でも、アタイは二つほど『そういう話』を耳にしたから、今回持ってきたのニャ！」

「……だが勇者をいちいち駆り出していたんでは、もっと大きな他の問題に対処できなくなる。悪いが俺達は……」

これ以上は時間の無駄だと思って、キャシーに背を向け歩き出すが——。

「『悪霊に取り憑《つ》かれた貴族の令嬢』がいるって言っても、無視《スルー》するのかニャ!?　除霊スキルを持った、神官のレイジ殿は！」

その言葉に、俺は足をピタリと止めて振り向いた。

「……悪霊、だと？」

＊＊＊

幽霊騒動のあった宿屋。セフィラがゴブリンの群れを倒した森。

これら全ては『ダリル・エドマンズ伯爵』が治める『エドマンズ領』の土地だった。

大陸南方の国家『ミズリル』の中では大した広さも影響力もない小領だが、お抱えの兵士は少数精鋭な猛者《もさ》を揃えていることで有名。十年前に隣国から攻め込まれた際には、その国と近接しているエドマンズ領が水際で侵攻を食い止め、ミズリル国の危機を救ったこともある。

「……小領主とはいえ、流石《さすが》にデカい屋敷に住んでいるんだな」

そんなエドマンズ伯爵が住まう屋敷に、俺とセフィラとキャシーは訪れていた。

『絶対に損をさせない儲け話』だなんて言うキャシーの口車に乗せられているようで、なんだか癪《しゃく》に障《さわ》るが、本当に『悪霊』がいるかどうかを確かめる必要はある。

その土地の管理者や館の主人でもない幽霊が、もし理不尽に好き勝手しているというのなら、言語道断《ごんごどうだん》だ。見過ごすわけにはいかない。

それに『悪霊の棲《す》み付く屋敷』なんていかにもな話で、個人的な好奇心もくすぐられる。

除霊師としての冒険の舞台にはピッタリだ。

「いや～話が分かる勇者様と神官殿で助かったニャ！」

「ふん。ことのついでだ」

「そうね。偶然にも、私の仕事もあったから」

だが俺達は何も、悪霊退治のみを主目的に屋敷の正門前まで来たわけではなかった。

セフィラは元々この土地に、エドマンズ伯が関係するクエストを受けたから訪れていたのだった。

屈強な兵士すらも手こずらせる魔物が出現したため、伯爵はギルドに問題解決を依頼。ギルドの仲介を経て、クエストを受注した勇者《セフィラ》が単身で魔物を難なく倒す。そしてクエストを終えた昨夜、俺や元仲間達《イルザ》が泊まる安宿に来た、という流れだった。

奇妙な偶然は重なるものだ。キャシーが持ってきた『二つの依頼』のうち、現在地から一番近い現場もエドマンズ屋敷だった。

これも運命かと思いつつ、クエストの終了をセフィラが伯爵へ報告する、そのついでになら……と納得し、正門から広い敷地内に入っていく。

「……おや、お客様ですか。ようこそ、エドマンズ屋敷へ」

屋敷の玄関に向かって庭園を歩いている途中、白髪の高齢男性に声をかけられた。

この老人がエドマンズ伯爵——ではなく、ただの庭師だろう。腰の曲がった身体に作業着を着て、園芸用の大きな刈込鋏《ハサミ》を両手で持ち、庭木の枝を切り揃えている途中だった。

「勇者セフィラです。クエストの完了を、エドマンズ伯爵に報告しに来ました」

「おぉ、名高い冒険者様でしたか。旦那様《だんなさま》は中にいらっしゃいます。どうぞお通りください」

穏やかな笑みを浮かべる庭師の老人。だが黒い神官服を着た俺の方を、何か言いたげにチラチラと見てくる。

「……何か？」

「あ、いえ……。勇者様は、常にお一人で行動していると聞いていたものでしたから……」

「彼はつい昨日、私の仲間になったばかりの神官レイジです」

「神官……。……もしや『お嬢様』の件で、お助けに来てくださったのですか……!?」

「いや、違うが？　俺は別に人助けをしに来たわけじゃない。そんな気もないしな」

「えっ!?」

エドマンズ家の令嬢を助けるため、セフィラが俺という神官を仲間にしたわけではない。

即座に否定すると、老人は目を見開いて驚き、セフィラとキャシーも驚愕《きょうがく》していた。

「ちょ、ちょっとレイジ！　言い方ってものが……！」

「内容を聞いてもいないのに即答するなニャ！　お爺《じい》さん、ショックで死にそうな顔してるニャ！　老い先短い人の寿命《じゅみょう》を縮めるもんじゃないニャ！」

「そんなこと言われてもなぁ……」

変な誤解を与えて、無駄な期待を抱かせる方が悪質だろう。まだ詳細を聞いておらず、事情を把握《はあく》していないなら猶更《なおさら》、無責任に「助ける」とも「助けない」とも言えないはずだ。

「お、お爺さん！　大丈夫ニャ！　勇者セフィラ様と神官レイジ殿が来たからには、もう安心ニャ！　た～っぷり謝礼の用意をするようにと、伯爵にヨロシク言っておいてほしいニャ！」

何を勝手なことを……と、キャシーを注意しようとする。

だが絶望に染まっていた老人は目に光を取り戻し、涙を滲《にじ》ませつつ「どうか、お嬢様をお助けください……！」と俺達へ深く頭を下げてきた。

こうなってしまっては、老人を再びドン底に叩き落とすわけにもいかない。仕方なく俺は何も言わず、代わりにキャシーへ小声で忠告した。

「……できもしないことを安請け合いして、後になって『やっぱりダメでした』なんて言いたくないぞ、俺は」

身の丈に合わない依頼なら、最初から受けるべきではない。

俺は冒険者だが武力も魔力も持たないため、単身でのクリアが難しいクエストは受注したことすらない。常にイルザ達の雑用係に甘んじていた。

「心配ないニャ！　昨夜の宿屋で大活躍したレイジ殿なら、余裕で解決できる話ニャ！」

そもそもどういう問題が起きているのか、よく聞いてすらいない。まぁ、詳細はエドマンズ伯から直接聞けば良いだけか。

俺達は大きな屋敷の玄関に辿《たど》り着き、ゴン、ゴン、とノックすると——。

「……どなたです？」

「ひニャっ……」

扉を開けて現れたのは、短い黒髪と黒髭《くろひげ》を生やした、中年の男だった。頬《ほお》がゲッソリ痩《や》せこけ、目元には深い隈《くま》が刻まれており、陰鬱《いんうつ》な雰囲気《ふんいき》を全身から醸《かも》し出していた。

まるで吸血鬼《ヴァンパイア》か死人《ゾンビ》のような不気味さだ。キャシーは思わず小さく悲鳴を上げ、セフィラも少し驚いてしまったようだった。

「ゆ、勇者セフィラです。エドマンズ伯爵に、お目通りを……」

「おぉ、勇者様……！　なんたる幸運……！　私がエドマンズです……！」

なんと。玄関で対応したのがダリル・エドマンズ伯その人だった。来客への応対は普通、使用人がするだろうに。小領主とはいえ、貴族が玄関にまで来るだなんて。

「まぁ、当主様自ら……。それでは、魔物討伐《とうばつ》の報告を……」

「既にギルトからクエスト達成の連絡は受けています。貴女様《あなたさま》の実力なら心配するまでもないと、誰しもが分かっていたことです。そんな些事《さじ》より、娘のことでお願いしたいことが……！」

屈強な兵士ですら勝てない魔物が現れ、ギルドに頼むほどの依頼を『些事』と呼ぶ。

それよりも遥《はる》かに深刻な事態が起きていると、伯爵は訴えていた。

一体どれほどの問題なのだろうか。勇者セフィラに続いて、仲間である神官の俺《レイジ》と、今回の話を持ってきた獣人キャシーも、屋敷の中に入ろうとして――。

「……申し訳ありませんが、その……」

「はい？」

キャシーが玄関に足を踏み入れようとした、その直前。伯爵は難色を示した。

「獣人は、ちょっと……」

申し訳なさそうにしつつも、キャシーの猫耳を見て「入らないでくれ」と暗に示していた。

勇者の同行者に対して失礼な態度だ、と思えるかもしれない。

だが実際のところ、これがこの世界では普通の反応だった。

獣人は、かつては魔物と同列に語られていた。人間と同じような扱いが許されるようになったのは、ごく最近の話だ。未だに「人外の魔物《モンスター》め」と獣人を差別する者や、人間の代わりに奴隷《どれい》として売り買いして働かせている地方も多い。

加えて、セフィラが攻略したクエストは『凶暴化した大型獣人の討伐』だった。

エドマンズ領に問題《トラブル》を発生させ、精鋭の兵士達を苦しめた獣人という種族全体に、今のエドマンズ伯は良い印象を抱くことができないでいるのだろう。

「……あーハイハイ、分かりましたニャ。アタイは勇者様達を案内できただけでも、とりあえず良しとするニャ。レイジ殿、話はちゃんと伯爵から聞いてくださいニャ？　アタイは犬小屋にでも……」

キャシーは怒りこそしないが、差別されたことへの不快感や人間への失望を露骨に見せる。

そしてくるりと背中を向け、玄関から離れていこうと――。

「待て、キャシー」

「ニャ？」

――そんなキャシーの細い腕を摑《つか》んで引き留め、俺は伯爵に向き直った。

「エドマンズ伯爵。このキャシーは確かに獣人ですが、『仕事』の話を俺達に持ってきてくれたんです。俺達の同行者であり、詳細を話し合う必要があるので、どうか彼女も屋敷の中に入れて頂きたい」

「ニャ……!?」

「レイジ……」

キャシーは驚き、セフィラは感心したような声を出す。

セフィラ以外の人間からすれば、この言動は奇特に見えているだろう。

だが、俺は俺の信念を曲げるつもりはない。

「そ、そう言われましても……」

エドマンズ伯爵は困惑しつつ、玄関の扉を僅《わず》かに閉めようとした。無意識の拒絶だろう。

俺はその扉をガッチリ掴んで、強引に開《あ》け開《ひら》かせた。

「な……!?」

「コイツは壁や柱を爪でひっかくわけでも、抜け毛をまき散らしたり毛玉を吐き出すわけでもない。人間と同じ理性と知性がある。いったいなんの問題があって、獣人を家に上げるのを拒《こば》むんです？」

俺は武器も魔法も使えない神官。相手は小領とはいえ、一地方を治める立派な貴族。

それでも、なんの意味もなく来客の入室を拒む理由はないはずだ。

「……わ、分かりました。では、そちらのお嬢さんも、どうぞ……」

渋々といった様子ではあったが、キャシーが屋敷に入ることを許可してくれた。話の分かる人は好感が持てる。

「レイジ殿ぉ……」

結果的に庇《かば》うような形になってしまった。

キャシーは瞳を揺らして猫撫《ねこな》で声《ごえ》を上げつつ、俺を見つめた。

「勘違いするなよ。俺はただ、理不尽が嫌いなだけだなんだからな」

感謝されたり、喜ばせたくて伯爵に反論したわけじゃない。俺は未だに、コイツのことは胡《う》散臭《さんくさ》い獣人だと思っている。

しかしそんなやり取りを見て、セフィラは愉快そうに微笑《ほほえ》んだ。

「ふふっ。キャシー。レイジってね、こういう人なの」

「……まったく、よく分からない屁理屈《へりくつ》ガンコ男ニャ！　絶対友達少ないニャ！」

「聞こえてんぞ」

感謝してほしかったわけではないが、『友達少ない』という『事実』を突きつけられる謂《いわ》れもない。

だが、俺をからかうキャシーの声は、ほんの少しだけ嬉しそうだった。

＊＊＊

「こちらへ、どうぞ……」

巨大な照明器具《シャンデリア》が天井から吊るされている玄関ホールを通り、広い屋敷の中をエドマンズ伯に案内され、俺達三人は応接間へと向かう。

家の中を歩いている間、その面積の広さや天井の高さ、床材や柱の一本一本に至るまで高価そうな豪邸に、庶民《しょみん》としては圧倒されてしまう。

だがそれ以上に気になったのは、壁にかけられた巨大な肖像画だった。

そこには現在の姿では想像できないほど若く雄々《おお》しい伯爵と、奥方と思われる美しい女性、そして椅子《いす》に座って微笑む令嬢の姿が描かれていた。

彼女が件《くだん》の『お嬢様』だろう。健康的で利発そうであり、肖像画であっても美貌《びぼう》や生命力が伝わってくる。

「……売ったら高値になりそうな絵ニャね」

「悪魔に魂を売ったみたいな発言するな」

品性の欠片《かけら》もない守銭奴《キャシー》の発言を咎《とが》めつつ、応接間へと入っていく。

しかし実際キャシーの言う通り、屋敷の中は高価そうな物品ばかりだ。

応接間の室内も例外ではなく、立派なソファーや棚《たな》、著名な作家によって生み出されたらしき彫刻や花瓶《かびん》といった、貴重な調度品《ちょうどひん》が並んでいた。

特にこの世界では珍しい、家族写真まで小さな額縁に飾られている。

白黒ではあるが、肖像画で見た令嬢が花壇《かだん》を背景に笑っていたり、乗馬に挑戦したり、使用人達と共にお菓子《ケーキ》を作っている場面が撮影されていた。

「……ごきげんよう、お客様……」

だが――応接間の椅子に座った状態で、静かに挨拶《あいさつ》をしてきたドレス姿の『令嬢』は、絵画や写真に写された人物と同一だと理解するのに、数秒を要するほどの有様だった。

「私の娘、フランソワです……」

彼女の名前は『フランソワ・エドマンズ』。

亜麻《あま》色の長い髪の毛を巻き、いかにもといった『金持ちの娘』だ。

しかし高飛車《たかびしゃ》で高慢で高笑いするような雰囲気は一切なく、彼女もまた父親同様に、顔色が悪くどんより淀《よど》んだ眼をしていた。

「……これは中々、深刻そうだな」

フランソワが座る椅子の正面へ、大きな白テーブルを挟んで俺達三人は柔《フカフカ》らかなソファーに座る。

そんな俺達や娘を左右に見据えるようにして、当主のエドマンズ伯も着席した。

依頼者と冒険者。役者が全て揃ったところで、最初に口を開いたのは勇者《セフィラ》だった。

「それで、エドマンズ伯爵……。お嬢さんの身に起きている『問題』とは……？」

「……実際に見て頂く方が、早いかと……」

エドマンズ伯爵は、テーブルの上に置かれていた一つの水晶に手を伸ばした。

その小さな球体に骨ばった手を添えると、水晶は光り輝き――全員の眼前に、ひとつの景色を生み出した。

「『魔法水晶』か……」

魔力を込めることで様々な効果を発揮する特殊な鉱石は、世界中の鉱脈に埋まっている。

それらを加工して作られたのが『魔法水晶』。音声を録音したり映像を残したり、遠くの水晶に映された風景を別の水晶越しに見つめることもできる。

俺の前世で言うところの、ビデオカメラやボイスレコーダーと同じ役割を持つ超高級品だ。

写真機どころの話じゃない。貴族であっても、入手するのに相当な労力や金銭を費《つい》やしたことだろう。

　そこまでして手に入れたかった魔法水晶が、空中に映し出したのは――。

「この場所……」

「娘さんの部屋かニャ?」

　そこに映し出されたのは、女性の部屋。大きなベッドがよく見える位置に、棚の上に水晶は置かれているようだ。

　動画は、当主の娘フランソワが明かりを消して就寝する場面《シーン》から始まる。

　エドマンズ伯が自らの魔力で水晶を操り、時刻を進めると――日付も変わったであろう深夜、映像に『異変』が起きた。

「……?」

「今、何か動いたわよね?」

「虫かニャ?」

　いや、違う。部屋の中を、何か白くぼんやりしたモノが動いている。毛玉のような何かが、フヨフヨと水晶の前を通り過ぎたり、浮いたり沈んだりしている。羽虫の動きではない。

「何かしら、コレ……。埃《ほこり》にしては変な動き方だし……」

「……おそらく『オーブ』だ」

「なんですかニャそれ?」

　水晶が映し出す奇妙なモノに、俺は心当たりがあった。

「不規則に動き、見た目も不定形なことが多いが、白くぼんやりしたものが夜に見えたら『オーブ』である可能性が高い。その正体は『精霊』や『霊魂』だと考えられている。人間に限らず動物や、時には神木といった植物のな。……何かしらの、メッセージを伝えようとしている魂だ」

だが、この程度ならば不可思議なだけで、特に問題はないはず。オーブが人に危害を加える話は聞いたことがない。

実際のところ、映像の中のフランソワもオーブに気付かず、穏やかに寝ているようだ。

しかし——。

『……ん、ぅ……』

オーブの姿が見えなくなった後。ベッドで寝ているフランソワが、寝返りを打ち始めた。

寝苦しいのか、手足を動かし布団を剝《は》がしたり、かなり心地悪そうにしている。

熱帯夜の季節でもないのに、しきりに額の汗を拭《ぬぐ》う仕草も見受けられる。

『あぁ……っ！　あぁっ……！　あぁああっ……！　あぁーっ……！』

うなされているのか、それにしては苦しそうな声を出し始めた。

落ち着きなくベッドの上で何度も寝返りを打ち、その動きは徐々に大きく激しくなっていく。

『ああああああっ！　あぁっ!!　ああぁあああッッ!!!』

まるで獣のような咆哮《ほうこう》。今この応接間で、俺達の目の前で物静かに座っている令嬢がこんな声を出すとはまったく思えない叫び声で、映像の中のフランソワは呻《うめ》き始めた。

しかも寝返りは一層激しくなり、もはや寝相が悪いどころではない動きで暴れ出した。背中を大きく仰《の》け反《ぞ》らせ、かと思えば背中をベッドへ叩きつけるようにして沈み込ませ。まるで陸《おか》に釣り上げられた魚の動きで、バタン！　バタンッ！　バタンッ!!　と身体《からだ》を弾ませ始める。

「ひニャっ……」

その異様な光景に、キャシーは小さく悲鳴を漏《も》らした。

悪霊に取り憑《つ》かれている貴族の娘がいる、という情報をどこからか手に入れたまでは良いが、ここまでの怪奇現象が起きているとは思っていなかったのだろう。袖なし服《ノースリーブ》から伸びる細い腕で、俺の左腕にしがみついてくる。

「……ま、まだ続くの？　この映像……」

そして怯《おび》えるキャシーと同様に、右隣に座るセフィラも小刻みに震える手で、俺の右腕をガッチリ摑《つか》んでくる。

てか近い。胸も当たってるし。セフィラとキャシーの二人にひっつかれては、記録映像に集中できない。

『あぁあああぁっ……』

やがて、映像の中のフランソワは急に静かになった。

落ち着いた——というよりは、操り人形の糸が切れたかのように、不自然すぎるくらい微動だにしなくなった。

仰向《あおむ》けになって口を開け、虚《うつ》ろな目で宙をぼんやり見つめている。まるで死人だ。しかしこれは過去の動画で、映像と同一人物の令嬢は、俺達の目の前で今こうして生きている。

だから不安に思う必要はまったくないのだが——驚くべきことに、ベッドの上で仰向けになるフランソワの身体は、ゆっくりと宙に浮き始めた。

「なっ……!?」

「これは……」

糸や紐《ロープ》のようなものは見えない。空中を浮遊する魔法『ザ・フライ』は高難易度すぎて使用者がほとんどいないと聞く。

なのに、魔法の教育を受けていないはずの令嬢は手足を真っすぐ伸ばし、天井を直視したまま無表情で、ベッドから背中を離して浮かび上がっていった。

「やばいニャ、やばいニャ……! 信じられないニャ……!」

怯えた声を出すキャシー。

しかし本当に信じ難い出来事は、今から起きることになる。

『がっ……!? あ、あぁ……っ!?』

宙に浮かぶフランソワは、床に向かって長い髪や手足をだらんと垂らし——やがてその身体は、仰《の》け反《ぞ》っていく。

しかも、いくら身体が柔らかい女性とはいえ、『限界』を超えても仰け反り続けようとする。

ミシッ……! ミシミシッ……! と背骨が軋《きし》む嫌な音が聞こえても、まだ止まらない。見ている此方《こちら》まで苦しくなってくるような、過酷《かこく》な姿になっていく。

すると。虚ろな目をしていた空中のフランソワが、大きく目を見開いた。

『いやぁあああああああっ！　助けてっ！　助けてぇえええええっ!!　お父様!!　お父様ぁぁあああああ!!!　ぁあ゙あああああああっ!!　いやぁああああああああっ!!!』

正気に戻ったのか、痛みと恐怖で金切《かなき》り声《ごえ》を上げて泣き叫ぶ。この状態で目が覚めてしまうなんて、気の毒すぎる。

流石《さすが》の俺も顔をしかめ、それでも目線を逸《そ》らさず魔法水晶の映像を見つめ続ける。

すると画面の端からエドマンズ伯が飛び出してきた。悲鳴を聞いて、深夜にも拘《かか》わらず娘の部屋に駆け付けたのだろう。

『フランソワ！　あぁ、フランソワ……っ！』

エドマンズ伯は必死に娘の身体を掴み、ベッドへ下ろそうとする。その身体は徐々に下がってくるが、父親に対して抵抗するかのように、彼女は激しく暴れ出した。

『ああ゙あ゙あああッ！　ぐぎゃぁああああああぁぁぁッッ!!!』

『うわぁああああ!!』

自分を助けようとする父の手を振り払い、部屋の隅へ、画面の外へと吹き飛ばす。

相手が兵士ではない貴族の当主《エドマンド伯》とはいえ、父親を、成人男性を投げ飛ばすだなんて。とんでもない腕力だ。しかも細腕の令嬢なのに。

ガシャンッ！　と、伯爵が家具か何かにぶつかった激しい音がする。

そしてフランソワはベッドに落下し、そのまま転がってベッド下の床へと、ずり落ちていった。画面を見つめる俺達からすると死角。誰も映っていない。

「み、見えなくなっちゃったニャ……」

これで映像は終わりか。そう思った時——。


——画面の真下から現れたフランソワが、部屋を撮影している魔法水晶に摑みかかった。


『ギシャァァアアアアアアアアア!!!』

「「ひゃぁああああああああっ!!!」」

セフィラとキャシーは揃って悲鳴を上げる。

画面にのめり込んでしまっていたせいで、ソファーから飛び上がるほど驚いたのだろう。

「び、びっくりした……！　し、心臓が飛び出るかと……！」

「……な、なんでレイジ殿はノーリアクションなのニャ!?」

「ただの映像だからな」

画面越しなんだから、これは過去の映像記録なのだから、襲われるなんてことは絶対にない。

平然と言ってのける俺へ、キャシーは「アンタも怖いニャ……」と引いていた。

「……お分かりいただけたでしょうか。これが、私共を苦しめている奇怪な超常現象《パラノーマル・アクティビティ》です……。もうかれこれ、三か月前から……」

「三か月も……」

こんなことが毎晩のように続いていたら、エドマンズ伯や娘のフランソワは夜も眠れず、死人のような顔色になるのも当然だろう。

これは――思っていた以上に、深刻な問題が起きているようだ。

＊＊＊

エドマンズ伯から魔法水晶の映像を見せられ、事の重大さを理解した俺達。

ギルドを通した正式な依頼《クエスト》ではないが、エドマンズ伯からの懇願《こんがん》にも近い頼みを受け、フランソワの身に起きている問題を解決することに決めた。

その時にキャシーが「これで儲《もう》かるニャ」といった強がりなのか本心なのか、とにかく金に目が眩《くら》んだ表情を浮かべていたのは、個人的に気に入らなかったが。

「それで……具体的に、どうするのかしら？」

豪勢かつ美味《おい》しい夕食でもてなされ、高級ホテル顔負けな部屋をあてがわれた後。

貴族の屋敷だから空《あ》き部屋はたくさんあるはずなのに、「神官《レイジ》と同部屋で」と伯爵に強く要求していたセフィラはベッドの上に座り、隣のベッドでくつろぐ俺に問いかける。

俺は自分のベッドの上に、借り受けた魔法水晶を置いた。

「コレでフランソワを一晩中見守る。一人二時間ずつの交代制で、朝までだ。何か起きたらすぐに駆け付けて、幽霊の仕業《しわざ》なら俺が除霊する」

「一人二時間……。次に自分の番が回ってくるまで、四時間は眠ることができるというわけね」

「ニャニャっ!? アタイも計算に入っているんですかニャ!?」

「当たり前だろ」

仲介役だけで仕事を終え、怖いことや荒事は全て俺とセフィラに任せる気だったのだろうが、そうはいかない。キャシーが持ってきた話なのだから、最後まで付き合ってもらわないとな。

「それにしても……ヒマね」

「フランソワが寝るまで……寝た後も、深夜までは動きがないだろうからな」

「何かボードゲームとかないのかニャ？」

俺はベッドの上で大きな枕に背を預け、在籍している教会の聖典を読む。

といっても内容が特別面白いわけでも、熱心な信徒というわけでもない。今みたいな、暇を潰したいと思った時にしか読まない生臭坊主《なまぐさぼうず》だ。

セフィラは聖剣デュランダルの手入れをしているが、武器の出番はないだろう。もし幽霊が出てきても俺が除霊するし、そもそも彼女は重度のビビりだ。

そしてキャシーはというと――自分用のベッドもあるはずなのに、何故か俺のベッド上に寝転がり、まさに猫の動きで尻尾《しっぽ》を揺らして退屈していた。

「…………」

聖典から目を離して、その尻尾の動きを盗み見る。気になってしまう。

俺の足《太もも》に何度かペシペシ当たっているせいもあるが、フサフサでくねくね動いている尻尾に、意識が向く。思えばこの世界に転生してから、獣人と直接触れ合った経験は皆無だ。

――そしてゆっくり手を伸ばし、揺れ動いている尻尾を軽く掴んでみた。

「ギニャぁぁあああああっ!?」

不意に尻尾を掴まれたキャシーは、悲鳴と共に飛び上がった。別に強く掴んだわけではないが、痛かったのだろうか。

「なっ、なな何してんニャ！　変態！　痴漢《ちかん》！　嫁入り前の猫人の尻尾を掴むだニャんて！」

「ス、スマン。好奇心を抑えきれなかった」

猫の獣人にとって、尻尾がそんなにデリケートな部分だとは知らなかった。俺の前世の家族は猫を飼っていて、特に妹が可愛《かわい》がっており、それと同じ感覚で触れてしまった。

しかしキャシーは顔を真っ赤にして「責任取れニャ！」と猛抗議してくる。

だが『慰謝料』として少額の小銭を渡すと、満面の笑みと共に「許してやるニャ」と俺を無罪にしてくれた。現金な奴だ。

「まったく、何をしているの？　私はお風呂に行ってくるから、ケンカしちゃダメよ二人とも」

「お母さんかよ」

「行ってらっしゃいニャ～」

そうして聖剣の手入れを終えたセフィラは、浴室へと向かっていった。

「……さて、俺も出るか」

「おっ、勇者様の風呂を覗《のぞ》きに行くニャ?」

「ぶっ飛ばすぞ。館の構造を把握《はあく》してくるだけだ」

このまま聖典を読み続けるのも退屈だし、エドマンズ家の大きな屋敷を探索することにした。

何かあった時、館の中で迷わないためにも。

「お前も来るか?」

「アタイは夜に備えて仮眠しとくニャ〜」

そうして猫そのものな体勢でベッドに丸まったキャシーを残し、俺は一人で部屋を出た。

＊＊＊

屋敷の構造を確認しつつ歩いていると――廊下《ろうか》の曲がり角から、斧《おの》の刃が飛び出してきた。

「うおぉっ!?」

思わず仰け反って声を出し、右の拳に除霊のスキルを発動させて構える。

「おや。神官様」

しかし現れたのは、幽霊や暴漢や斧を持ったゴブリンでもなく、昼間に出会った庭師の老人だった。

「お、驚いた……。アンタか」

「あぁ、これはこれは。申し訳ありません」

幽霊に対してビビる俺ではないが、斧という実際の凶器を持った相手と丸腰で対峙《たいじ》するのは、流石《さすが》に命の危険を感じる。何せ武力も魔力もないのだから。

「お風呂が沸きましたので、丁度《ちょうど》お呼びに行こうとしていたところです」

どうやら薪《まき》を割って湯を沸かしてくれていたみたいだ。呼ばれる前にセフィラは浴室へ向かったが、良いタイミングだったのだろう。

「それはどうも……。……しかし、庭師の貴方《あなた》が風呂焚《ふろた》きまでするとは。他の使用人達は？」

思えば、夕飯の時にエドマンズ父娘や俺達のテーブルに食事を運んできたのも、この老人だった。これだけ広い屋敷で、領主の家だというのに、他の使用人を今まで一度も見ていない。

「……三か月前から、お嬢様がああなってからというもの……。不気味に思う者や寝不足になる者、悪魔に呪われたんだと囁《ささや》く者まで……。そうして一人、また一人と辞めていき……」

確かに、毎晩のように令嬢が叫んだり暴れるようでは、いくら給金を貰《もら》っているとはいえ、住み込みでは働き続けられないだろう。

「結局残ったのは、奥様を亡くされてからもフランソワ様をご立派にお育てになった旦那様《だんなさま》と、フランソワ様がお生まれになる前から仕えている私だけ……」

つまりこの屋敷には現在、三人しか住んでいないのか。

エドマンズ伯爵がフランソワに注ぐ父親の愛情。そしてこの老人もまた、祖父のような気持ちでフランソワへ忠誠を捧げている。それでどうにか『エドマンズ家』は存続していた。

だがそれも時間の問題だろう。このままでは、間違いなく破綻《はたん》してしまう。

「名高い勇者様のお仲間なら、きっとフランソワ様をお救いになってくれると信じています……！　どうか、お嬢様だけは、よろしくお願いします……！」

そうしてまた、老人は声を震わせ頭を下げる。

「……俺は、できもしない依頼《クエスト》は受けない主義だ」

「なっ……!?」

「それに昼間も言ったが、別に人助けをしに来たわけじゃない」

突き放すような言葉に、その瞳には悲しみや絶望を通り越し、怒りすら宿る。

だが――。

「……だが、一度受けた依頼は何があっても達成する。幽霊の仕業なら、俺が必ず除霊する」

「……！」

「そうすれば彼女《フランソワ》だけじゃない。エドマンズ伯爵も、アンタも楽になる。……それだけの話だ」

「おぉ……！　ありがとう、ございます……！」

老人は目から涙を流し、皺《しわ》だらけの両手で俺の手を握り、何度も何度も頭を下げた。

＊＊＊

エドマンズ屋敷内のほとんどを見回り、最後に中庭へ出た。

よく整備された庭園の中央、白い柱と屋根だけの東屋《ガゼボ》の中。そこでは月明かりに照らされた一人の令嬢が、アンティーク調の椅子《いす》に座り、静かに花壇《かだん》を眺めている。

その儚《はかな》げな様子は一枚の絵画を思わせ、だが絵に切り取られた時間や空間のように、孤独と寂しさに包まれていた。

「フランソワ嬢……」

中庭に足を踏み入れた俺が東屋の傍まで近付くと、フランソワはゆっくりと顔を向け、元気がない様子で小さく頭を下げた。

「こんばんは……」

今にも消え入りそうな声。庭師の老人が言うには、昔は活発でお転婆《てんば》とも呼ばれるくらいの明るい性格だったという。

確かに、肖像画に描かれていた彼女は血色が良く、白黒写真に写るフランソワの姿も、どれも笑顔だった。

だが今の彼女はまるで別人だ。その変わり様は、長年一緒にいた父親や庭師ならば猶更《なおさら》ショックを受けるほどだろう。

「……ここで何を？」

「何も……。ただ、寝るのが怖くて……。毎晩、毎晩……恐ろしいことばかり起きて……。お父様や爺《じい》やにも、迷惑をかけて……」

本人は苦しいだろうが、それ以上に『家族や使用人に迷惑をかけている』という自責の念でも、追い詰められているみたいだった。

無表情のまま、虚空を見つめたまま、フランソワは一筋の涙を流した。

「いっそ……ワタクシなど、この世からいなくなった方が……」

「……！」

その言葉を聞いて――俺の『前世』の記憶が蘇《よみがえ》った。


『礼二《れいじ》……っ。どうして……！』

『親より先に死ぬだなんて……！』

『お兄ちゃん！　お兄ちゃぁぁん！』


事故現場に来て花を捧げ、俺の家族は泣いていた。

口数の少ない父さんも、いつも笑顔だった母さんも、猫好きな妹も。声を上げて泣いていた。

しかし幽霊になった身では声をかけることすらできず、その様子を黙って見つめ続けていた。

俺は前世《せいせい》の時から理屈っぽく頑固者で、家族ともよく対立していた。だから、きっと「礼二が死んでスッキリした」とか言われるんだろうと、そう思っていた。

だが――申し訳ないほどに勘違いしていたのを、死んでから理解した。

俺は、愛されていたんだ。

「……ワタクシが死ねば、お父様は厄介者《やっかいもの》がいなくなったとお喜びに……」

「ふざけんな……」

「え……？」

フランソワのいる東屋《ガゼボ》へ、ダン！　と足を踏み入れ。彼女の言葉を遮《さえぎ》った。

そして片膝をついて目線を合わせ、強い夜風に吹かれて白い花弁が舞う中で、彼女の手を握りしめて語り掛ける。

「そんなことは言うもんじゃない。死んだ方が良い人間なんて、どこの世界にも存在しない」

どんな極悪人でも、どれほど怠惰《たいだ》な人間でも。この世に生まれたからには、平等に『死ぬまで生きて良い権利』がある。

ましてや、それを脅《おびや》かして良い特権なんて、人間にも幽霊にも存在しない。

「それに貴女《あなた》が死んでも、エドマンズ伯爵や庭師のお爺さんは悲しむだけだ。残された遺族が喜ぶなんて絶対にありえない。たった数時間、話を聞いただけだが……断言できる」

嘘や、慰めのためのデマカセではない。俺の経験から来る言葉だ。

「っ……」

実感を込めたメッセージが響いたのか、それ以上「死にたい」といった弱音は吐かず、代わりに俺へと、涙ながらに『助け』を求めた。

「レイジ様……。ワタクシを……お父様や爺やを、ど、どうかっ……！」

「安心してください。貴女に取り憑《つ》く悪いモノは、必ず俺が……俺達が、祓《はら》います」

目の前で、力強く約束する。

するとフランソワは泣き止み――明るい表情にこそならなかったが――決意を固めて頷《うなず》き、自身の寝室へと戻っていった。

「さて……。……今回は、少し気合いを入れないとな」

そんな彼女の背中を見送り、中指で眼鏡《めがね》を押し上げてから。頭上で不気味に赤く光る月を見上げた。

＊＊＊

「はぁぁぁぁぁ……気持ち良いぃぃ～……」

エドマンズ伯の住まう館は、全てにおいて豪勢で広い屋敷である。それは浴室《バスルーム》も同じだった。

昨夜に泊まった宿屋のツインルームよりも広い、掃除《そうじ》の行き届いた浴場の中。セフィラは長い金髪をしっとり濡らしつつ、肩まで湯に浸かって恍惚《こうこつ》の表情を浮かべていた。

「足を伸ばしてお風呂に入るなんて、何日ぶりかしら……」

『勇者』として名高い冒険者であるセフィラは、常にギルドからのクエストを受けて各地を飛び回っている。多忙な日々の中で身を清めるには、水浴びや宿屋でシャワーを浴びる程度しか手段がなかった。

それ故に、こうして温水に全身を浸からせてリラックスするのは久々だった。

「あぁあぁあ～……」

思わず、気の抜けた声を漏《も》らしてしまう。湯面にはピンク色の花弁が散らされ浮かんでおり、香《かぐわ》しい匂《にお》いによって身体《からだ》だけでなく心までも癒《い》やされる。

そんな極上《ごくじょう》の空間の中で、セフィラは肌荒れ一つない白い腕や足を、自身の手で撫《な》でていく。その手は、たわわに実った二つの『果実』にも伸び、湯面を大きく揺らすほどの質量を持っていた。

湯面には花弁だけでなくその豊満な果実も浮かんでおり、日に日に成長していくそれのせいで肩こり気味な首筋を、湯船の中で揉《も》みほぐしていく。

「気持ち良すぎて、寝ちゃいそうだわ……」

エドマンズ伯の娘フランソワの身に起きている、異常な怪奇現象を解明しなければいけないのに。「緊張感を保たなきゃ」と思いつつ、どんな魔物より強力な睡魔が襲ってくる。

振り返れば、宿屋の幽霊騒動のせいで昨夜は睡眠時間が削《けず》られてしまった。今夜も一晩中フランソワを監視しなければならず、交代制とはいえ熟睡はできないだろう。

そう考え始めると、美味《おい》しい夕飯で満腹になり、更に温かな風呂で足を伸ばしてリラックスしているのも加わって、瞼は抗《あらが》えないほど重くなってきてしまう。

「お風呂で寝ると逆上《のぼ》せちゃうかもしれないし……。ダメよ……。起きてなきゃ……」

口を動かすことで、自分自身に言い聞かせることで、眠気を振り払おうとする。

しかしあまりの心地好さに、こくりこくりと頭を前後に動かし船を漕《こ》ぎ始め、やがてゆっくりと瞼を閉じてしまった。

「……すー……。すぅー……」

浴槽《バスタブ》の縁に頭を預け、風呂の中で寝息を立てる。湯に浮かんでいた花弁が制止するほど、静かな眠りに落ちてしまった。

——しかし。

花弁が僅《わず》かに、ユラユラと揺れ始めた。波紋一つ立っていなかった湯面に、微《かす》かに波紋が広がる。

「んぅ……。むにゃ……」

セフィラは気付かない。口をもぐもぐ動かし、先ほど食べた豪華な晩餐《ばんさん》の美味しさを夢の中で思い出して、微笑《ほほえ》みを浮かべている。

「…………………」

——風呂の中から、真っ赤な血に染まる『手』が出てきた。

その手には、赤茶色く錆《さ》びた鋏《はさみ》が握られている。散髪の際に使うようなサイズだが、湯船の中で全裸で寝ている人間に傷を負わせるには、十分すぎる鋭さ。

そして鋏を持った手が、血にまみれた真っ赤な手が、裸で眠りこけている少女に近付き——。

「んぁ……」

セフィラは目を覚ました。

何かの気配を察知した気もするが、当然、浴場にはセフィラ以外に誰もいない。

どちらにせよ寝ぼけ眼《まなこ》のまま、口の端《は》から垂れかけた涎《よだれ》を拭《ぬぐ》う。そして湯面に浮かぶ花弁を揺らし、そろそろ風呂から出ようと決めた。

直後。

——セフィラは何者かに足を引っ張られ、湯船の中に引きずり込まれた。

＊＊＊

「きゃぁぁぁああああああああああっ！！！」

フランソワを見送り、俺も部屋に戻ろうとしていたタイミングで——屋敷中に響き渡る、女性の甲高《かんだか》い声が耳へと飛び込んできた。

「セフィラ……!?」

今の声はセフィラの悲鳴だ。フランソワの身に何か起きたのか。だがおかしい。フランソワと俺は先程まで中庭で会話をしていたし、まだ深夜でもない。

「考えてる場合じゃないか……！」

声のした方向へ、即座に駆け出す。長い廊下《ろうか》を駆け抜け、とある部屋の扉を開けると——。

「大丈夫か！」

「ひやぁぁあああああっ!!」

『脱衣所』へと駆け付けた俺に、頭の先から爪先《つまさき》までびしょ濡れな全裸の聖女が、浴室から勢いよく飛び出して抱き着いてきた。

タックルされたような形になり、脱衣所の床に尻餅《しりもち》をついてしまう。

「またこのパターンかっ……!」

俺は顔を赤くして、肢体《したい》に触れないよう必死に努力する。

だがそんな健気《けなげ》な配慮《はいりょ》を打ち壊し、セフィラは泣き叫びながら強く抱きしめてきた。当たってる。柔らかいものが色々と当たっているって。

「お風呂の、ハサミっ、血がっ、引っ張られ、お、溺《おぼ》れっ、おおお、オバケがぁあっ!」

「落ち着け! とりあえず服を着ろっ!」

脱衣所に大量に置かれているバスタオルを取ろうとするが、錯乱《さくらん》する彼女が必死にしがみついてくるせいで身動きできない。振り払おうとしても、『勇者』の腕力に俺が勝てるはずもなかった。相手《セフィラ》は屈強な山賊《さんぞく》や魔物すらも倒せる冒険者だ。

「どうしたニャ!? 悲鳴が聞こえたけど、大丈夫かニャ!」

全裸のまま抱き着いてくるセフィラを引き剝《は》がそうと、悪戦苦闘している最中。キャシーも脱衣所にやって来た。

これは助かった。同じ女性だし、後のことは任せるとしよう。

「キャシー! ちょうど良かった、タオルを取ってくれ……!」

身動きができない俺の代わりにセフィラの肌を隠してやってくれ、と頼むが――。

――キャシーは俺を、汚物でも見るような冷たい目で見下ろしてきた。

「……このゴミ野郎っ……！　本当に覗《のぞ》きするなんて……」

「お前っ、何か勘違いしてるな!?　違う、こうなっているのは俺のせいじゃない！」

「レイジぃいいっ！　こんな時のために貴方《あなた》を仲間にしたのよ！　責任取ってよぉおお！」

「勘違いを加速させるようなこと言うんじゃないセフィラッ!!」

「いや、キッモ……。最低……。神官のくせに勇者様に手を出すとか……。ないわ……」

「口調変わってるぞキャシー！　語尾の『ニャ』はどこ行ったんだ!!」

混乱が混乱を呼び、誤解が不和を招いて場を乱す。

それでもどうにかセフィラをなだめて服を着させてやり、キャシーにもちゃんと説明したことで、グダグダな脱衣所は落ち着いた。

「……ご、ごめんなさい二人共……。私のせいで……」

「大丈夫ニャ。でもあのスケベ野郎は、きっと勇者様の柔肌《やわはだ》の感触を楽しんでいたに違いないニャ。ああいう男はムッツリスケベなのニャ」

「聞こえてんぞクソ猫」

キャシーからの好感度は大幅に下がってしまったが、そんなことはどうでも良い。

問題なのは、セフィラが主張する『湯船の中の怪人』だ。

鋏を持っていて血まみれの手で、セフィラを湯の中に引きずり込んで溺死《できし》させようとした、怪異の正体を突き止めなければ。

（だが……オカシイな……）

俺は不思議に思っていた。この屋敷を訪れ、フランソワと対面し、この屋敷を見回った時も、そして今現在も——常に違和感を覚えていた。

「……どうして、幽霊の気配を感じないんだ……？」

違和感の正体。それは『何も感じない』ということだった。

夜だというのに。セフィラが被害に遭《あ》ったのに。この屋敷全体から、異状は一切感じない。

「どういうことなの、レイジ……!?　でも、私は確かに足を摑《つか》まれたわ！」

「足首に痣《手形》ができてるニャ……！」

「……セフィラの言葉を疑うわけじゃない。だが、幽霊の気配がまったくないのも事実だ」

混乱が収まっても、困惑する俺達。

だがこれ以上この場に留まって、アレコレ考えていても埒《らち》が明かない。まずは状況を確認するため、脱衣所から廊下へ出ると——。

「神官様っ……！」

血相を変えた庭師の老人が、顔を真っ青にして駆け寄ってきた。

「どうしました」

老体に鞭打《むちう》ってきたのか、かなり息切れしている。だがそれは体力的な話だけでなく、酷《ひど》く焦っているせいでもあった。

その理由は――。

「お嬢様がっ……！　お部屋にも、どこにも……！　見当たらないのです……！」

「……!?」

――フランソワが、いなくなった。

＊＊＊

「全員で手分けして探すぞ。何か危険を感じたら、すぐに俺を呼べ。必ず駆け付ける」

いなくなったフランソワを探すため、俺達四人は散開した。庭師の老人にはエドマンズ伯爵へ報告しに行ってもらう。

広い屋敷とはいえ全員で探せばすぐ見つかると思うが、それでも俺は焦っていた。未だに幽霊の気配を感じていないのに、異変だけは起き続けている。宿屋の時とは明らかに状況が違う。

だが立ち止まって長考している場合ではない。フランソワとの、エドマンズ家の人々との約束を果たすため、長い廊下を駆け出した。

＊＊＊

「……そうだわ、聖剣《デュランダル》を持ってこないと……！」

それぞれが屋敷の中を探し始めた直後。

入浴中に足を引っ張られ湯船に沈み、溺死する寸前だったセフィラも、服を着てフランソワ捜索に参加した。だが、その前に部屋へと戻ることにした。

幽霊は怖いが、まだ『オバケの仕業《しわざ》』と決まったわけではない。仲間の神官レイジは幽霊の気配を感じていないと言う。万が一、人間の仕業であった場合は勇者の出番《自分》となる。

仮に幽霊が出てきたとしても、剣を握っていれば勇気も出てくる。そのため、武装するために部屋へ戻ろうとすると――。

「え……」

廊下の角を曲がれば、すぐに自分達の部屋の扉が見えるという場所で。

視界の奥に、廊下の曲がり角に、『人間の足』が見えた。

その人物は、廊下に横たわって足だけを曲がり角から投げ出している。大きくて高級そうな革靴《かわぐつ》。足のみしか見えないが――ダリル・エドマンズ伯が倒れていると理解できた。

「伯爵……!?」

彼のもとへ駆け寄ろうとすると、その両足は廊下の曲がり角へと消えていった。まるで、倒れている伯爵が何者かに引きずられていったかのような動きだった。

あまりに奇怪な出来事を目撃して、臆しそうになる。

それでも、領主の危機なら放ってはおけない。急いで追いかけ、廊下を曲がると――。

「……!?」

——屋敷の廊下に、血痕が残されていた。

廊下の端から端まで続く、人間一人が引きずられたと思《おぼ》しき、長い長い『血の線』ができていた。

「どういう、ことなの……!?」

伯爵の足が廊下の曲がり角へ消えてから、数秒もしないうちにセフィラは廊下を曲がった。

しかしそこには誰の姿もなく、引きずられたような血痕だけが存在している。長い廊下を、大の男一人を引っ張ったまま、数秒で駆け抜けたとでもいうのか。

「レイジ……!」

信頼する仲間を呼ぶか悩む。部屋に戻って聖剣を装備するかどうかも迷う。だが、これほどの血痕。伯爵は大量の血を流しているに違いない。

モタモタしていると手遅れになると判断したセフィラは、震える身体《からだ》で勇気を振り絞《しぼ》る。

そして血痕を頼りに、丸腰のまま廊下を走り出した。

＊＊＊

セフィラが辿《たど》るその血痕は、玄関ホールへと続いていた。昼間この屋敷に足を踏み入れて、最初に訪れた場所だ。

そこには、屋敷にいる面々が探しているフランソワ当人がいた。広い玄関ホールの中央で、シャンデリアの明かりに照らされつつ佇《たたず》んでいた。

「フランソワさん……！　良かっ……」

セフィラは安心して笑顔を浮かべたが――その安堵《あんど》の表情は、すぐに凍り付く。

フランソワの細腕は、ぐったりと衰弱し血を流すエドマンズ伯を摑んでいるのだから。襟首《えりくび》を握り、娘である令嬢が、父親を引きずり回していたのだ。

「……あぁ、勇者様。ごきげんようですわ。食事もお風呂も、堪能《たんのう》して頂けました？」

明るい表情と口調で語り掛けてくる。昼間は生気のない様子だったのに、まるで別人だ。

しかも、全身から血を流している父親のことなど一切構う様子がなかった。

「貴女《あなた》……い、一体、何を……！」

「ところで勇者様。お誕生日はいつですか？」

「え……？」

「ワタクシは乙女座《おとめざ》の生まれですの。素敵ですわよね。遥《はる》か昔に遠い遠い場所から訪れた『東方の賢者』が、様々な文化を各地に伝えた。シャワーや写真機を開発し魔法水晶を加工し……夜空に輝く星々に図形を見出《みいだ》し、一年の十二か月それぞれに司《つかさど》る星座を与えた」

ペラペラと、饒舌《じょうぜつ》に、まるで舞台女優かのように語るフランソワ。

この異常な場で、異様な快活さと声量で振る舞う彼女に対して、セフィラは背筋を凍らせていた。

「さぁ、見上げてくださいまし勇者様。貴女の頭上に輝く星空を。明るく眩《まばゆ》い恒星を」

そう言われて見上げたとしても、ここは屋内。頭上には、巨大なシャンデリアが吊るされているだけ。

そんなことは彼女も分かりきっているはず。なのに、血だらけの父親《エドマンズ伯》を手放し、その場で優美にくるりくるりと回って舞い踊る。

「輝くものは、いつか必ず消えますわ。蠟燭《ろうそく》の火は消え、草花は枯れ、星も堕《お》ちる。勇者様……貴女の美しさも強さも、永遠ではありませんのよ」

何を言っているのか。なんの話をしているのか。セフィラには何も分からない。

ただ——彼女が、フランソワが『何か』に取り憑《つ》かれているということだけは、ハッキリと理解できた。

「この屋敷も、エドマンズ家も、いつかは滅びる。ですが散りゆく花弁のように、燃え尽きる流星のように、滅びゆくものこそ美しいですわ。……ふふっ、ははは、あはははははは!!」

「レイ……!」

仲間《レイジ》を呼ぼうとした、その瞬間——。

「ごきげんよう、勇者様」

——頭上から、大量の血液が降り注いできた。

滝のような水量と勢いで。鉄臭《てつくさ》く生温《なまぬる》い液体が。風呂に入ったばかりの清らかな身体を、長い金髪を、頭の先から爪先《つまさき》までを、真っ赤に染め上げた。

「いっ……いやぁぁぁぁあああああああっ！！！！」

「あはははははははははは！！！！」

そしてセフィラが悲鳴を上げ、フランソワは金切《かなき》り声《ごえ》にも近い大笑の声を響かせると——シャンデリアを天井に繋《つな》ぎ止めていた太い鎖が千切《ちぎ》れ、その巨大な照明器具が、重力に従い落下する。

大量のガラスで作られた巨大で豪華なシャンデリアは、大岩にも近い質量を持つシャンデリアが、真下にいる金髪の脳天めがけて落下し——轟音《ごうおん》と共に、セフィラを押し潰した。

＊＊＊

俺達がフランソワを探し始めてから、数分もしないうちに。

「!?」

女性の悲鳴が聞こえた直後、屋敷全体を揺るがすような轟音が鳴り響いた。

そして館中の明かりが突如として消え、俺のいる廊下《ろうか》も闇夜の暗黒に包まれてしまった。

「セフィラ……！」

先程の悲鳴はセフィラの声だ。もう何度も聞いていて、すぐに判別がつくようになった。

しかし、今この館で何が起きているかまでは把握《はあく》できない。玄関ホールの方から聞こえた悲鳴の原因を突き止めるため、赤く輝く不気味な月の光が差し込む廊下を走ると――。

「ぅおっ」

『何か』に躓《つまず》き、転びそうになった。

だが咄嗟《とっさ》に体勢を立て直し、ゴブリン達と戦った森の時のように顔面から床へと転倒《ダイブ》することにはならなかった。

「なんだ……？」

危うく俺を転ばせるところだったモノの正体を、目を凝《こ》らして見てみる。

貴族の屋敷の廊下に石ころが落ちているはずもないし、感触としては何か『柔らかいものが詰まった袋』にも思えた。

振り返り、薄暗い廊下の中で、その正体を確かめるため近づくと――。

「……！」

――それは、庭師の老人だった。全身を切り刻まれ、血だらけになって倒れている。

「大丈夫か！」

背筋を凍らせ顔を青くし、庭師に駆け寄る。

だが俺には何もできない。神官のくせに治癒《ちゆ》魔法のひとつも使えない自分が恨めしい。無理に動かすと出血が激しくなるかもしれないし、迂闊《うかつ》には触《さわ》れない。

そもそも、生きているのかさえ――。

「う……お……」

「良かった、まだ息はある……！」

廊下に片膝をついて、庭師の顔に耳を近付ける。

弱々しいが確かな呼吸音と、何かを伝えようとしている微《かす》かな声を聞き取った。

「……お嬢、さま……」

「……！」

庭師の老人は大怪我《おおけが》を負っている状態で、それでもフランソワの身を案じていた。幸いにして傷は深くなく、適切な治療を受ければ助かるだろう。

だが、庭師の老人を止血しようとする俺へ、邪魔するかのように声をかけたのは——他ならぬフランソワ本人だった。

「……あらぁ、こんばんはですわレイジ様。素敵な夜ですわね？」

廊下の曲がり角から、フランソワが——いや、『取り憑かれたフランソワ』が現れた。

白いドレスを血で赤黒く染め、ケラケラと常軌を逸するような、明るい笑い声と悪意をまき散らしながら接近してくる。

「ですがこんな良い夜に、レイジ様とせっかく二人きりになれたのに……血まみれの薄汚いジジイが転がっていては、台無しですわぁ」

「……お前は誰だ？」

「いやですわ、フランソワではありませんか。中庭でワタクシを慰めてくれたばかりでしょう？」

「安い芝居はやめろ。名乗りもしないまま、俺に除霊されたくはないだろ」

ゆっくり立ち上がり、握った右の拳に青白い炎を灯す。

拳に宿る炎を見て、フランソワは――フランソワに取り憑く何者かは、下品に笑い上げた。

「あはははははっ！　ワタクシを消し去るとでも？　やってごらんなさい、怯《おび》えることしかできない非力な人間が！」

その時。俺は自分の不利に気付いた。

高笑いする彼女の手には――園芸用の巨大な刈込鋏《ハサミ》が握られているのだから。

昼間、俺達がこの屋敷を訪れた際、庭師の老人が植木を切り揃えるのに使っていたものだ。

相手《フランソワ》が冒険者ではない戦いの素人《しろうと》とはいえ、あれだけ鋭利な刃物を振り回されると――無傷では済まないだろう。

「あらぁ……？　貴方《あなた》……今、一瞬怯みましたわね？　そんなに怖いですか？　コレが!!」

見せつけるようにして、鋏をジョキン！　ジャキン！　と素振りしてアピールする。

あの血に濡れた大きな刃に挟まれたら、指なんて簡単に切断されるだろう。開閉しないにしても、真っ直ぐ突き刺されるだけで即死もあり得る。

それでも除霊のスキルを解除しない。庭師の老人をこの場に捨て置いて、撤退《てったい》することは選ばなかった。

何故なら俺は――キレていた。

「ふふっ、あはははは！　逃げないのですか？　悲鳴を上げて助けを求めないのですか!?」

「あぁ。逃げも隠れもしない。命乞《いのちご》いや助けを求めることも。俺はお前が気に入らないからだ」

「貴族の娘が取り憑かれたことが？　それとも老い先短い老人のため？　もしくはこの屋敷の当主や、勇者様が斃《たお》れたことに対してですかぁ!?」

そう問われて、俺は息を大きく吸い込むと――。

「……鋏《ハサミ》ってのはなぁ、本来は紙や草花を切るためのモンなんだよ……！　それで人を傷つけるお前が、何よりも気に入らねぇ!!」

フランソワが持っている、返り血に染まる刈込鋏《ハサミ》を指差しつつ、俺は本気で怒鳴る。

道具の使用方法を間違え、人様を傷つけ迷惑をかけるだなんて。話にならん。

「……はぁ……？　……ふざけているのですか？」

そう怒る俺に、流石《さすが》の悪《あ》しき存在も一瞬言葉を失った。

「俺はこの屋敷を訪れてから、ふざけたことなど一度もない」

「ならば、これから一体何が始まるのかお分かりになっていなくて!?」

「それは分かっている」

「そうですとも！　これから始まるのは『おふざけ』でも遊戯《ゆうぎ》でもなく！　血と惨劇《さんげき》の殺戮《さつりく》シヨーの時間……！」

「いいや違う」

素手VS刃物。圧倒的に不利だが、拳を握って片足を引き、『敵』を見据えて半身に構えた。

「――除霊の時間だ……！」

長い廊下を、フランソワに向かって走り出す。

「あぁ〜？」

言葉を遮《さえぎ》られて不愉快そうな表情を浮かべた令嬢だが、すぐに醜悪《しゅうあく》な笑みを取り戻した。

そして小さな手で握った鋭利な鋏を、その巨大な刃物を、細腕で軽々と振り上げた。

「あはははははは!!　無策で立ち向かおうなどと！」

振り下ろされた鋭い一撃を避けて、除霊スキルを宿した鉄拳を叩きこもうとする。

しかしフランソワが力任せに重量のある刈込鋏《ハサミ》を振り回し、その刃にも等しい先端が当たりそうになったため、咄嗟にバックステップで回避した。

再度踏み込み、殴《なぐ》りかかろうとして——素早く突き出された刃先を、殺気のこもった刺突《しとつ》攻撃を左に避けたせいで、狙いが外れた。拳は空振《からぶ》ってしまった
「ほらほら、どうしましたの!?　名高い勇者様のお仲間なのに、大したことありませんわね！」

「悪かったな……！　大したことなくて！」

俺のスキルは幽霊特効。当たれば一撃で相手を倒せる。

だが逆を言えば、拳を当てない限りは絶対に勝つことができない。

そうなると戦闘スタイルはどうしても接近戦《インファイト》にならざるを得ず、今回のように巨大な鋏や、槍や剣という『腕より長い射程』を持った武器相手では分が悪い。

「仕方ないか……！」

このまま長引かせても負けるだけだと判断し、覚悟を決めた。

そして再びブン！　と空気を切り裂きつつ殴りかかったが――フランソワのカウンター攻撃で、鋏の刃は俺の身体《からだ》にぐさりと突き刺さってしまった。

「ぐぁっ……！」

「あはははははは！　呆気《あっけ》ないですわねぇ、レイジ様!!」

左肩に深々と刺さる鋭利な刃先。かなりの激痛だ。

それでも痛みに耐え、俺の左肩に刈込鋏《ハサミ》を刺している白い細腕を、右手で掴《つか》んだ。

そして左手に青白い炎を灯す。宿屋の幽霊を撃破した時と同じ奇襲攻撃。

この距離なら、確実に当たる。

「なっ……!?」

「終わりだ……！」

左手を固く握りしめ、顔面――ではなく、腹部へと拳を叩き込んだ。

相手は嫁入り前の貴族の娘だ。元仲間な魔法使いイルザの時のように、乙女《おとめ》の顔を殴って傷を付けるわけにはいかない。

拳が腹にめり込んだフランソワの身体は前のめりになり、鋏から手を放し、だらりと頭《こうべ》を垂れて動かなくなった。

「やったか……？」

これで終わった――はずだった。

「……ふふ」

「……あぁ……。やっぱりそうか、お前……」

鳩尾《みぞおち》に拳を叩き込まれたまま。除霊のスキルで殴られたはずなのに。フランソワは異常な握力で、俺の両腕をガッチリと掴んだ。

そして頭を上げて睨《にら》んでくるその顔は、目が血走り口の中には牙が見えている。この世のものとは思えない、おぞましい顔つきに変わっていた。

この時ようやく、ひとつの謎が解けた。

どうしてこの屋敷から、幽霊の気配を感じていなかったのか。理由は実にシンプルだった。

「……お前、悪霊じゃないな……？」

この屋敷には、最初から幽霊など存在していなかったのだ。

フランソワに取り憑《つ》いていたのは――。

「あはははははははははははっ！！！」

俺の腕を掴んだまま、怪力によって乱暴に振り回すフランソワ。

そして投げ飛ばされた俺は窓ガラスを突き破り、中庭すらも飛び越えて――頭部や全身をガラス片で切り刻まれ、血まみれの身体になりながら、屋敷の反対側の廊下窓へと突っ込んだ。

「がっ……！」

直後、俺の意識は途切れた。

＊＊＊

「なんなのニャ、どうしたニャ、何が起こっているニャ……！」

エドマンズ屋敷の長い廊下を、キャシーは涙目になりながら走り回っていた。

悲鳴が聞こえ、轟音《ごうおん》が館を揺らし、屋敷全体の明かりは消え、不気味な女性の笑い声の後に、窓ガラスの割れる音がした。

立て続けに異変を感じ、キャシーの精神はとうに限界を迎えている。

そもそも勇者《セフィラ》と神官《レイジ》に仕事を紹介し、その仲介料を貰《もら》う契約を取り付けるだけで、後のことは全て傍観《ぼうかん》する計算でいたのに。

それが、こんな面倒事に巻き込まれるだなんて。「命の危機が迫っているぞ」という、獣人としての野生の勘が、強く酷《ひど》く警告を発していた。

「た、助けを……！　誰か助けを呼んでくるしかないニャ！」

フランソワを探すことも、エドマンズ伯や庭師の老人に報告することも、セフィラやレイジを呼ぶこともせず。一刻も早くこんな不気味な館からは出ていきたいと、正面玄関に直行した。

玄関ホールにはシャンデリアが落下しており、無数のガラス片が散らばっている。

更に、何か大量の液体が水溜まりのように広がっており――それが『血液である』ことを人間以上の嗅覚で察知すると、キャシーの身体からは血の気が引いた。

「ひっ、ひニャぁああっ……！」

悲鳴を必死に我慢しつつ。誰にも気付かれないよう、館からコッソリ出ていこうとして――。

「!?」

――玄関の扉が開かない。

鍵《かぎ》はかかっていないのに、ガチャガチャと動かしても、押しても引いても、体当たりしても。

大きな扉はビクともしなかった。

「な、なんでニャ！　なんで開かないんだニャぁあ!!」

怒りを込めてドアを叩いても、無慈悲《むじひ》な無反応が返ってくるだけ。

しかし諦めきれず廊下へと向かい、窓から外部へ脱出しようとする。

「開かない……！　開かないっ……！　この窓も！　ココも！　コッチも！　開けろ！　出せ！　出してくれニャ！　ここから出してくれニャぁあああああっ!!!」

どの窓も、決して開かない。殴っても蹴《け》っても、窓ガラスは割れなかった。

そんな時。

中庭を挟んだ反対側の廊下の窓が、一枚だけ開いているのが見えた。

壊れているようだが、あのガラスの割れた窓から外へと行けるなら、この戦慄の館から抜け出せるなら、もうなんでも良い。

そう思って、その壊れた窓を見つめると――。

「……え……」

割れた窓の、すぐ近くに。黒い服を着た誰かが――神官のレイジが、血だらけで倒れているのが見えた。

生きているのか死んでいるのか、この距離では分からない。

しかし、レイジはピクリとも動く様子がなかった。

「あ、あぁっ……！」

恐怖と絶望。頼りにしていた『除霊スキル』を持つレイジが、何者かによって倒された。

逃げ場のない、この館の中で。

キャシーは足をガクガク震わせ、恐怖で引きつった表情のまま、後退《あとずさ》ると——。

ガリガリと、何かを引きずる音が聞こえてきた。

「……!?」

音のした方向に顔を向ける。

そこには——貴族の娘フランソワが、大きな斧《おの》を引きずりながら、此方《こちら》へ向かってくる。

白いドレスを赤黒く染めて。太い薪《まき》を割れるほどの大斧を、細い右腕に握りしめ。

目を血走らせ、この世のものとは思えない醜悪な笑みを浮かべながら、接近してきていた。

「ごきげんよう、子猫ちゃん……。あとは貴女《あなた》だけですわ……！　ふふ、あははは……！」

「ッ……！」

その異様な姿を見て、キャシーは踵《きびす》を返し、脱兎《だっと》の如く駆け出した。

しかし屋外へ逃げることは不可能。仮に屋敷の中を逃げ回ろうにも、構造は住人《フランソワ》の方が把《は》握《あく》しているはず。

仕方なく——先程セフィラが悲鳴を上げ、自分達が駆け付けた——脱衣所へと戻り、扉を閉めて鍵もかけ、籠城《ろうじょう》することを選んだ。

「おやおやぁ、かくれんぼですか子猫ちゃん？　それとも鬼ごっこ？　負けませんわよ……！」

高笑いしながら、斧を引きずりながらフランソワは歩み寄ってくる。

キャシーはその間にも脱衣所の小さな窓を開けようとするが、やはりここも開かない。

隠れるはずが、逆に逃げ場のない袋小路に追い詰められてしまった。

悪手を選んだかと後悔《こうかい》していると――。

脱衣所の扉が、コンコンと叩かれた。

「子猫ちゃん、子猫ちゃん。入れてくださいまし。……絶対に入れたくないですか？　そうですか、ならワタクシの息で家ごと吹き飛ばしてやりますわ！　あはっ、あはははははは!!!」

童話の一節を口ずさみ――振り上げた斧を、脱衣所の扉へ勢いよく叩きつけ始めた。

「ひニャぁああああああああああっ!!!」

大斧の刃が、何度も何度も扉に突き刺さる。

その度《たび》に引き抜き、もう一度振りかぶって、脱衣所の扉を斧で叩き割ろうとする。

力を込めて。殺意と執念を込めて。何度も、何度も、何度も。

ガン！　ガン！　ガンッ!!　と扉を震わせ、斧の刃がめり込む。

すると人間より優れたキャシーの鼓膜《こまく》は不快に揺れ、腹の底に響くような鈍重な音が、酷い吐き気をもたらした。

木製の扉は激しく震え、木片が室内に飛び散り、ギラリと輝く斧の刃が、徐々に見えてくる。

「やめてくれニャ！　許してほしいニャ！　金儲《かねもう》けしようとして、悪かったニャぁああ！」

「しつけが必要なようですわねぇ子猫ちゃん！　大丈夫です、傷付けたりなんかしませんわ。……ただ、頭を叩き割ってやるだけですから!!」

キャシーは扉の真横の壁に身を預け、泣き叫びながら命乞《いのちご》いをすることしかできない。

しかしそんな悲痛な叫びを、フランソワは高らかな笑い声でかき消し、脱衣所の扉を斧で破壊していく。

だが——不意に、その声も音も止んだ。

「……？」

突如訪れた静寂に、キャシーは困惑する。

先程までの狂気を孕《はら》んだ出来事が夢だったかのように、ピタリと全ては静まり返り、無音が訪れる。

「諦めて、帰ったのかニャ……？」

キャシーは涙目を浮かべながら、半壊した扉に恐る恐る近付く。

あれだけ重そうな斧を振り回していたのだ。きっと疲れて諦めたのだろう。子猫の一匹くらい見逃しても問題ないと、そう判断したに違い。

そんな希望的観測と共に、扉に近付くと——。

——分厚い刃の斧が扉に大穴を開け、その隙間《すきま》から、フランソワは鬼気迫る顔を覗《のぞ》かせた。

「フランソワの登場ですわ！　あはっ、あはははははははは!!!」

「ぎゃぁぁああああああああああああぁっ!!!」

壊れた脱衣所の扉から細い腕を差し込み、内側の鍵をガチャリと開ける。

「フ、フシャァァアアアッ!!」

だがここで、極度の恐怖によって追い詰められた獣の本能が、キャシーに反射的な行動を取らせた。

せめて一矢報《いっし》いようと、令嬢の細腕を鋭い爪で思い切り引っ掻《か》いた。

「あぁあっ……!?」

一瞬怯《おび》んだ隙をつき、扉を開けたキャシーは小脇をすり抜け、廊下《ろうか》へと逃げ出す。

小さな身体と、猫の獣人ならではの俊敏さが、絶体絶命の危機から救ったのだ。

「クソ猫が……!」

出し抜かれたフランソワの顔からは笑みが消え、怒りと殺意に満ちた表情でキャシーを追いかけていった。


「ひぃ、ひニャっ、もう、ダメニャっ……!!」

脱衣所からは脱出できたが、屋敷の中という閉鎖空間に囚われている状況に変わりはない。

俊敏さはあっても体力《スタミナ》に自信があるわけでもなく、やがて走る速度は落ちていき、恐怖と疲労のせいか、廊下の真ん中で転んでしまった。

「ギニャぁあっ!」

「……鬼ごっこはもう終わりですか子猫ちゃん?」

「ぁ、ぁぁっ……!」

斧を引きずるフランソワに、追いつかれる。

腰を抜かしたキャシーが見上げたのは、今まさに斧を振り上げようとする令嬢の姿――いや、美しい令嬢の皮を被《かぶ》った、おぞましい怪物の姿だった。

「もう、ダメニャ、おしまいニャ……!　勇者達を利用してお金を稼《かせ》いで、奴隷《どれい》の身から解放されると思ったのに……!」

今までの悲惨《ひさん》な過去が走馬灯《そうまとう》のように脳裏《のうり》を駆け抜けていくと――直近の記憶が、映像として蘇《よみがえ》った。


『危険を感じたら、すぐに俺を呼べ。必ず駆け付ける』


そんな『彼』の言葉に、少しだけ安心している自分がいた。

獣人だからと屋敷に入ることを拒否された時、彼だけがエドマンズ伯に反論して庇《かば》ってくれた。他の人間達とは違う『何か』を感じていた。

なのに――。

「……あの無能神官!　役立たず!　どうして肝心《かんじん》な時にいないのニャ!　アホー!　バカぁああ!　ムッツリスケベー!　『駆け付ける』って、言ったはずニャぁあああ!」

「誰も助けになんて来ませんわ子猫ちゃん！　貴女《あなた》はここで死ぬのですわ！　あはははは！」

泣いても叫んでも悪口を言っても、誰の耳にも届かない。

命の終わりに無様な姿を晒《さら》すキャシーを、フランソワは愉快そうに見下して高笑いする。

そして小さな頭へと、大斧が振り下ろされ――。

「っ……！　レイジ殿ぉおおお!!　助けてくれニャぁぁぁあああああっっ！！！！」

――窓ガラスをブチ破って突入してきた男の飛び蹴りが、フランソワの斧を叩き落とした。


「……!?」

窓から飛び込んできたその眼鏡男《めがねおとこ》は、裾《すそ》の長い黒い服を着て、首筋には赤いマフラーを巻き、胸元には金色に輝く十字架《ネックレス》を下げていた。

「レ……！」

「――オイ、クソ猫」

頭も、肩も、全身も、切り傷まみれで赤い血を流している。

しかしその男は、キャシーを庇うようにしてフランソワの前に立ち、眼鏡を中指で押し上げ、斧を拾い上げる悪逆の女を睨《にら》みつけた。

両手には青白い炎を燃え盛らせ。悪口も助けを求める声も全て聞き取って。

『約束』を果たすために駆け付け――拳を構えた。

「聞こえてるって、言ってんだろ」

「レイジ殿ぉぉおおおおお!!」

＊＊＊

間一髪《かんいっぱつ》のところでキャシーを守ることはできたが、危機的状況であるのに変わりはない。

それを相手《フランソワ》も理解しているのか、細腕で斧を持ち直すと、凶悪な顔でゲラゲラ笑い始めた。

「飼い猫《ペット》のピンチに、ご主人様の登場といったところですかぁ？」

「キャシーはペットじゃない。俺とセフィラの仲間だ」

「ニャぅ……」

俺の言葉に、何故か照れたような声を出すキャシー。

しかしそんな仲間《キャシー》の命を守るためには、除霊のスキルが通用しない相手に丸腰で立ち向かわないといけない。

向こうも「斧を持っている自分の方が圧倒的に有利だ」と分かっているらしく、俺に対して怯《ひる》む様子も見せず、余裕たっぷりといった態度だった。

「大切なお仲間を守りきれますかねぇ？　ワタクシには、貴方《あなた》の拳は効かないというのに！」

「あぁ、そうだな。何せ……お前は悪霊じゃない」

「ニャ!?　そうだったのかニャ!?」

幽霊特効の除霊スキルが無効化された。しかし彼女には、確実に何者かが取り憑《つ》いている。三か月前から今現在までの間ずっと、数々の怪異を引き起こしてきたのだから。

その正体に、俺は一つだけ心当たりがあった。他にないだろう。

フランソワに憑依《ひょうい》しているのは——。

「——悪霊ではなく、お前は『悪魔』だな？」

フランソワは——彼女に取り憑く悪魔は、『正解』を言い当てられて姿を現した。

「よく分かったな！　その通りさ、人間!!」

滑らかな背中から、黒い蒸気が噴き上がる。

その黒煙は人型を形作り、蝙蝠《こうもり》のような翼を広げ、鋭い爪や牙、二本の角《つの》を生やす——黒い悪魔として現出した。

「ただ正確には、マジックゴブリンの上位種……。『デビルゴブリン』だがな」

「アレも、ゴブリンなのニャ……!?」

この世界では幽霊も天使も悪魔も、「実在はしない」とされている存在。デビルゴブリンは、あくまで悪魔の名を冠するだけの特異個体だ。

だがその魔力や技量はマジックゴブリンを遥《はる》かに凌駕《りょうが》すると言われている。知能も人間以上とされ、発生する確率は数十万分の一以下という超希少種。

冒険に憧れ、故郷の村で魔物辞典を読み漁《あさ》っていたから、知識としては知っていた。だが実際に遭遇《そうぐう》するのは初めてだ。

「分かったところで、どうすることもできないがな！　非力な貴様では、嬲《なぶ》り殺されるだけだ！」

「あぁまったくだ。俺はお前に勝てない」

「んニャっ!?　じゃあどうするんだニャ!?」

窓ガラスを蹴破《けやぶ》って助けに来ておいて、「勝てない」だなんて言う無能神官に対して、キャシーは酷《ひど》く狼狽《うろた》え、デビルゴブリンは高笑いする。

「ヒャハハ！　所詮《しょせん》は低能な人間か！　本当にお前達は操り易いよ！　この娘に取り憑き、悪霊の仕業《しわざ》に見せかけ使用人共を追い出し、最後には当主も精神的に追い詰め……！　それで復《ふく》讐《しゅう》は完成する！　多くの同胞《どうほう》を殺し、この俺様にすら惨《みじ》めな生活を味わわせた当主は、とことん追い詰めて落ちぶれさせてやるつもりだったのさ！」

少数精鋭な強者《つわもの》揃いのエドマンズ領。そしてそんな兵士達でも勝てない魔物がいれば、勇者にクエストを依頼するほど対応が早い。

そんな有能なエドマンズ伯爵に駆除《くじょ》された、ゴブリンの一族というわけか。

特異個体といえど、悪意を振りまき、不当な実力の行使によって人間に不利益を与える性質は、そこらのゴブリンと変わりないわけだ。

そして大言壮語《たいげんそうご》ではなく、デビルゴブリンの計画はここまで全て順調であり、このまま行けば本当に野望を達成することができるだろう。

――だが、問題はない。

「俺は勝てないが、お前に勝てる人間ならいる」

「なんだと……？」

「そ、そんな人が、どこにいるニャ……!?」

その人は——フランソワに取り憑く悪魔の背後、廊下《ろうか》の反対側から、聖剣を持って現れた。

「俺達は役割分担してるんだよ。ビビりな彼女に代わって、俺が幽霊を除霊する。そして……」

「強さを持たない彼の代わりに、私が魔物を倒す。……そうよね、レイジ」

「んニャっ!?　勇者様ぁあああ！」

闇夜に輝く聖剣を抜刀《ばっとう》し、全身を赤く染めたセフィラが歩いてくる。だがその身体《からだ》には、傷一つ付いていない。彼女の血ではないのだろう。

セフィラの登場にキャシーは驚いたが、それ以上に、デビルゴブリンも驚愕《きょうがく》していた。

「どういうことだ……!?　貴様は、シャンデリアに押し潰されたはずだ！」

「え？　あぁ、確かにアレには少し驚いたけど……。潰される寸前に、私の持っている魔力を放出して防御したのよ。まぁ、体内の魔力を一瞬で大量に放出したから、数分くらい気を失ってしまったけど……」

簡単に言ってのけるが、シャンデリアの重量と落下の衝撃を相殺《そうさい》するほどの魔力を、一瞬で放てる人間が世界にどれだけいるのか。宮廷魔導士クラスの人間でも難しい離れ業《わざ》だろう。

「ならば今度こそ、永遠の眠りに……！」

悪魔はフランソワの身体を操り、セフィラを仕留めようと斧《おの》を振り上げさせ、襲い掛かる。

「ヤばいニャ！　レイジ殿、勇者様の加勢に……！」

「まだ分かってないのかキャシー。それにデビルゴブリンも。お前達が目の前にしている人間を、誰だと思っているんだ」

細身な令嬢の肉体に宿りながら、達人級の動きを無理矢理に実現させる悪魔は不気味に笑う。

そして長い金髪の頭部へ、大斧を容赦《ようしゃ》なく振り下ろし――。

「最年少で『勇者』の称号を獲得した、当代最強の冒険者だぞ」

――眩《まぶ》しく輝く聖剣の一振りが、巨大な斧の刃を粉砕《ふんさい》した。

「……!?」

大斧を打ち砕いた威力に、驚嘆《きようたん》するデビルゴブリン。

だが勇者の攻撃は止まらない。

流れるような剣技によってフランソワの手から斧の柄《え》も叩き落とし、彼女の背後に浮かび上がる魔物の左腕を斬り落とした。

「ギャァァァアアアアアアッ!!!」

邪悪な悪魔がおぞましい悲鳴を上げて、痛みと苦痛に悶《もだ》える。

セフィラは追撃の手を緩《ゆる》めず、目にも留まらぬ速さで突きを繰り出し、デビルゴブリンの心臓を貫いた。

聖なる剣は、あらゆる魔物に対して無敵の強さを誇る。魔物特効の聖剣で肉体を貫かれ、デビルゴブリンの肉体は眩《まばゆ》い光に包まれ焼き焦がされていく。

「お、おのれぇぇぇえっ……！」

悔《くや》しがりながらその身体は、ついには黒い霧となって散らばった。

解放されたフランソワは気を失って廊下に倒れ込み、そんな彼女の身体を俺が支え、そっと床に寝かせてやる。

「や、やったニャ……!?　これで、一件落着……！」

キャシーがぬか喜びした、その直後。

黒い霧が一か所に集まり、恐ろしい悪魔の姿を再び構築した。

「ニャっ……!?」

「……おのれ、下等な人間風情《ふぜい》が、よくも……！　だが残念だったなァ！　俺様の魂はそう簡単には滅びない！　たとえ肉体を失っても、魂だけでも比類なき魔力を持っているのさ！」

セフィラによって倒されたはずが、幽体となって復活したようだ。

復讐に燃えるデビルゴブリンは、今度こそ本物の悪魔さながら、セフィラに狙いを定めて彼女へと襲い掛かる。

「きゃあっ!?」

剣を振るって悪魔を倒そうとするが、実体のない相手には聖剣といえど通用しない。

魔物は平気でも幽霊が苦手なセフィラは悲鳴を上げ——デビルゴブリンに取り憑かれてしまい、だらりと身体から力が抜けた。

「……ふふっ、ははは、あははははは！　なんという力だ……！　これが勇者の肉体！　こんなことなら、最初からこの女に取り憑いておけば良かったな！」

セフィラの身体で、セフィラの声と顔で、デビルゴブリンは邪悪に笑う。

勇者という最強の肉体を手に入れ、無敵の気分なのだろう。

「ありがとよ」

そんな悪魔へ、俺の仲間に憑依したゴブリンの幽霊に対して、感謝の言葉を告げてやった。

「ぁあ……？」

最強の肉体を手に入れて喜ぶデビルゴブリンへ、取り憑かれたセフィラの腹部へと——青白い炎を灯した拳を、全力で叩き込んだ。

「がッ……!?」

「わざわざ俺の土俵《ステージ》に上がってきてくれて、助かった」

「ぎッ……！　ぎイィィやァァァアアアあああッッッ！！！！」

幽霊になって復活した時点で、デビルゴブリンの敗北は決まっていた。

セフィラの肉体が青白い火炎に包まれる。だがこの炎は、生きている人間にはなんの影響も与えない。幽霊だけを消滅させるスキルなのだから。

そんな除霊の炎に焼かれ、デビルゴブリンはたまらず勇者の肉体から離脱する。

だが浄化の火炎はその邪悪な魂を燃やし尽くし、今日までフランソワの身体を乗っ取っていた悪魔《ゴブリン》を、今度こそこの世から完全消滅させた。

「……魔物特効と幽霊特効……。最強の勇者と除霊スキルの神官……。……やっぱり、この二人を選んだアタイの目は間違ってなかったニャ！」
こうして——エドマンズ家を三か月も苦しめていた、悪霊が住まう屋敷……ではなく『悪魔の館』の異変は、元凶が滅んだことで解決した。

＊＊＊

エドマンズ屋敷の異変を解決してから、一夜が明けた。

「ニャぅん♡　ニャぉおん♡」

上半身裸でベッドに座る俺と、同じベッドに四《よ》つん這《ば》いで上がり込んできたキャシー。

その小さな下顎《したあご》を指先で撫《な》でてやると、猫さながらにゴロゴロと喉《のど》を鳴らして歓喜する。

昨日は色々と小馬鹿にしてきたのに、この変わり様だ。どうやら、ずいぶんと懐かれてしまったらしい。

「お腹も撫でてほしいニャ～」

キャシーはベッドの上にごろんと仰向《あおむ》けになって、動物としては急所である腹部を晒《さら》す。

完全に相手を——俺を信頼している証《あかし》だ。

「……仕方ないな」

まぁ俺は犬より猫が好きだし、尻尾《しっぽ》も触らせてくれるようになったから満更でもないが、

『問題点』はあった。

獣人とはいえ、キャシーは猫耳や尻尾以外は人間の少女とほとんど同じ姿。そんな身体を、少女のすべすべな肌や露出している柔らかな腹を撫で回すのは、なんだか背徳的に思えた。

とはいえ本人が許可しているし喜んでいるのだし、ギリギリセーフかと思って、彼女《キャシー》が望むまま撫で回して戯《たわむ》れる。

腹を撫でられ、満足そうに恍惚《こうこつ》の表情を浮かべているが——逆に俺は、顔を苦痛で強張《こわば》らせていた。

「痛ッ……！」

「あら、ごめんなさいレイジ。キツくし過ぎたかしら？」

「い、いや、大丈夫だ。これくらいしないと、傷が開くかもしれないからな」

上着を脱いで上半身を裸にしている俺の肩を、セフィラが包帯を巻いて治療してくれている。

昨夜、デビルゴブリンに取り憑かれたフランソワと戦った時に、左肩を大きな刈込鋏《ハサミ》で突き刺された。他にもあちこち怪我《けが》を負ったが、一番深いのは肩の刺し傷だった。

「ごめんなさい、私に治癒《ちゆ》魔法が使えれば……」

「良いんだセフィラ。回復とかは、普通は神官の役割なのに」

俺はつくづく、自分の実力の低さを思い知らされる。使えるのは除霊のスキルだけで、傷付いた他人を癒《い》やすこともできない。

無能神官に代わってエドマンズ伯の屋敷には、伯爵と庭師の老人を治療するため回復魔法士が訪れていた。

しかし俺以上に重傷な二人の治療を終えて一命を繋《つな》ぎ止め、その魔法使いの魔力は枯渇《こかつ》してしまった。三人目の肩の傷を癒やすまでには至らなかった。

結局俺は、包帯を巻いて自然治癒を待つことにした。

「勇者様は、魔法ならなんでも使えるかと思ってたニャ」

「攻撃魔法とか、戦いに使える魔法は色々と習得したけど……。ほぼ一人旅だったし、他人を治療する魔法は勉強してこなかったの」

「自分が怪我をした場合のことは考えなかったのか？」

「敵の攻撃は全部防ぐか回避するから、怪我とかしたことないし……」

「すげぇ」

「すげぇニャ」

数多くの敵と戦ってきて、それでも傷一つ負ったことがない最強の冒険者セフィラ。そんな勇者としての実力の高さがあったからこそ、昨夜はフランソワに取り憑いた悪魔を討伐《とうばつ》できた。

しかし強すぎるが故に治癒魔法を覚えてこなかったため、俺は肩の痛みをしばらく我慢しなければならない。まぁ、そのうち治るだろう。

「ご主人様～。傷口が痛むなら、アタイが舐《な》めて治してあげても良いニャ……？」

「……気持ちだけ受け取っておく」

頰《ほお》を赤く染めて提案してくるが、ザラザラな猫の舌で舐められるのは拷問《ごうもん》なのでは？

それよりも、キャシーはいつの間にか俺のことを『ご主人様』と呼ぶようになっていた。俺は昨夜「ペットじゃなく仲間だ」と啖呵《たんか》を切ったのに、完全に飼い主と認めてしまっている。たった一晩で随分《ずいぶん》な変わり身だ……と思いつつ。

だが、一番『変化』が激しいのはキャシーではなく——部屋の扉を勢いよく開けて入室してきた、『彼女』の方だった。

「おっはようございま——す、ですわ皆様ぁぁああ！　完全復活したワタクシ、フランソワ・エドマンズの登場ですわ!!」

鼓膜《こまく》が破けて頭が割れて肩の傷口も開きそうなほどの声量で、亜麻《あま》色の髪の貴族の娘が——デビルゴブリンに取り憑かれていたフランソワが、元気すぎる様子で入室してきた。

「まっ!?　申し訳ありませんレイジ様！　お着替え中だったとは！　はしたないですわねワタクシ！　で、でも興奮しちゃいますわ！　殿方《とのがた》の裸体を見るのは初めてなのですから！　細身に見えましたが、意外と良いカラダしていますわね……！　特に三角筋の当たりが、す、素敵ですわ……！」

テンション高《たっけ》ぇ……。

昨夜までの、悪魔に憑依《ひょうい》されて生気を失っていた令嬢は、中庭で一筋の涙を流していたフランソワは幻だったのでは、と思うほどの変貌《へんぼう》ぶりだった。

とはいえ「取り憑かれる前のお嬢様《フランソワ》は活発な性格だった」と庭師の老人は言っていた。

今現在の、やかましいレベルで元気なこの状態が、本来の調子なのだろう。

……それにしたって、元の性格が活発すぎやしないか。

お転婆《てんば》というより、エキセントリックとすら呼べる領域だ。

「腕の筋肉も、流線型の見目麗《みめうるわ》しい曲線美ですわ……。ウットリしちゃいます……！」

「はしたないですわねワタクシ」「失礼いたしますわ」「でも少しくらい良いですわよね！」とか言いつつ、ベタベタと俺の身体《からだ》を触ってくる。なんだこの令嬢。筋肉フェチか。

「そうね。戦えないとは言っていたけど、それなりに鍛えていたの？」

筋肉や骨格を評価《レビュー》するフランソワを止めるどころか、セフィラも一緒になって俺の背中を撫で回して確認し始めた。

確かに戦闘はからっきしだったが、冒険者になるため最低限のトレーニングはしてきた。

それにイルザ達の仲間だった頃は、雑用や力仕事を押し付けられ、一般人以上の筋力を自然と得ることになった。

「腹筋も割れてて程よい硬さニャ……！　ご主人様のお腹っ……！　たまんねぇニャ！　すぅー……っ！　はぁー……っ！」

「オイッ！　腹に顔を押し付けるなキャシー！」

キャシーだけは下心丸出しな、いやらしい手つきで俺の腹を触ってくる。

そしてその小さな顔面を腹筋に押し付け、思いっきり深呼吸してきた。流石《さすが》に気持ち悪いわ。

三人の美少女に身体を撫で回されるという状況に、若い男として興奮するとか優越感を覚えるとかよりも、身の危険を感じてしまう。

セフィラによる肩の治療も終わったことだし、三人を振り払って立ち上がり、急いで服を着た。フランソワとキャシーは名残惜《なごりお》しそうな声を出していたが、無視だ無視。

「……それで、何か用があったんじゃないのかしら？　フランソワさん」

「あら、そうでしたわ。ワタクシとしたことが、目的を見失うとは……」

冷静な性格のセフィラのおかげで、本来の用件を思い出してくれたようだ。

まるで舞台女優のような身振り手振りで、愉快な性格のフランソワは俺達を『歓迎』する。

「昨夜の一件で、皆様には大恩ができましたわ！　つきましては、今夜はワタクシの快気祝いということで、盛大な祝宴《パーティー》を開催しようと思いますの！」

その一言に、食欲旺盛《おうせい》な勇者様は目を輝かせた。

「祝賀パーティー……！　お、美味《お》しい食事がたくさん出るの!?」

「もちろんですわ勇者様。胃袋がはち切れんほどに召し上がってくださいまし！」

「そ、想像しただけで、もうお腹が空《す》いてきたわ……！」

「ところで、ところでニャ！　今回の依頼の報酬《ほうしゅう》は……？」

「もっちろんお支払いいたしますわ子猫ちゃん！　エドマンズ家存続の危機を救ってくださったのですもの、謝礼は惜しみませんわ！」

「よっしゃあニャぁあああ！」

豪華な食事と多額の謝礼。セフィラとキャシーは依頼解決《クエストクリア》の報酬に胸を高鳴らせている。

だが――。

「悪いがフランソワ嬢。俺達は、今日の昼には出ていこうと思う」

俺の一言で、場が凍り付いた。

「レイジ……!? な、何を言っているの? 今夜はパーティーよ? 山盛りのお肉が出るのよ!?」

「そ、そうニャご主人様! お金もガッポリ貰《もら》えるニャ! ついでに何か一発芸でも披露すれば、小銭《おひねり》が貰えるかもニャ!」

一発芸なんか持ってねぇよ、と言いかけて。そんなことより大事な『理由』を全員に伝える。

「お前《キャシー》が持ってきた話だろ。『悪霊に取り憑《つ》かれた令嬢』の話と……もう一件、あるんだろ?」

このエドマンズ屋敷に来る前、俺とセフィラはキャシーから除霊の話を『二つ』聞いていた。

「そ、そうですけど、ニャっ……! 別に急がなくても……!」

「エドマンズ伯爵に魔物討伐《とうばつ》完了の報告をするというセフィラの仕事、そしてフランソワの悪《あく》魔祓《まばら》いも終わった。キャシーの話が眉唾《まゆつば》ではないと分かった以上、もう一つの話も幽霊か何かが絡んでいる可能性が高い。ココでの用件は済んだのだから、長居して次の依頼人を待たせるのはダメだろ」

最初にこの屋敷に訪れた時。『獣人だから』という理由で家に上がるのを拒否されたキャシーを、俺はエドマンズ伯に正論をぶつけることで庇《かば》った。

しかし今度は、キャシーが俺の理屈をぶつけられる番。

悪いが俺は、相手が貴族だろうが獣人だろうが、そして俺自身の仲間だろうと、区別も差別もする気はない。

「こ、このっ……！　ムッツリドスケベ屁理屈《へりくつ》ガンコ男――――っっ！！！！」

「うるせぇな。そんな大きな声を出さなくても、聞こえてるよ」

Case.2 『悪霊の館』 END

Case.3 『廃病院』

「うぅ〜……。どこ行っちゃったのよぉ、レイジぃ〜……」

紫色の長髪を、ふわりと風になびかせて。魔法使いイルザはホウキに跨《また》がり、『空中浮遊《ザ・フライ》』の魔法で空を飛んでいた。

その目的は、幼馴染《おさななじみ》であり仲間であった神官レイジを探すこと。ミズリル国エドマンズ領の荒野上空から、目を凝《こ》らしつつ茶色い大地を捜索する。

だが眼下には一台の白い馬車が走っているだけで、黒い神官服や青い鎧《よろい》を装備した冒険者が歩いている姿は見えなかった。

「まさか勇者様の仲間になるだなんて……！」

思い出すだけで、大きな瞳にはジワリと涙が滲《にじ》んでくる。

冒険者としての実力も、女としての魅力でも遥《はる》か上を行く聖女セフィラが幼馴染《レイジ》をスカウトし、そのまま旅立ってしまった。

しかし諦めきれないイルザは仲間の戦士クロムと弓使いエルに『一時離脱』を宣言し、単身でレイジを追いかけることにした。

「こんなことになるなら、あんなこと言うんじゃなかった……」

　幼少期からの、数々の暴言や暴力。『あんなこと』の心当たりが多すぎて、一つ一つを思い出してはいられない。

　だが長年の積み重ねのせいで、幼馴染を失ってしまった。

　単に素直になれない自分の性格のせいだが、「武器も魔法も使えないレイジには、どうせ他に行く場所もないでしょうし」という慢心や甘えがあったために、完全に見放された。

「こんな美少女魔法使い幼馴染を置いてけぼりにして！　どこ行っちゃったのよ！　もぉ――っ！」

　魔法の実力はそこそこだが、高難易度である『飛行魔法』だけは得意とする自称美少女魔法使いのイルザ。高度を上げてスピードを速め、もっと広い範囲を探そうとする。

　会って一言謝りたい。もう一度一緒に冒険がしたいと、素直な気持ちを伝えなければ。

　しかしどれほどホウキで飛び回っても見つかることなく、甲高《かんだか》い悲痛な叫び声だけが、爽《さわ》やかな青空に響き渡っていった。

　――その真下、荒野を駆ける白い馬車の中に、目的の人物がいるとも知らないままに……。

＊＊＊

「……ん？　今、何か言ったか？」

「はい？　ワタクシは何も言っていませんが？」

荒野を走るせいでガタガタと揺れる、馬車の中。

聞き覚えのある少女の声に呼ばれた気がして、俺は対面に座るフランソワに聞いてみた。

しかしフランソワは何も言っていないようだ。

右隣に座るセフィラは寝ている。大量の朝食を食べ終えて馬車に揺られ、神官服の右肩に金髪の小さな頭部を預け、気持ち良さそうに寝息を立てている。

寝言で俺を呼んだわけでもなく、幽霊の気配も感じず、少女の声は気のせいだったのだろう。

「しゅぴー……。むにゃ……。おかわり……」

……それにしても。最強の冒険者であるはずだが、普段のセフィラは怖がりだったり満腹になったらすぐ寝たりと、割と子供っぽい部分がある。

そして左隣に座る……座っていたはずのキャシーも、俺の膝に頭を預け、寝転がって熟睡している。いわゆる膝枕の状態だ。

「金貨が一枚……金貨が二枚……。ニャへへ……」

膝枕を許可した覚えはないが、勝手に寝転んできた。猫耳をひょこひょこ動かして尻尾《しっぽ》を揺らし、俺の太ももの感触を堪能《たんのう》しつつ、良い夢でも見ているのかニヤニヤしている。

セフィラといいキャシーといい、まったく緊張感のない奴らだ。

「しかし悪いな。次の目的地へ行く馬車まで出してもらって」

「あら、お気になさる必要はありませんわ。祝賀パーティーを開催できませんでしたから、これくらいはさせて頂きたいですもの」

次の依頼があるからとパーティーの誘いを断ってしまったが、それに対して不快感を示すどころか「なら別の方法でお礼がしたいですわ」と笑顔を見せたフランソワ。

貴族だから心が広いのか、貴族なのに特殊な部類だからこそ平民《俺》に良くしてくれるのか。

どちらにせよ、長い道のりを馬車で移動できるのはありがたい。

「セフィラ様とレイジ様はワタクシの恩人ですから。協力は惜しみませんわ！　何より……」

貴族として、御家のピンチを救《取り憑く悪霊を払》ってくれた恩義。

そして家族や使用人、フランソワ本人を助けた俺達への感謝の気持ち。

——更にもう一つ、『個人的な想い』があるらしかった。

その気持ちが溢《あふ》れているのか、昨夜の東屋《ガゼボ》のように俺の右手を握り、ゆっくり撫《な》で回し、頬《ほお》を染めながら熱っぽい視線を送ってきた。

「中庭でワタクシにかけてくれた言葉、真っ暗な廊下《ろうか》で果敢《かかん》に敵へ立ち向かう姿……。本当に惚《ほ》れ惚《ぼ》れしましたわ……！　ワタクシはまだ独り身ですが、いずれはエドマンズ家を受け継ぐ伴侶《はんりょ》を見つけなければいけません……。レ、レイジ様さえ良ければ、ワタクシと……！」

知り合って数日も経っていないというのに、まさかのプロポーズにも等しい告白をされた。

俺は小さな手を握り返し——フランソワは歓喜の表情を見せたが——そっと、彼女の手を解いた。

「悪いが俺の所属する教会は、聖職者の婚姻には否定的なんでな」

「んもぅ！　そんなことは愛の前では無関係ですわ！」

聖典や教義を重んじる、熱心な信徒を気取るつもりはない。だが『神官だから』というのは、求婚を断るのに便利な都合だ。

別にフランソワのことが嫌いなわけじゃない。美しさと魅惑のプロポーションと財産を持ち、女性としてはこの上なく魅力的と呼べる。除霊スキルしか持たない冒険者なんかよりも、遥か雲の上の位置にいる人間だろう。

ここで求婚を断ってしまったら、貴族の仲間入りをする機会を永遠に失うかもしれない。

それでも——。

「貴族に婿入りして自分の領地を手に入れるより、俺は冒険者として自由気ままに、世界各地を見て回りたいんだ」

憧れていた冒険譚を最強の勇者セフィラと共に繰り広げる日々は、まだまだ始まったばかり。屋敷の中で不自由なく暮らすよりも、その日暮らしの過酷《かこく》な生活になったとしても、世界を自由に旅したかった。

そして理由はそれだけでなく、彼女の意図に薄々気付いている、というのもあった。

「それにフランソワ。お前が欲しいのは俺じゃなく、俺の仲間である『勇者』セフィラの後ろ盾《スポンサー》という立場だろ?」

「……あら、驚きましたわ。ワタクシ、悟られる素振りを見せた覚えはありませんのに」

疑念を否定しない。つまり事実なのだろう。

将を射《い》るにはまず馬から。俺という『馬』を籠絡《ろうらく》すれば、その上に乗る『将《セフィラ》』も手に入るという思惑は、容易に想像できた。

「名高い冒険者を王族や貴族が多額の支援金を出して囲っているってのは、冒険者にとって常識だ。セフィラほどの実力者なら、尚更だろう」

「ええ、そうですわね。ですがセフィラ様は仲間を作らず、どこの派閥《はばつ》に所属することもなく、単身で数々の高難易度クエストを攻略し、時には無償で人々を助けてきた……。まさに『聖女』の名に相応《ふさわ》しいですわ」

改めて、セフィラと仲間になれたのは奇跡的だ。彼女の仲間であり続けたいと、本当に思う。

それと似た想いを抱いているのは、フランソワもなのだろう。

「そんな聖女セフィラと今回の一件で繋《つな》がりができて、エドマンズ家としてはできる限り『勇者』と友好な関係を築きたい、と。そんなところだろう？」

「ご名答ですわ。聡明な殿方《とのがた》はワタクシ大好きですの。……小領のエドマンズ家がこれから国内で更に影響力を増すためには、勇者様の名前が必要です」

エドマンズの領地や人間に手を出せば、資金援助を受けている勇者セフィラが黙っちゃいない。そうした構図が完成すれば、エドマンズ家の地位は盤石《ばんじゃく》なものとなる。

セフィラ側も冒険資金や旅先での移動手段に困ることなく、まさにＷＩＮ－ＷＩＮの関係だ。

だがそれは同時に、エドマンズ家の意向を無視できなくなるということでもある。

エドマンズ家やミズリル国と対立関係にある国家や領地の人々を、気軽には助けられない事態も発生するだろう。

そんな懸念《けねん》があるからこそ、フランソワに対する俺の眼光は鋭くなり、思わず拳を握ってしまう。

「……もし、セフィラを政治の道具にしようってなら……」

「ご安心くださいませレイジ様。ワタクシもお父様も、セフィラ様の活動の妨げをするつもりはありません。もちろん貴方《あなた》の『除霊』も。貴方達がよりスムーズに冒険できるようにすることが、結果的にワタクシ達の利益にも繋がるというだけです」

……嘘を言っているようには思えない。どうやら他意はないらしい。

ハイテンションでお転婆《てんば》な令嬢かと思っていたが、貴族の一人娘としての立派な『器《うつわ》』も持ち合わせているようだ。

「……それと、最後に一つだけ」

「ん？」

「レイジ様達と個人的に親交を深めたいのも、建前《たてまえ》ではなく本音ですわ。命の恩人ですもの。本当に感謝していますし、できれば……お、お友達に、なりたいと……思っています」

顔を赤くし目線を逸《そ》らして、モジモジと不安そうにしている。

誘惑しようとしてきた艶《なま》めかしい姿より、コッチの『素』の方が可愛《かわい》らしいと俺は思う。

「まぁ……そうだな。支援者《パトロン》に頭を下げて言いなりになるような生活はしたくないが……。友人としてなら、できる範囲で頼みは聞くよ」

「本当ですか……!?　嬉しいですわ！　で、では今日から、ワタクシとお友達ということ

で！」

フランソワは明るい笑顔で、再び手を握ってきた。

「あぁ、よろしくなフランソワ」

今度はその手を振り払うことなく、友好の証《あかし》として握手を交わした。

「それで、目的地までは……」

「もう少しかかりますわね。……『ウエスト・ヒルズ病院』。かつて争いに巻き込まれて大火に包まれ、多くの死者を出した『廃病院』に行こうだなんて……。流石《さすが》は除霊師といったところですわね？」

＊＊＊

揺れる馬車の中で眠りこけていたセフィラとキャシーを叩き起こし、フランソワの手の上に載せられた魔法水晶へと、全員が注目する。

そこにはエドマンズ家の時と同じく、過去の映像がぼんやりと浮かび上がった。

映っているのは、身なりの良い若者達。今回の依頼者もまた、貴族だと推測された。

「匿名《とくめい》での依頼、ということだったが……。十中八九、貴族からのだな」

「人探しのクエストは、ギルドの掲示板で私も目にした覚えがあるわ。でも他の仕事があったから、その依頼は受けなかったけど……」

「またガッポリ儲《もう》けるニャ！」

依頼者から送られてきた魔法水晶。その水晶が再生する映像は、談笑しながら森の中を歩く、三人の若者達の声から始まった。

『――ねぇジョン。マイケル。もし本当に幽霊が出たら、どっちが私を守ってくれるのかしら？』

先頭を歩く一人の少女が、他の二人に問いかける。

三人組の紅一点《こういってん》として、厚遇されるのは分かりきっている口調だった。

『勿論《もちろん》、僕がキミを守ってあげるさヘレナ。何せ僕の家は、代々続く騎士の家系だからね。野盗《やとう》だろうと魔物だろうと、僕の剣技で討《う》ち倒してみせるさ』

『ジョンの細腕じゃ無理ムリ！　俺くらい鍛えないとな！』

『マイケルは身体《からだ》を鍛えるだけじゃなく、勉強もした方が良いと思うわよ？』

『ははは っ』

『オイオイ、笑うなよジョン！』

仲の良さそうな三人。ガサガサと草木をかき分け小枝を踏みしめ、森の中を迷う様子もなく進んでいる。『目的地』まで荒野を大きく迂回《うかい》するルートより、森を突っ切る最短ルートを選んだようだ。

「依頼人はこの三人の親ニャ。子供達が行方《ゆくえ》不明になったけど、あまり表沙汰《おもてざた》にはしたくないらしいニャ」

何かしらの事情があるのだろう。聞けば、この水晶が『ある場所』で落ちているのが発見され、映像を確認した後に、ギルドへの正式な捜索依頼は打ち切ったらしい。

『ところで本当に、コッチの方角で合ってるの？』

『間違いないさ。マイケルじゃないんだから』

『俺が道を間違えたことなんてないだろぉ』

彼らが向かう目的地。そして水晶が発見された場所。

それこそが――『ウエスト・ヒルズ病院』だった。十年前に災に包まれ、多くの死者を出した病院だ。

現在は廃病院となっている場所を目指し、映像の中のお嬢ちゃん・お坊ちゃん達は護衛《お供》も連れずに森の中を歩いていく。ちょっとした冒険気分なのだろう。

『あそこには賢者の遺産も眠っているという噂《うわさ》だわ』

『もし実在していたら、最初に見つけた者が所有権を持つ……ということで良いかな？』

『遺産を手に入れたら、エドマンズ家に代わって領主になることも夢じゃないな！』

「……『賢者の遺産』……？」

聞き慣れぬ単語に俺が食いつくと、フランソワが説明してくれた。

「この大陸に数々の技術や知識をもたらした東方の賢者が、各地に残した遺産ですわ。何かしらの道具なのですが、どれも使用方法が分からず……。古代の道具なのに遥《はる》か未来の技術で作られたとも呼ばれる、『超技術遺物《オーパーツ》』ですわね」

貴族出身の若者達は、その『賢者の遺産』とやらを見つけるのが主目的というわけではなさそうだった。だが廃病院を目指して冒険し、もしもそこで遺産を手に入れたらどうするか夢想し、楽し気にしている。

――この後に自分達の身に降りかかる、想像を絶する恐怖も知らないままに。

＊＊＊

「……喉《のど》が渇《かわ》いたわね。ジョン。病院まではあとどれくらい？」

長い茶髪をサイドテールにまとめるヘレナは、後続を歩く幼馴染《おさななじみ》へと問いかけた。

彼女はエドマンズ家に匹敵する家柄の一族に生まれ、昔からこの三人組のリーダー格だった。

「おかしいな……。地図によれば、とっくに到着していても良いはずなんだが……」

金髪の頭を掻《か》き、騎士の息子ジョンは困惑する。

荒野を進むのではなく、病院までの近道となる深い森に入ったまでは良かった。

だが似たような景色ばかりが続く森の中、何度も方向感覚を失いそうになる。

それでもエドマンズ領は自分達が生まれ育った土地であるため、迷うことはないだろうと高《たか》を括《くく》っていた。

しかし獣道《けものみち》すら見失い、薄暗い森の中で立ち止まってしまった。

「オイオ～イ。俺《マイケル》と違って迷うはずない、なんて言ってたのはドコのどいつだ～？」

「僕を撮るなよマイケル。本当に迷うことにならないよう、来た道をちゃんと魔法水晶に映しておいてくれよ」

赤い短髪の、三人組の中で最も背が高く恰幅《かっぷく》の良いマイケルは魔法水晶を向け、地図と格闘している友人を煽《あお》る。

「家からココまでの道のりは全部記録してるけどよぉ。魔力が底をついたら意味ないし、遭難《そうなん》は勘弁だぜ？」

まだ余裕そうなマイケルだが、万が一の事態を心配してもいた。

彼の親は商人から貴族へと成り上がった人物であり、「将来は立派な貴族になれ」と常に厳しく教育し、相手が息子であろうと容赦《ようしゃ》しない人物だからだ。

廃病院へと『肝試《きもだめ》し』に行き、その道中で迷子になって迷惑をかけました、なんてことになれば――それぞれの家や両親に恥《はじ》をかかせることになる。

その後に待っているのは、想像するのも恐ろしい折檻《お説教》だろう。

「どうする？　元来た道を戻るかい？」

周囲の地形と地図を見比べ、これ以上は本当に道に迷うと判断したジョン。目線を幼馴染に向け、指示を仰《あお》ぐ。

しかしヘレナは頭上で輝く太陽を見上げ、冒険の続行を決定した。

「もう少し進めば、目印になる小川とかが見えるかもしれないわ。まだ日も高いし、ギリギリまで進みましょう」

「……キミがそう言うなら、僕は従うが……」

「まぁ大丈夫だってジョン！　野営の道具も持ってきてるから、いざとなったら一晩キャンプするのも悪くないぜ！」

子供の頃から貴族としての英才教育を受けてきた彼らだが、自由気ままな冒険者の生活に憧れている部分もあった。廃病院を目指しての小旅行を味わえるなら、野宿をして冒険者気分を体験できるのならと、多少のアクシデントは気にしていないようだった。

そうして彼らは、まるで何かに誘われるかのように、深い森の奥へ奥へと入り込んでいってしまった。

＊＊＊

「……はぁ、はぁっ……！」

「クソっ、どうなっているんだ……！」

「オイオイ、マジかよ……」

太陽のほとんどが地平線に沈み、世界が暗闇へと包まれ始めた時刻。

ヘレナとジョンとマイケルは、歩きにくい森の中を何時間も彷徨《さまよ》い続け——そして、数時間前に見つけて『目印』として希望を抱いた小川に、再び辿《たど》り着いてしまった。

「この川、さっき見たわよ……！」

「同じ場所に戻ってきてしまったのか……!?」

「ジョン！　お前、地図を逆さにでもしてたのかよ！」

「そんなわけないだろう!?　マイケルの方こそ、魔法水晶をあちこちに向けて！　くだらない花や鳥を映して、歩いてきた道を見失ったんじゃ意味ないだろうが！」

「あぁ!?」

「ちょっと！　やめてよ二人共!!」

長時間の徒歩移動による疲労とストレス。森を抜けるはずが、同じ地点に戻ってきてしまった徒労感と失望。

薄暗い森の中で一触即発《いっしょくそくはつ》になり、険悪な雰囲気《ふんいき》が三人の間に漂っていた。

険悪さから生じる三人の喧嘩《けんか》の声以外には、虫の音色も動物の鳴き声もせず、不気味な静寂だけが周囲に満ちている。昼間の時とは、まるで雰囲気が違う。

道に迷うだけならまだしも、このまま不用意に歩けば闇の奥に潜む『何か』に引きずり込まれてしまう。そんなあり得ない空想が、リアルな恐怖として襲ってくるほどの環境だった。

「……これ以上歩き回るのは危険ね。今夜はここを宿泊地《キャンプ》としましょう」

「そうだな……。歩き続けて、もうクタクタだ……」

「はっ。騎士の息子のくせに、軟弱な野郎だ」

「なんだと？」

「やめてよマイケル。ジョンも。お願いだから黙ってて」

昼間は、楽しく会話しながら冒険していたというのに。いつ殴《なぐ》り合いの争いが始まってもおかしくないほどに、三人の表情や態度は硬化してしまっていた。

＊＊＊

テントの設営と簡素な夕食を終え、ヘレナ達の就寝と共に途切れたはずの映像は――ジョンの寝顔を映す場面から再開された。

「ねぇ、ねぇジョン……！　ジョン！　マイケルも！　起きてよ……！」

「んんっ……。どうしたんだい、ヘレナ……」

「コッチは疲れてんだ……。寝かせてくれよ……」

狭いテントの中、視界がほとんど確保できない真っ暗な深夜。

それでもジョンとマイケルが寝ぼけ眼《まなこ》を擦りつつ、叩き起こされたことへの不満を示しているのは分かる口調だった。

だがヘレナは幼馴染二人への謝罪よりも、切羽詰《せっぱつ》まった様子で『異変』を伝える。

「二人は聞こえなかったの……!?」

「何を……」

「声よ！　遠くから、赤ん坊の泣き声みたいなのが……！」

「オイオイ……冗談だろ？」

人里離れたこんな森の奥に、こんな夜遅い時間に、赤ん坊などいるはずがない。産まれたばかりの子供を、誰かが森に捨てたとでもいうのか。

しかしヘレナが必死に主張しても、テントの周囲は静寂に包まれている。

「……何も聞こえないよ、ヘレナ」

「夢でも見たんじゃねぇのか……。こんな所に赤ん坊なんて、いるわけねぇだろ……」

「それは……そうかもしれないけど……。でも、私は確かに……！」

聞き間違いではないと、夢を見たわけではないとヘレナは言いかけて――。

――足音が、聞こえてきた。

「ッ……！」

ザリッ……。ザリッ……。ザッ……。ザッ……


「オ、オイ……！」

「しっ！」

声を漏《も》らしそうになったマイケルを、ジョンが黙らせる。

幻聴でも夢でもない。三人共、全員同時に聞き取った。そして現実を認識する。

――テントの外に、誰かいる。

「ひっ、ひぃ……ッ！」

暗闇の中で、悲鳴を必死に我慢するヘレナの声が、微《かす》かに漏れる。

しかしそれ以上の音量で、森の中を歩く『誰か』の足音が響く。

気配を感じる。歩幅は大きい。体重も重そうな感じがする。成人男性かと思われるが、なんの目的で、どうしてこんな真っ暗な森の中を歩いているのかは、誰にも分からない。

「……！　なぁ、コレって……！」

「オイオイ、勘弁してくれよ……」

「嘘でしょ……！　女神様……！」

誰かがテントの外にいることを、大の男が歩いていると認識した三人は、更に身の毛がよだつ事実も察した。

——その足音の主は、テントの周りを歩いている。

円を描くように。一周しても止まらずに。ぐるぐると、テントの周囲を歩き続けていた。

なんのため。何故、テントの中の自分達《ヘレナ》に声もかけず。真夜中の森でそんなことをするのか
——。

「……？」

恐怖のあまり、身を寄せ合って震えていた三人だが——やがて、足音が聞こえなくなったことに気付いた。

「……い、いなくなったの、かしら……？」

「だと良いんだが……」

「ヤベェだろ、一体なんだったんだよ……!?」

足音が聞こえなくなり、不安からは解放された。

だが原因不明の怪奇現象に襲われ、未知と暗闇への恐怖は心の中に残り続ける。

それはジワジワと精神を蝕《むしば》み、毒のように全身に回って、気力や体力を奪っていく。

「廃病院や賢者の遺産なんて、もうどうでも良いわ……！　さっさと帰りましょう、こんな所
……！」

「夜の森の中を歩くつもりかい？　今度こそ本当に遭難するぞ……！　夜明けまでココで待つ

しかない……！」

「チクショウ、どうしてこんなことに……！」

後悔《こうかい》と恐怖。動揺《どうよう》と絶望。今すぐ逃げ出したくとも身動きができない三人は、酷《ひど》い不安に襲われつつも「夜明けと同時、明日の朝一番に森を脱出しよう」と決めて、再び毛布を――。

――その瞬間。


小さなテントが、激しく揺さぶられた。


「きゃぁああああああああああああっ!!」

まるで台風が直撃したような揺れ。もしくは、何十人もの人間が四方からテントを押したり引いたりするような振動だった。

狭いテントの中で荷物が散乱し、互いの身体《からだ》がぶつかり合い、上下や前後左右すら分からなくなるほど、かき回される。

「うわぁああああああああああ！　ぁあああああああっ!!」

貴族の子供といえど、騎士の血筋といえど、突然の事態にパニックに陥《おちい》る。

テントが壊れるかと思うほどの揺れと、腹の底から出る互いの悲鳴が、正常な判断力を奪う。

「たっ、助けてくれぇえええええええっ!!!」

そしてついに耐え切れなくなったマイケルはテントの入り口を開け、森の奥へと走り出してしまった。

「マイケル!!　待ってよ！　どこに行くのよッ！」

逃げ出したマイケルを追って、ヘレナもテントから飛び出す。

「ヘレナ！　ダメだ!!　ココに残らないとダメだっ!!」

そしてジョンも『テントから離れてはいけない』という一心のみで、ヘレナを追って暗黒の森を突き進んだ。

「マイケル！　マイケルっ！　待って!!　待ってってば!!」

魔法水晶を持ったまま、ヘレナはマイケルの名を叫んで、息を切らして走り回る。

しかし真っ暗な森の中で、同じ景色が続く環境で走り続けるのは、あまりにも無謀《むぼう》だった。

やがて体力が尽き、逃げ出したマイケルの姿も、後ろを追いかけてきたはずのジョンも、自分の現在地すら見失ってしまった。

「どうして……こんなことに……！　マイケル……！　ジョン……！　どこなのっ……。誰か、お願い、誰かぁ……っ！」

不気味な静寂が支配する森の中。問いかけに答える者は、誰もいなかった。

＊＊＊

当てもなく、無言で、死人のような顔でフラフラと歩き続けたヘレナは——偶然にも森を抜け出すことができた。

そこに見えたのは、小高い丘の上に立つ黒い建物。近付いて見てみると、石造りの外壁が酷く焼け焦げている。

「……『ウエスト・ヒルズ病院』……」

幸か不幸か、当初の目的地へと辿《たど》り着いた。

しかし一緒に来るはずだったジョンやマイケルは、今は隣にいない。荷物も全てテントの中に置いてきた。持っているのは、小さな魔法水晶だけ。

極度の疲労が全身を襲い、喉《のど》はカラカラに渇《かわ》き、両の足は一歩進めるだけでも痛い。

そんな状況で再び森の中へ戻ることも恐ろしくて、この建物の中で一晩過ごそうと決心し、廃病院の中へと足を踏み入れた。

＊＊＊

病院の中の、どこかの一室。魔法水晶は、ヘレナの顔右半分ほどを映し出す。

映像には、涙で濡れる大きな右目と、何度も鼻水を啜《すす》る小さな鼻が見えるだけだった。

「……ジョンとマイケルに謝りたい。ジョンとマイケルの御両親にも……。私の両親にも……

私は謝りたい……。お父様、お母様……っ。……ごめんなさい……！」

廃病院の中で一人、暗闇の中で孤独と恐怖に包まれながら――『遺言《ゆいごん》』を残す。

「全て私の責任です……。あの時……。道に迷った時に、諦めていれば……！　まだ明るいからって、引き返そうとしなかった、わ、私のっ……！」

途切れ途切れに言葉を紡《つむ》ぎ出している間、ヘレナの右目は瞬きをほとんどせず、暗い一室の中をキョロキョロと見回していた。警戒している。怯《おび》え切って、小動物以上の憶病さで周囲へ意識を向けていた。

「目を閉じるのも怖い……。何も見えなくなるのが怖い……！　帰りたい……。でも、もう帰れないと思う……！」

その時。遠くの方から、若い男が叫ぶような声がした。

「……ジョン？　マイケル？」

幼馴染の名を呼ぶ。しかし返事はない。ただ、男性の絶叫にも近い悲鳴だけが聞こえてくる。

「ジョン！　マイケルっ!!」

瞳からボロボロと大粒の涙を流し、貴族の娘でありながら鼻水を垂らし、恐怖に歪んだ表情のまま、祈るような声で仲間を呼ぶ。

だが必死の呼びかけに返ってくるのは、苦痛と絶望に満ちた悲鳴だけだった。

「！」

直後。ヘレナは左側を向いた。『何か』に気付いた。

「……来ないで。お願いだから、コッチに来ないで……！　いやぁあああっ！　助、助けっ、いやぁあああああああああああああああああっ！！！！！」

耳をつんざく女性の悲鳴――ヘレナの叫び声が、遠くからの悲鳴をかき消す。

そして魔法水晶は手から床へと転がり落ち、焼け焦げた部屋の壁だけを映し出した。

――それを最後に、映像は終わった。

＊＊＊

「……魔法水晶に残された記録は、これが全てみたいですわね」

魔法水晶の輝きが失われ、貴族の若者三人に起こった悲劇を確認した俺達は――。

「「「…………………」」」

三人とも、馬車の中でしばらく声を出せずにいた。

それほどまでに、不可解で恐ろしい映像だった。

重苦しい、長い沈黙の後。キャシーが最初に口を開いた。

「……正直なこと言って良いかニャ？」

「なんだ」

猫耳がしおれて尻尾《しっぽ》も垂れ下がり、顔を真っ青にしている。

「お金とか要らないから、帰りたいニャ……」

「それはダメだ」

俺がそう返答するのは分かりきっていたのか、「ですよニャ……」と絶望し、生気のない表情を浮かべていた。

「……私も、怖すぎて震えが止まらないわ……。でもヘレナさん達の安否を確かめるのが、今回の依頼《クエスト》だもの」

震える手で俺の袖《そで》を掴《つか》み、それでも固く握りしめ。覚悟を決めた眼光で、魔法水晶を真っすぐ見つめるセフィラ。

怯え切ってはいるが、依頼を断るという選択肢《せんたくし》は彼女の中に存在しないらしい。恐ろしくても勇気を出して立ち向かう。それでこその『勇者』だ。

「彼女達はエドマンズ領に所属する小貴族の跡取りですわ。ワタクシとはあまり交流がなく、エドマンズ家に取って代わろうとする野心を見せていた姿勢は不愉快ですが……。彼女達の身に一体何が起きたのか、このまま捨て置くわけにはいきませんわね」

フランソワとしても、この一件は無視できないものらしい。

ウエスト・ヒルズ病院は、十年前に起きたミズリル国と隣国との戦いで炎上した建物かつ、前線で負傷した兵士達を受け入れ治療していた野戦病院でもある。場所はエドマンズ領内に位置している。

かつてエドマンズの領民を、ミズリルの国民を守るために戦って散った兵士達が眠る場所。そこで異変が起きているのであれば、騎士や冒険者を差し向け解決するのも領主の務めだろう。

「……レイジは、どう思う?」

恐怖や使命感、各々《おのおの》がそれぞれの想いを抱えていると、セフィラからそう問いかけられた。

映像の中身だけでなく、今回の依頼に対する俺の姿勢《スタンス》も聞きたいのだろう。

「……さぁな。水晶越しじゃ、幽霊の気配を感じることもできないし……。ただ……」

「ただ？」

「……場合にもよるが今のところ、あまり気は進まないな」

外の景色を見つめながら呟《つぶや》く俺に、キャシーは「なんニャ、ご主人様もビビってるのかニャ～？」と煽《あお》ってくる。

だが俺は何も答えず、馬車の窓から流れゆく茶色い大地を眺めていた。

＊＊＊

馬車の中に座り続け、本格的に尻が痛くなってきた頃。ようやく目的地へと着いた。

「到着しましたわ」

「ここが……」

馬車から降りた俺達が見上げるのは、真っ黒な外壁の建物。かつての戦場であり、ヘレナ達が失踪《しっそう》した場所――ウエスト・ヒルズ病院。

この病院は元々黒い色の壁というわけではなく、本来は白い石で造られた建物だと判断できた。火災によって、ほとんどが焼き焦げて煤《すす》けたというわけだ。

「まだ昼間なのに、不気味な雰囲気《ふんいき》を感じるわね……」

小高い丘の上の小さな病院。しかし今は、過去の火災という悲劇を感じさせる廃墟。

窓枠《まどわく》は燃え尽き、一部はガラスが残っている箇所《かしょ》もあるが、ほとんどの窓から風が入り込む悲惨《ひさん》な状態になっていた。

「こんな所で調査とか、アタイも気が進まないニャ……」

「これも仕事だ。諦めろキャシー」

「ニャぅうう……」

苦虫《にがむし》を噛《か》み潰したような顔をしているが、エドマンズ家での悪霊騒動と同様、最後まで付き合ってもらう。

しかし冒険者ではなく俺達の同行者でも依頼人でもないフランソワとは、ここで一旦別れることになる。

「それでは、ワタクシはこれにて失礼いたしますわ。また明日の同じ時間、この場所に迎えの馬車を手配します。……くれぐれも、お気をつけて」

勇者《セフィラ》と神官《俺》の実力を認めてくれている彼女だが、それでも魔法水晶の記録を見た後だと不安げだ。

「ありがとうフランソワ。俺がいる限り、大丈夫だ」

「……ええ、信じていますわ！　それと、勇者様にはコチラも渡しておきます」

「助かるわ」

「何ニャそれ？」

セフィラが受け取った一枚の紙きれには、エドマンズ家の紋章が描かれていた。

「エドマンズ家の許可証よ。ギルドからの依頼《クエスト》じゃない非正規の案件だけど、エドマンズ領内での活動だから。もし他の冒険者や他国の人間と遭遇《そうぐう》してもトラブルにならないよう、こういう物が必要なの」

「冒険者は自由な職種かと思っていたけど、色々と面倒臭《めんどうくさ》そうだニャ〜」

こんな所で他の冒険者に出くわすとは思えないが、万が一ということもある。廃墟を住処《すみか》にする者と遭遇しただの、幽霊より生きている人間の方が怖い、なんてのはよく聞く話だ。

「さて……。……それじゃあ、行くか」

「ええ……！」

「合点承知《がってんしょうち》ニャ！」

そうして俺達はフランソワと別れ、ウエスト・ヒルズ病院へと足を踏み入れた。

＊＊＊

神官のレイジと勇者セフィラ、獣人のキャシーが廃病院へと入っていった直後。

広大な森の上空を飛び続けていた魔法使いイルザは――墜落《ついらく》の危機を迎えていた。

「も、もう限界だわ……！　魔力が尽きちゃう……！」

幼馴染《おさななじみ》のレイジを躍起《やっき》になって探し続けていたが、ムキになり過ぎて帰りの分の魔力すらも使いきってしまった。

嫌いな虫がたくさんいる森へと墜落するのだけはゼッタイ嫌だわ、と思っていると——小高い丘の上に、何か古びた建物があるのを見つけた。

「ちょうど良いわ、あそこで休憩しましょう……！」

ホウキの向きを変え、高度とスピードを落とし、黒い建物の屋上へふわりと降り立った。

「はぁ〜、ダメ……。一刻も早くレイジに会いたいのに……。意識を保って……いられないわ……。……レイジぃ……」

何時間も空を飛び、高難易度な飛行魔法を使い続けた。その結果、イルザの集中力や体力、何よりも魔力が枯渇《こかつ》してしまった。

そして疲労困憊《ひろうこんぱい》といった様子で、ウエスト・ヒルズ病院屋上にて、気絶にも近い形で眠りに落ちた。

＊＊＊

「……んっ？　今、俺を呼んだか？」

廃病院の廊下《ろうか》を、先頭に立って歩いている時。

誰かに呼ばれた気がして、俺の後ろをビクビクしながら歩く二人の方へ振り返った。

「よ、呼んでないわよ……!?」

「ちょっと、やめてくれニャご主人様！　シャレになってないニャ！」

冗談のつもりではなく、本当に聞こえた気がするんだが……。

しかし馬車の時と同じで、幽霊の気配は感じない。それに今は昼間だし、幽霊が出てくる時間帯でもないだろう。

「気のせいか……」

どこかで聞いたことがあるような……と気になりはするが、今はそんなことに集中力を割《さ》いている場合ではない。

包帯を切るハサミといった治療器具や、割れた窓ガラスの破片が散らばる廊下を歩きつつ、病院内を散策していく。

「しかし……ほとんど焼け焦げていて、ロクな痕跡がないな……」

「廃墟だもの……。噂《うわさ》では『賢者の遺産』があるだなんて言われていたけど、信じられないわね」

「ニャニャっ？　ここはなんの部屋かニャ？」

入り口を塞《ふさ》ぐように積み重なっていた太い柱や板をセフィラと共に排除《どか》すと、その先に広がっていたのは――無数のベッドが設置されている広い部屋だった。

「……病棟か。怪我人《けがにん》や病人は、まとめてこの部屋に収容されていたんだろう」

ベッドの上には、ボロボロのシーツや中身の飛び出た枕が未だに置いてある。災に包まれたとはいえ、火の手が届かなかった領域《エリア》もあるのだろう。

だがベッドの上には黒く変色した血液が付着しており、過酷《かこく》な戦いで重傷を負った兵士達がここで寝ていた、という生々しい歴史を感じさせる。

「……どうしてベッドに鐘が付けられているんだニャ?」

するとキャシーが不思議そうに、ベッドの枕元に取り付けられている金属製の小さな鐘《ベル》を触って、チリンチリンと鳴らす。

「容体が悪化した時とか、手当てしてくれる人を呼びたい時に鳴らすのよ」

俺の前世で言うところの『ナースコール』か。

キャシーは猫っぽく、無邪気に鐘を鳴らし続ける。

「あんまり遊ぶなよキャシー。鐘の音に呼ばれて、看護師《ナース》の亡霊が出てきたらどうする」

「ひニャっ……。こ、怖いこと言わないでほしいニャ!」

俺が忠告すると、即座に鐘から手を離した。

そんな様子にセフィラはクスクス笑い、近付いてくる幽霊の気配など感じていない俺も、可笑《おか》しく思っていた。

そして広い病棟を一通り見終え、他の部屋へ行こうとして――。

チリーン……と鐘が小さく鳴ったので、一瞬酷《ひど》く驚いた。

だが風が吹いて揺れただけだろうと理解し、再び探索を開始した。

＊＊＊

「ここは……手術室か」

廃墟と化したウエスト・ヒルズ病院内部の探索を続ける俺達。

一階をあらかた調べ終え、最奥にある最後の部屋へと辿《たど》り着いた。

そこには一台のベッドが設置されており、周囲には血まみれの包帯や赤茶色に錆《さ》びたハサミや手術刀《メス》、痛みに暴れる患者を押さえつけるための固定具《ベルト》が散乱していた。

「……あまり気分の良いものではないわね」

多くの血が流れ、怪我人を治療し、時には救えなかった命もあるはずだ。

しかも病院の最期は、収容していた兵士や看護師達もろとも大火に包まれた。

既に過去の出来事ではあるが、今も尚その痕跡が生々しく残っている場所だった。

「ほ、他の所に行こうニャ？　乾いた血と煤《すす》の臭《にお》いで、気分が悪くなってきたニャ……」

猫の獣人であるキャシーは俺達《人間》よりも嗅覚に優れている。廃墟を見て回るだけでも楽しくないというのに、追い打ちの悪臭《あくしゅう》で参っているのだろう。さっきから表情が優れない。

「大丈夫かキャシー。酷いようなら無理はするなよ」

「耐えられないほどじゃないニャ。……ご主人様の匂《にお》いを嗅《か》いで、なんとか我慢するニャ！」

そう言って小さな身体《からだ》で、背後から俺の腰に抱き着き、深呼吸して気分をリセットしていた。

「すぅー……っ！　はぁー……っ！」

「オイ！　だからそれやめろ！」

少しでも心配した俺が馬鹿みたいだ。

人間だろうと獣人だろうと、女子に自分の体臭を嗅がれるのは流石《さすが》に恥ずかしい。

「ふふっ。すっかり仲良しさんね」

「仲良しというか、変に懐かれたというか……」

緊張感に欠けるやり取りを見て、セフィラは可笑しそうに笑っている。

キャシーの変態的な言動には、ほとほと困らされる。しかし少しは陰鬱《いんうつ》な雰囲気《ふんいき》が和《なご》んだかと思って、猫耳の生えた頭を摑《つか》んで引っぺがすだけで、説教まではしなかった。

「……ん？　アレはなんニャ？」

未だ俺の匂いを求めて名残《なごり》惜しそうな表情を浮かべるキャシー。

だが手術室の奥にある崩れた木箱や棚《たな》、そしてその下に『何か』があるのを発見した。

「扉か……？」

床に取り付けられた、『下』へと向かう扉。

貯蔵庫や地下室でもあるのかと思い、俺はセフィラと共に邪魔な物を除《の》けていく。

全容が見えるようになると、金属製の大きな開閉扉であることが分かった。

食物の貯蔵庫だとするなら、厳重すぎる気がする。鍵穴《かぎあな》はあるが施錠《ロック》されており、強引に開けようとしても扉はビクともしない。

「どうしようかしら？　私の魔法で吹き飛ばすこともできるけど……」

解決方法が荒々しいな。

「いや、中に薬品や爆発物でもあると危険だ。ここは後回しにして、上の階を探索してみよう」

もしかしたら、探している間にこの扉の鍵を見つけるかもしれない。

あまりモタモタしていると日が暮れると思って、手術室を後にすることにした。

「……ん？」

ふと、俺は手術室を振り返る。

地下へと続く扉の奥から、何か物音が聞こえた気がしたが――それ以上は特になんの変化もないために、再び歩き出した。

＊＊＊

「それにしても……ヘレナさん達の痕跡すら見当たらないわね」

病院の二階を目指して階段を上っている途中。セフィラが心配そうに呟《つぶや》いた。

「……食料がなくても、水さえあれば人間は二週間は生きていられる。だが水がなければ三日で死ぬ」

「ニャ……」

魔法水晶が見つかったのは約二週間前。あの映像の後、仮にヘレナ達が無事だったとしても、食料や水がなければ生存の可能性は著《いちじる》しく低くなる。

「……だとしても、ヘレナさん達をご両親のもとに帰してあげないとね……」

既に手遅れだと、無言の帰宅という結果になるかもしれないと、全員が分かりきっている。経過時間や魔法水晶の記録からして、その可能性の方が高い。

特に冒険者としての実力も経験値も俺より格上なセフィラは、そういった体験も多く味わってきたのだろう。

俺達は『あくまで仕事』と割り切って、二階へ向かう階段を上っていく。

そんな時──。

「ニャぁああああああっ!?」

「ひゃぁああああああああああああ!!?」

最後尾を歩いていたキャシーが、急に悲鳴を上げた。

その大声に驚いて、セフィラも悲鳴を上げる。

というかセフィラの方がキャシーより声量《ボリューム》が大きかった。経験豊富な冒険者なのに、相変わらずビビりな勇者様だ。

「どうしたキャシー」

「ま、窓っ！　階段の窓の外を、右から左に誰かが歩いていったニャ！　人影を見たニャ！」

「そんなはずはないだろう。あと少しで二階へ着く位置だぞココは」

一階から二階へと上がっている途中なんだ。その窓に、誰かが通った姿を見るだなんて。

宙に浮かべる魔法使いか、よほど長身な人物か、あるいは──。

「オ、オバケじゃないの……!?」

怖がるセフィラは俺の神官服を引っ張る。あまり強く後方へ引っ張られると、階段から落ちそうになって危ないんだが。

「いや、幽霊の気配は感じていない。フランソワの時のように、人間に取り憑《つ》いた魔物でもないだろう。何せさっきから、この病院には俺達しかいないんだから」

人の歩く足音や物音を、何も聞いていない。もしかしたら二階や屋上に誰かいるのかもしれないが、それにしても『窓の外を歩く人影』なんて不可解だ。

「で、でも確かに見たんだニャ……」

「……失踪者《ヘレナ》達の身に『何か』が起きた廃病院だ。昼間とはいえ、警戒しながら進もう」

「ええ、分かったわ……！」

「怖いニャ～……」

＊＊＊

不穏さを抱えたまま、二階に上がって捜索する。

だが病院の二階も、窓ガラスや木材といった過去の残骸《ざんがい》が散らばるだけで、人の姿や『賢者の遺産』らしきものの姿は一切見当たらなかった。

「一部屋ずつ探していたんでは時間がかかるな。ここからは手分けして探そう」

「じゃ、じゃあ私はレイジとペアを組むわ！」

「アタイはご主人様とペアを組むニャ！」

二人同時に声を上げて立候補し、俺の右腕をセフィラが、左腕はキャシーが掴む。

「……ちょっと勇者様！　ご主人様を独り占《ひと じ》めしないでほしいニャ！」

「そ、そんなつもりはないわキャシー！　ただ、レイジが勝てない敵が現れたときは、私が倒すって約束なの！」

お互いに譲《ゆず》らず、俺の腕をぐいぐい引っ張って取り合う。

痛い。特に怪我《けが》をしている左肩が痛む。

二人の美少女に想われて奪い合いになって、男として嬉しい……なんてわけもなく。

セフィラもキャシーも、単に「怖いから除霊スキル持ちの神官《レイジ》と一緒にいたい」という考えなのは分かっている。

「手分けする、って言ってんだろ。全員が単独行動だ」

引っ張られて腕や左肩が本格的に痛くなってきた。

取り合う二人の手を振り払って脱出し、神官服の襟元《えりもと》を直してから、二人にそう告げた。

「そ、そんなぁ……」

「酷《ひど》いニャ！」

「二階を探す間だけだ。……まったく、俺は幽霊除けのお守りじゃないんだぞ。まぁ、何かあったらすぐに呼んでくれ」

口ではそう言いつつ――『誰かに必要とされる』のも悪くないな、と。

表情には出さないまま、じんわり温かい気持ちに包まれていた。

＊＊＊

そうして三人で手分けして二階を捜索したが、結局は大して収穫がなかった。

というかゼロだ。一階の時のように扉みたいなものも見つからず、最後に全員で屋上へ向かうことにした。

すると――。

「……えっ？」

屋上へ続く階段を目指して、二階の廊下《ろうか》を歩いている時。急にセフィラが声を上げた。

「レ、レイジ！」

「どうした」

悲鳴は上げないが、切羽詰《せっぱつ》まったような声で俺を呼ぶ。

そんなセフィラは、身を乗り出すような形で窓枠《まどわく》から顔を外へ出し――ある一点を指差した。

「あ、あれ……？」

「ん？　どれのことだ？」

指差す先の『何か』を伝えようとしたはずだが、そこには病院に隣接された墓地があるだけだった。

無数の十字架が立ち並び、治療で助けられなかった人々を埋葬するための場所なのだろう。

「い、今……確かに、誰かが墓地を歩いているのを見たんだけど……」

墓場を歩く何者かの姿を、二階の窓から目撃したのだという。しかしどれほど目を凝《こ》らしても、そんな人物は墓地にも周囲にも見当たらない。

俺を呼ぶため視線を外した数秒の間に、どこかに隠れたとでもいうのか。

「お、おかしいわね……」

「幽霊の気配は感じないが……。キャシーも人影を見たと言っていたな」

「や、やっぱり誰かいるんだニャ！　きっと、無念に駆られる兵士達の魂が、今もこの病院をウロついているんだニャ！」

「や、やめてよキャシー……！　怖いこと言わないで！」

セフィラもキャシーも『何者か』の影に怯《おび》えているが、警戒さえしていれば問題ないだろう。

もし本当に幽霊ならば除霊スキルで倒せるし、人間や魔物だったら最強の勇者様の出番だ。

ただ――『幽霊でも人間でも魔物でもない存在』がいるとしたら厄介《やっかい》だなと、俺は少し懸念《けねん》していた。

＊＊＊

キャシーが階段の窓で見た人影。そしてセフィラが二階から目撃した墓場の人物。

どれも不可解で確かめる必要がありそうだが、現状は屋上までの調査を終わらせたい。

そう思って、二階から屋上へと向かったのだが――。

「……待て。行き止まりだな」

階段を上る途中で立ち止まり、後続の二人に告げた。

「どういうことニャ？」

「行き止まり？」

「見ろ」

俺達の向かう先、屋上まで続くはずだった階段は途中で崩落していた。

二階どころか、二階の床から一階にまで大穴が開いて貫通し、石材が落ちていた。

ジャンプしても飛び越えられるか怪しい距離であり、仮に到達できても、着地の衝撃で足場が崩れ落ちるかもしれない。無理をするのは危険だ。

「仕方ない、引き返そう。そろそろ日も暮れてきたからな」

「そうね……」

「うぅ～……。こんな所で夜を迎えるのは嫌な予感しかしないニャ……」

崩落した階段の向こう、屋上へ行くことができるはずの扉を、未練がましく見てみる。

しかし廃病院の屋上に手がかりや人がいるとも思えず、諦めて階段を下りていくことにした。

＊＊＊

一通りの調査を終え、俺達は無数のベッドと呼《よ》び鈴《りん》が設置された広い病棟へと戻ってきた。

今夜はここを拠点にする。窓にはガラスが残っており、入り口は三方にあり、病院の正門にも近い。周囲を警戒しつつ、いざとなったら即座に病院から脱出できる場所だからだ。

「っ……！」

「ご、ごめんなさいレイジ。まだ痛む？」

そんな病棟内で、フランソワから貰《もら》った携帯食を食べ終え、室内で廃材を焚火《たきび》にして休んでいる時。上半身の服を脱いだ俺は、左肩の包帯をセフィラに取り換えてもらっていた。

常に刺すような激痛はしなくなったが、違和感は未だ残っている。特に包帯をキツく巻き終えた時には、少しだが痛みも走る。

「……大丈夫だ。いざとなったら、右腕だけでも除霊はできる」

左腕が上手《うま》く動かせないとしても、除霊の炎は右手にも宿る。問題はないだろう。

「その『いざ』という時が来ないことを祈るばかりニャ……」

キャシーは相変わらず不安そうにしているが、何も起こらない可能性だってあるんだ。

心配して眠れなくなり、戦う時が来た際に疲れていたのでは意味がない。

そうならないためにも、何か異変が起きるまでは仮眠していようと、俺はベッドの上に寝転がった。

「うへぇ、そこで寝るんですかニャ？　ご主人様……」

「多少ホコリっぽいが、汚れたシーツを交換すれば問題ないぞ。寝心地は悪くない」

「いや、そういうことじゃなくて……」

キャシーもセフィラもドン引きしている。かつて傷付いた兵士が寝ていた場所であり、もしかするとこのベッドの上で人が亡くなった可能性もあるからだ。

だが俺は一切気にしない。

「過去にこの上で誰が寝ていようと、ベッドはベッドだろう。確かにここは火災に包まれた廃病院だが……。人の『死』なんてのは案外身近なものだ。寿命《じゅみょう》を迎えた老人が住んでいた家で、残された家族は気味悪がって眠れなくなるのか？　そんなことないだろう。それと同じだ」

昔から代々続く家では、その家屋で何人もの人間が天寿《てんじゅ》を全《まっと》うしたはずだ。

だがその家を事故物件扱いしたり、不気味がる人間なんて存在しない。

しかしそんな理屈にセフィラやキャシーは賛同せず、毛布に包まれて床で寝ることにするようだった。

「「…………」」

――そのはずが。

女性陣は同時にムクリと起き上がり、俺が横になっているベッドへとツカツカ近付いてきた。

「な、なんだ。どうした、お前ら」

問いかけても二人は無言のまま――俺の了承を得ることなく、布団の中へモゾモゾ侵入してきた。

「ちょっと勇者様！　落ちちゃいそうニャ！　もっとそっち行ってニャ！」

「わ、私の方だってギリギリなんだから……！」

一人用《シングル》のベッドに、三人並んで寝るのは無謀《むぼう》だ。

だがそれでも床に一人で寝るのは怖いらしく、互いに身体《からだ》を中央へ中央へと寄せてくる。

「オイ……！　狭いって！」

しかしそうされると、真ん中で寝ている俺が一番窮屈《きゅうくつ》な思いをすることになる。

それだけならまだしも、セフィラの大きな胸が腕に当たり、キャシーがショートパンツから伸ばしている生足を絡めてきて、仮眠したいのに眠れない状況へとどんどん悪化していく。

「……はぁ。やれやれ……」

他人から必要とされるのも悪くない……と、さっきは思ったが、やっぱり悪いかもしれない。

俺を取り合うなんて、かつての仲間であるクロムやエルやイルザと冒険していた時では、絶対にありえない状況だ。

（……そういやアイツら、元気にしてるかな……）

仲間であるはずなのに雑用係として小馬鹿にし、さんざんコキ使ってくれた嫌な連中だが、まったく気にならないというわけでもない。それに、性悪《しょうわる》ブスとはいえイルザは幼馴染《おさななじみ》だ。

まぁアイツらなら俺がいなくても問題ないだろうと、セフィラとキャシーが言い合う声を聞きながら、眼鏡《めがね》の奥の瞳を閉じた。

＊＊＊

「……はっ！」

瞼《まぶた》を開けた魔法使いのイルザは、周囲をきょろきょろと見回した。

どうして自分がこんな所で寝ているのか、分からなくて一瞬混乱したからだ。

「……そういえば、魔力が尽きて寝ちゃったんだわ……」

難しい飛行魔法を使い続け、魔力が枯渇《こかつ》し墜落《ついらく》の危機を迎えた。

運よく丘の上の建物に着地したまでは良かったが、そのまま気絶してしまったのだった。

魔力が回復するまでの間は完全に無防備になるため、魔法を扱う人間にとって、魔力の残量は常に気にしなければならない要素。全ての基本であり、重要事項であるはずなのに。

「私としたことが……」

初心者でもしないようなミスをして、しかしそれほどまでに幼馴染のレイジが心配だった。

「こんな所で寝ていたら、風邪《かぜ》ひいちゃうわね……」

雨風を凌《しの》げそうな建物に来たのに、屋上で横になっていたのでは本末転倒。

イルザは自分が気絶していた屋上から、下の階へ向かうことにした。

「……ん？　階段が崩れてるじゃない……。人が住んでる可能性は低いわね、これは……」

アタシみたいな美少女が廃墟で一泊なんて、女神様がお許しにならないわ、と不満を漏《も》らしつつ。空中浮遊《ザ・フライ》の魔法で身体をふわりと浮かび上がらせ宙を歩き、崩落した階段の向こう側へと難なく降り立った。

「陰気臭《いんきくさ》い場所ねぇ……」

手に持ったホウキの先端を光の魔法《シャイニング》で輝かせ、松明《たいまつ》代わりにして廃病院の二階を歩いていく。

眠れる場所があるならどこでも良いが、ここをねぐらとする盗賊《とうぞく》や魔物がいないかどうかの確認《チェック》は必要だ。

「……ん？」

ふと。二階の廊下《ろうか》を歩いている途中で、『何か』に気付いて立ち止まる。

「誰かいるのかしら……？」

足元で声が聞こえたような気がして、床に開いた割れ目から、一階を覗《のぞ》いてみると――。

「オイ。それ以上騒ぐなら、二人ともベッドから叩き落とすぞ」

「夜は常に私と一緒にいてくれるって、約束したでしょレイジ！」

「同衾《添い寝》するとまでは約束してない！」

「アタイは小柄だから良いじゃニャいですかご主人様！　アタイだったら添い寝どころじゃなく、それ以上のサービスも……！」

「何言ってんだキャシー！　オイ、やめろっ。ズボンのベルトを外そうとするな馬鹿っ！」

――幼馴染の神官が、かつての仲間であったレイジが、勇者と獣人の少女と同じベッドで寝ている。

その光景を目《ま》の当たりにして、外面《そとづら》だけは良い美少女顔がぐにゃりと歪んだ。

「はぁぁぁあああああああ!?」

盗賊や魔物がいたどころの騒ぎではない。それ以上にもっと醜悪《しゅうあく》で恐ろしい敵が――

『自分以外の女《イルザ》』がいた。

「はっ、なんっ、ふっざけ……！　アタシを差し置いて何やってんのよレイジ！　ブン殴《なぐ》ってやるわ……！」

そういう暴力的な部分がレイジに愛想を尽かされた要因だというのを、完全に失念し。頭に血が上ったイルザは顔を真っ赤にして、一階へと下りる階段を目指して猛烈に走り出した。

＊＊＊

――その頃。

レイジがセフィラとキャシーに抱き着かれ、それを目撃したイルザが駆け出した時。

ウエスト・ヒルズ病院に隣接した墓場は、闇夜の静寂に包まれて――いたはずが。

微《かす》かな『異変』が、墓地に起きていた。

「……あうう、あァ……！」

人とも動物ともつかない、何者かが唸《うな》るような声が、墓地に不気味に木霊《こだま》する。

そして墓地の下から、土の中から――『腐敗した人間の腕』が、勢いよく飛び出した。

＊＊＊

チリーン……チリーン……


『どちらがレイジの隣で寝るか』で言い争っていたセフィラとキャシー。

だが突如鳴り響いた鐘の音を聞いて、ピタリと身動きを止めた。

その音色は、俺《おれ》達が寝ているのとは違う、病棟の角に設置されたベッドから聞こえてきた。

ベッドの枕元に取り付けられた鐘が、鳴っている。

「変ね……。風も吹いていないのに……」

ヒビ割れた窓から隙間風《すきまかぜ》が入ってきてはいるが、鐘を鳴らせるほどの強風ではない。

だというのに鐘は独りでに揺れ動き、チリン、チリンと闇夜の静寂を不気味に切り裂く。

更に、その鐘と共鳴するかのように、隣脇のベッドの鐘も鳴り始めた。

「な、なんなの……!?　どうなっているの!?」

動揺《どうよう》するセフィラ。誰も触っていないのに、無風なのに、実に奇妙で気味悪く感じているのだろう。

そんな彼女の震える声をかき消すかの如く、更に他の鐘まで鳴り始めた。

五個、十個、二十個と――鐘達は勝手にチリンチリンと鳴り始め、やがて部屋中に響くほどの大合奏となる。

「う、うるさいニャ……！　頭が割れそうニャぁあぁっ！」

キャシーの悲痛な叫び声。そしてセフィラの悲鳴。「幽霊の気配を微かに感じる。気を付けろ……！」と大声で警告する俺の声すら届かず、病棟は激しい鐘の音で一杯になった。

両手で耳を塞《ふさ》いでいなければ、鼓膜《こまく》が破裂しそうな音量。本当に頭が割れそうだと感じるほどの金属音。

まるで、かつて傷付いた兵士達が、今もなお苦痛に喘《あえ》いで助けを求めているかのような、魂からの悲嘆《ひたん》を感じるナースコールだった。

やがて——。

「……止まっ、た……？」

恐る恐る、両耳から手を放す。

また再び鳴らされるのは勘弁願いたいが、どうやら鐘はもう動かないらしい。

「よ、良かったニャ……。でも、今の一体……」

——直後。

『グォォォオオオオオオッッッ！！！！』

墓場の方から、腹の底に響くおぞましい声が聞こえてきた。

人とも獣とも魔物とも思えない、もっと邪悪で、生理的嫌悪感を呼び覚ます咆哮《ほうこう》だった。

「レ、レイジ……！」

「ご主人様ぁあああ！」

セフィラとキャシーがベッドの中で、恐怖に駆られて抱き着いてくる。

しかし俺は「動きにくいから離れてくれ」と二人を押し退け、ベッドから降り立った。

「始まったか……」

セフィラ達に抱き着かれて摑《つか》まれて、シワができてしまった黒い神官服を整えて。

「お墓の方から、誰か来るわ！」

胸元に金色の十字架《ネックレス》をぶら下げ、首には赤いマフラーを巻く。

「しかも一人や二人じゃないニャ！　もっとたくさんの、大勢の足音がするニャぁああ！」

中指で眼鏡《めがね》を押し上げ、この部屋の出口、病院の出入り口がある方向へ目線を向ける。

——そして、『奴ら』は現れた。

「うあぁああああああっ！」

「ぐおおおおおおおお……！」

「あー……あぁー……」

生気を失った青白い顔。あちこちが腐敗して黒や緑色に変色した身体《からだ》。鼻を刺す、生ゴミが腐ったような臭《にお》い。歯や眼球が腐り落ちている者も多い。フラフラと緩慢《かんまん》な動きで、目線も足元も定まらず覚束《おぼつか》ず、生命力は一切感じない。

しかし無秩序ではない一つの意志を感じさせ、集団で俺達を目指して向かってくる。

この特徴は、間違いなく——。

「ゾゾ、ゾンビの登場ニャぁぁぁあああああああっ!!!」

「ははっ、凄《すご》いな。本物のゾンビは初めて見た」

「レイジ!? なんで笑ってるのよ貴方《あなた》!?」

前世の礼二《俺》は、魔法も魔物も存在しない世界に住んでいた。ゾンビという存在は映画や海外ドラマの中でしか見たことがない。

この世界に転生して、冒険者になって、特殊メイクやCGではない本物のゾンビを見ることができた。こういうことが起きるから、人生は面白い。

だからこそ自由気ままに、一つ所に留まらず、ワクワクする旅がしたかったんだ。

とはいえ、感動して笑っている場合ではない。拳を握り、青白い炎を右手に灯した。

「さぁ、除霊の時間……!」


「出て、いけぇ……!」

「何者も、近付かせる、なぁ……!」

「うオオ……!」


「……!」

ゾンビ達の口走った言葉に、ピタリと止まる。

振り上げようとした拳は途中のまま――『除霊の時間』を、開始しなかった。

「……それも、そうか……」

「……レ、レイジ？　どうしたのレイジ!?」

「何でフリーズしてるんだニャご主人様!?　ゾンビ達はもうソコまで来てるニャ！　あっ、もしかして肩の怪我《けが》が痛むのかニャ!?」

そうではない。ただ、俺は――。

「――気に入らん！」

除霊のスキルを解除し、腕を下ろし、握っていた拳を開いた。

「レイジ!?」

「何してんニャぁぁあああ!?」

「そもそも俺は最初から、この一件には乗り気じゃなかったんだよ。その理由は自分でもよく分からなかったが、今ようやく納得した」

セフィラとキャシーは動揺し、涙目になりながら『除霊』を求めてくる。

しかし俺は再び拳を握るどころか、腕組みをして完全に戦闘態勢を解いた。

「だってそうだろう？　俺は生者へ理不尽に迷惑をかける幽霊は大嫌いだが、同時に『人間の側』が好き勝手に死者へ迷惑をかけて良い道理もないんだ」

「な……」

「ニャ……!?」

呆然《ぼうぜん》とする、怖がりな仲間達。

その間もゾンビの大群は俺達へ迫ってくるが、非のない彼らをブン殴りたくはない。

「遊び半分で、行く必要もない肝試《きもだめ》しに挑戦して失踪《しっそう》した貴族の子供達。そして誰も近付かなければ迷惑をかけないのに、勝手に病院を散策して騒いで、彼らを叩き起こしてしまった俺達。……完全に自業自得《じごうじとく》だ。この病院は俺達やエドマンズ家が所有権を持つ建物でもないし、廃墟に不法侵入しているのは、俺達の方だ」

「そんなこと言っている場合じゃないでしょう!? そ、それに、許可証なら持ってるわ！」

セフィラはそう言って——昼間、俺達を馬車で送ってくれたフランソワと別れる際、彼女から受け取った——エドマンズの家印付きの羊皮紙《ようひし》を取り出した。

「それはエドマンズ家が『この領域《エリア》内で冒険しても良い』と認め、他の冒険者との対立を避けるための証《あかし》であって、『この建物への侵入を許可する』と土地や家屋の所有者から了承を得たものじゃない」

「どこまで屁理屈《へりくつ》ガンコ男なのよ貴方!?」

「ゾンビが『この土地に入っても良いですよ～』なんて許可出すわけねぇだろうがニャぁぁぁあああああッ!!!」

セフィラは俺の右腕を掴んで激しく揺さぶり、キャシーは背中をボカボカと叩いてくる。

しかし『屁理屈ガンコ男』は、誰に何を言われても、自分の信念を曲げる気はない。

「決めた！　正当な理由が見つからない限り、俺は除霊しないッ!!」

腕組みをしてふんぞり返る。別に偉ぶるつもりはないが、自分なりの決意表明だ。

幽霊だからという理由で、人間を怖がらせて良い道理はない。

だが同時に、人間だから、『除霊スキル持ちだから』という理由で、罪のない幽霊達を片《かた》っ端《ぱし》から消滅させるような『辻斬《つじぎ》り』になって良い理屈もないんだ。

「じゃあどうするのよ!?　黙ってゾンビ達のエサになるの!?」

「それは嫌だな。というわけで、逃げるぞ」

「ならさっさとそう言えニャぁあああああ！　頭おかしいニャこの人!!」

部屋の出入り口は、既にゾンビ達で溢《あふ》れ返っている。左右の扉からもゾンビの姿が見えた。数はざっと見渡しただけでも三十体以上はいるだろう。後続もまだまだ現れる。仮に俺やセフィラが本気で戦おうとしても、数的に不利であることは変わりない。

残す逃走ルートである、病棟の窓へ向かおうと踵《きびす》を返すが――。

「ああああああっ！　窓に！　窓にぃぃいいいい！」

セフィラは絶叫にも近い悲鳴を上げる。

そこには、割れずに残っていた窓ガラスにゾンビ達が何体も張り付いていた。窓を破壊して入ってこようと、腐った手の平で窓を激しく叩いている姿があった。

そして窓ガラスは破壊され、他の窓からも続々とゾンビ達がなだれ込んでくる。

「こ、このままでは、囲まれてしまうわ……！」

「もうダメニャぁあああ！　おしまいニャぁあああ！　全員噛《か》まれてゾンビの仲間入りしちゃうんだニャぁあああ！」

セフィラは状況を把握《はあく》し絶望し、キャシーは完全に諦めモードで泣き叫んでいる。

「まったく……。どんなに騒いだところで、状況は好転しないぞ。まだ慌てるような時間じゃない。こういう時は、落ち着いて考えるんだ」

危機的な状況下でこそ、恐怖も動揺《どうよう》もせず、冷静に解決策を探るのが大切だ。

唯一冷静さを保っている俺は、俺達とゾンビの物量差、四方を囲まれている状況、明日の朝までは迎えの馬車が来ないという、諸々の要素を鑑《かんが》みて計算して――。

「…………。……あれっ。コレ本当にマズイか？」

『詰んでいる』という答えを、冷静に導き出した。

思わずポロリと呟《つぶや》いてしまった言葉。しかし錯乱《さくらん》していたはずのセフィラとキャシーはそれを敏感に聞き取り、激しく摑みかかってきた。まるでゾンビのようだ。

「マズイ!?　今マズイって言わなかったかしらレイジ!?」

「詰んでるのかニャ!?　助からないのかニャ!?　どうすんのニャぁあああ！」

四方を囲まれゾンビの大群が押し寄せてきて、だというのに俺は除霊する気がなく、最強の冒険者であるセフィラは完全に怯《おび》え切り、キャシーは今にも腰が抜けそうだった。

どうするもこうするも――どうしようもない。と思っている、そんな時。

「グァアアアアアアアッ!!」

「ギャァヴァアアアアッ！！！」

「……!?」

驚いて、『異変』が起きた方向に目線を向ける。

そこでは、部屋の右側の入り口から侵入しようとしていたゾンビ達が、他のゾ、ン、ビ、に襲われ悲鳴を上げていた。

腐敗した身体同士で揉《も》み合いになり、錆《さ》びた剣を持った者はそれを心臓へ突き立て、しかし既に死んでいる相手《ゾンビ》を殺すことはできない。

不毛な争いが巻き起こり、俺達へ向かうはずだったゾンビ共の腐敗した足は、同士討《どうしう》ちによる混乱で僅《わず》かに止まっていた。

「仲間割れかしら……!?」

「と、共食いしてるニャ！」

鎧甲冑《よろいかっちゅう》を着込んだゾンビが、軽装のゾンビの喉元《のどもと》に噛みついている。

バリボリ、グチャグチャと、聞くに堪えない不快な音を鳴らして『食事』をしていた。

「腹が減りすぎて、見境がなくなっているのか……？」

知性の感じられないゾンビに統率《とうそつ》や協調性を期待する方が愚かなのかもしれないが、それでも突然の共食いに驚いてしまう。

しかし、これは九死に一生を得るチャンスだ。

仲間割れで大混乱に陥《おちい》っている右方面の入り口から、脱出することに決めた。

「逃げるなら今だ。走るぞ。ゾンビに捕まらないよう、足を止めるな！」

「ええ！　それしか道はなさそうね……！」

「嫌ニャぁああ！　ゾンビの群れに突っ込んでいくなんて、どうかしてるニャぁあああ！」

だがこの場で立ち止まって、全員仲良くゾンビの仲間入りを果たすわけにもいかない。

泣き叫ぶキャシーの腕を引き、俺達は突破口に向かって駆け出した。

＊＊＊

共食いをしているゾンビ達の群れに飛び込み、捕まらないよう上手《うま》く回避したり蹴《け》り倒して道を作ると——群れの中から、どうにか脱出することができた。

「よし……！　いけるぞ！」

このまま、病院の出口へ一直線に向かおうとして——。

「アヴァヴアアアアアアアアッ!!」

廊下《ろうか》の死角から、更に数体のゾンビが腐敗した腕を伸ばしてきた。

「ちっ……！」

数が多い上に、どこから現れるかも分からない。

厄介《やっかい》な相手だと思っていると、一体のゾンビに左肩を強く摑《つか》まれた。

「ぐッ……！」

左肩は、エドマンズ屋敷でデビルゴブリンに取り憑《つ》かれたフランソワによって、刈込鋏《ハサミ》を突き立てられ深手を負った場所だ。セフィラに包帯を取り換えてもらったばかりだが、怪我《けが》はまだ完治していない。

そんな負傷した左肩をゾンビの強靭《きょうじん》な握力で掴まれ、痛みに顔が歪んで額には脂汗《あぶらあせ》が滲《にじ》み出てくる。

「他人の肩を、イキナリ強く掴むもんじゃねぇだろ……っ！」

だが少しばかりの苦痛に構っている場合ではない。死んでしまったら、痛いも痒《かゆ》いも感じなくなってしまうのだから。

左肩を掴んで噛みつこうとしてきたゾンビへ反撃するため、除霊のスキルは使わずに、腐敗している下顎《したあご》を目掛けて、掌底突《しょうていづ》きを喰らわせてやった。

するとゾンビの顎は外れ、それどころか首の骨も折れる。

――だというのに、ゾンビはフラフラと後ずさりするだけ。

そして再び俺へと両腕を伸ばし、緩慢《かんまん》な動きで襲いかかってこようとした。

「脊髄《せきずい》を折っても止まらないタイプか……！」

やはり除霊のスキルで燃やし尽くすか、五体をバラバラに切り裂くしかないのだろう。

セフィラの聖剣なら足止めできるかもしれない、と思って背後を振り向くと――。

「セフィ……！」

――そこには、セフィラとキャシーの姿はなかった。

「……クソっ、はぐれたか……！」

俺のすぐ後ろをついてきているものかと思ったが、ゾンビの群れから脱出するタイミングで離れ離れになってしまったのだろう。

引き返そうにも、未だ多くの死体が追いかけてくる状況。仮に奴らを突破できたとしても、引き返した先では共食いをしたり争い合うゾンビ達で揉みくちゃになっている。

「無事でいてくれよ……！」

死者の濁流《だくりゅう》は止まらず、窓の外から、墓場の方からも続々と押し寄せてきている。

ならば仕方ない。別の出口を見つけて、セフィラとキャシーと合流して脱出するだけだ。

そのために、俺は廃病院の廊下を正面玄関とは反対方向へ、奥へと走り出した。

＊＊＊

「はぁっ、はぁっ……！」

神官レイジや獣人のキャシーとはぐれてしまったセフィラは、とある一室へと駆け込んだ。

そこは、昼間に探索した手術室だった。地下へと続く、謎の扉がある部屋だ。

しかし手術室から先へはどこへも行くことができず、外へ脱出するための窓もない。ゾンビ達から逃げ回っていたせいで、行き止まりへと辿《たど》り着いてしまった。

仕方なく、周囲に落ちていた戸棚《とだな》や木材を使って入り口を塞《ふさ》ぎ、簡易的なバリケードを作った。しかしこの程度では、いつまで凌《しの》げるか分からない。

「あ、あの……」

「きゃぁぁあああっ!?」

不意に背後から声をかけられ、大きな悲鳴を上げる。

敵かと思って抜刀《ばっとう》し振り向くが――そこにはゾンビではなく、探していた相手がいた。

「ひっ……！　け、剣を向けないで！　私達は、奴らとは違うから……！」

「……！　貴女《あなた》……もしかして、ヘレナさん!?」

手術室には、失踪《しっそう》した貴族の娘ヘレナが、顔を青白くして床にへたり込んでいる。

そのすぐ傍では、仲間であるジョンとマイケルが瞳を閉じて横たわっていた。

＊＊＊

一方その頃。

レイジとセフィラから離れてしまったキャシーは、必死に階段を駆け上がっていた。

「どこ行っちゃったニャご主人様ぁああ！　勇者様ーっ！　置いていかないでほしいニャぁぁあああ!!」

名を叫んだその二人は、今は一階にいるというのに。それに気付かずゾンビから逃げ出したい一心で、キャシーは上へ上へ、ひたすら二階へと向かっていた。

すると——二階から階段を駆け下りてきた何者かと、階段の途中で正面衝突してしまった。

「きゃぁあっ！」

「ニャぁぁあああっ!?」

互いに尻餅《しりもち》をつき、キャシーはあわや階段から落下してしまうところだった。だが猫特有の瞬発力と身のこなしで、見事に体勢を立て直した。

突然ぶつかってきた相手は——紫色の髪をなびかせる、魔女服に身を包んだイルザだった。

「い、痛ぁ……。……ちょっと！　どこ見て歩いてんのよ！」

「に、人間かニャ……？」

キャシーは最初こそ、階段を下りてきたゾンビにぶつかったのかと思って酷《ひど》く驚いた。

だがその血色の良さと、大声で食ってかかってくる生意気さで、死人ではないと判断した。

対するイルザは、目の前の獣人を見て——先ほど、二階の床の亀裂から覗《のぞ》いた時に、レイジと同じベッドに潜り込んでいた女《敵》だと理解した。

「あっ……！　アンタ！　アタシのレイジを誑《たぶら》かしていたクソ女ね！　許さないわ！　この泥棒猫ッ!!」

怒り心頭といった様子で、初対面のキャシーの頬《ほお》をつねり上げ、ギリギリと引っ張る。

「痛《いだ》だだだだだ！　何するんだニャ！　誰が泥棒猫ニャ！　てか『アタシのレイジ』ってなんニャ!?　ご主人様はアタイのご主人様ニャ！　ニワカ女が何言ってるニャ!!」

「誰がニワカ女よ!!　アンタ達よりアタシの方が遥《はる》かに付き合いは長いのよ!!!」

キャシーも負けじとイルザの頬をつまみ上げる。するとイルザの怒りは更に加速し、より一層強くキャシーの頬をギリギリと引きちぎらんばかりに摑んで伸ばす。そうして、緊急事態だというのに醜《みにく》い女の闘い《キャットファイト》が開始された。

しかしそんな争いは、一階から階段を上がってくるゾンビ達の唸《うな》り声によって中断された。

「「「グゥオオォオオオオオッ!!」」」

「ギニャぁぁあああ！　追いかけてきたニャぁぁぁあああああ!!」

「ひやぁぁああああ!?　何あのキモイの！　くっさ！　全体的に臭《くさ》いわアイツら!!」

男を巡る女同士の闘争は一時休戦し、両者は同時に悲鳴を上げながら二階へと逃げていった。

＊＊＊

セフィラやキャシーと合流するため、病院の廊下を走っていた俺だったが——急ブレーキを踏んだ車のように、途中で足をピタリと止めた。

「……！」

動きの鈍いゾンビ達は、既に遥か後方へと振り切った。

後はどうにかして仲間達を見つけ、この場所から脱出するだけ……なのだが。

俺は廊下の中央で拳を握り、奥の暗闇を見つめながら構えた。

「どうしたものかな……」

気配を感じる。なんだか久々だ。エドマンズ家の時は、悪霊ではなく悪魔を冠する魔物《デビルゴブリン》が取り憑《つ》いていた。この廃病院に来てからも、ゾンビしか見ていない。

しかし廃病院という陰鬱《いんうつ》なイメージに合わせるかのように、ビリビリと肌を突き刺す感覚が全身を包み――『幽霊の気配』が、廊下奥から強く漂ってくるのを感じていた。

しかし除霊のスキルは発動しない。不法侵入している分際で、理不尽に除霊するのはポリシーに反する。

「っ……！」

――そんな信念が揺らぎそうになるほど、闇から現れた幽霊の姿は不気味だった。

「……ケ、ケケケ……」

白衣を返り血で真っ赤に染めた、看護師《ナース》の亡霊。

銀色の頭髪が僅《わず》かに見えているが、頭部のほとんどはボロボロの包帯で包まれていて、素顔はよく見えない。

ただ、真っ赤に充血した左目だけが、恨みや悔《くや》しさに満ちた眼光が、俺を射貫《いぬ》くように睨《にら》んでいた。

そして此方《こちら》を見据えながら、看護師の亡霊は距離を縮めてくる。

だが歩いてくるわけじゃない。下半身は、本来あるはずの両足はボンヤリ半透明に透けていた。ずいぶんと日本的《古風》な幽霊だ。

しかし右手に持つ鉈《なた》は月光をギラリと反射し、薄暗い廊下の中でいやに存在感を放っていた。

「後門のゾンビ、前門のゴーストってか……！」

退くも地獄。進むも地獄。

左肩を負傷している上に、除霊スキルを自ら縛《しば》って使用しない俺なんて、下手《へた》するとキャシーより役に立たないかもしれない。

それでも仲間達を捨て置くわけにはいかないと、ナースの亡霊に向かって一歩踏み込み――。

「――ッ!?」

不意に、天井が僅かに崩れ落ちた。

二階の床を構成していた石材が大きな瓦礫《がれき》となって、一階廊下に立つ俺へと降り注いできた。

幽霊の仕業《しわざ》なのか、あるいは老朽《ろうきゅう》化している病院だから偶然に崩落したのか、踏み込みが強すぎて衝撃が響いたのか。それは分からない。

ただ一つ確かなのは、降り注いできた瓦礫が俺の頭部や左肩に直撃したこと。

同時に傷口が完全に開いたということだけは、服を脱がずともハッキリ理解できた。まるで焼きごてを押し付けられたかのような熱さが、激烈な痛みが、左肩から脳天へと駆け上がる。

「ぐっ、ああっ……！」

ゾンビに掴《つか》まれ、木箱ほどの大きさの瓦礫が直撃して。あまりの激痛に苦悶《くもん》の声を漏《も》らし、その場に蹲《うずくま》ってしまった。

「クソッ……！」

しかしそんな怪我人《けがにん》に構うはずもなく。ナースは鉈を手に持ちながら、容赦《ようしゃ》なく近付いてくる。

「ケケッ、ケケケケケ……！」

立ち上がらなければ。どうにかして対処しなければ。

理不尽だと分かっていても、コイツを除霊しなければ──俺が死ぬ。

だが、足が動かない。痛みで全身が痙攣《けいれん》している。包帯で顔全体を隠す不気味なナースを、冷や汗をびしょり浮かべつつ、睨み上げることしかできない。

「何か手はあるはずだ……！　諦めるな、最後まで……!!」

そして、ナースは鉈を振り上げた。

＊＊＊

ゾンビと間違え、危うく貴族の娘ヘレナに剣を振り下ろすところだった勇者セフィラは、安堵《あんど》の表情と共に聖剣を鞘《さや》にしまった。

「良かったわ……！　私は『勇者』のセフィラ。失踪した貴女《あなた》達を探すために、この病院まで来たの」

「名高い勇者様が助けに来てくださるなんて……！　ジョン！　マイケルっ！　起きて！　これで家に帰れるわよ！」

「……ぅ。……ヘレ、ナ……？」

手術室の床で寝ているジョンとマイケルに、ヘレナは歓喜しながら語り掛ける。

ジョンは具合悪そうにしているが、辛《かろ》うじて命を繋《つな》ぎ止めているようだ。

マイケルの方は酷く弱っているのか、ヘレナが大声を浴びせても起きる気配がない。

「それにしても、よく無事で……」

ヘレナ達の無事を確認して、ひとまずは安心する。失踪から二週間、水分がなければ生存は絶望的だと思っていたが、どうにかして水や食料を得ていたのだろう。

ただ——昼間、この手術室を探索しに来た時は、ヘレナ達の姿はここで見ていない。別の部屋にいたのだろうか。

それに、ゾンビ達が墓地から復活し襲い掛かってくるようなこの廃病院で、二週間ずっと、今まで一度も襲われずに済んでいたのか？　という疑問が、セフィラの中に湧き上がってきた。

「ね、ねぇ貴女達……。今まで一体、どうやって……」

「グォオォオ……ッ！」

「っ！」

質問しようとしたタイミングで——手術室の外から、ゾンビ達の唸り声が聞こえてきた。

「くっ、流石《さすが》にここで籠城《ろうじょう》するのは下策《げさく》かしら……！」

民間人三名を抱えたまま、ゾンビの大群と戦うのは、いくら勇者といえども楽ではない。

しかも仲間のレイジやキャシーも見つけなければいけない状況。あまり足踏みはしていられないと、せめて奴らをやり過ごせる方法がないか考えていると——。

「ゆ、勇者様！　ここの扉を開けて、この中に隠れるのはどうですか……!?」

唐突《とうとつ》に、ヘレナからそう提案された。

彼女が言う『扉』とは、昼間にセフィラ達も見つけた、地下へと続く扉のことだった。

しかし鍵《かぎ》がかかっているため開かないと、調査を諦めた場所でもある。

「ホラ！　この金具を引っ張れば、無理矢理こじ開けられるかも……っ！」

ヘレナの言う通り、扉を開くための金具をガチャガチャと上に引っ張ると、僅かだが扉は隙《すき》間《ま》を生み出す。全員で協力すれば、鍵がなくても開くかもしれない。そして地下に隠れて内側から扉を塞《ふさ》げば、ゾンビ達は去ってくれる可能性がある。

そんな微《かす》かな活路を見つけたヘレナの姿を、真っ白な顔をして起き上がったジョンが見つめていた。

「ヘレナ……キミは、どうして……。おい、マイケル……。……マイケル？」

具合悪そうなジョンは、自分の隣で横たわっているマイケルへと声をかける。

だがマイケルは起きない。寝返りもイビキもせず、静かに寝ている。

これだけの騒ぎの中で、相変わらず図太い神経をしているなとジョンは呆《あき》れるばかりだった。

「ジョン！　起きたなら貴方《あなた》も手伝って！」

「あ、あぁ……。キミが、そう言うなら……」

そしてジョンも、ヘレナやセフィラと共に、扉を開けようとする作業に参加した。

＊＊＊

　ゾンビ達に追われ、二階の廊下《ろうか》を逃げている獣人キャシーと魔法使いイルザ。

　先ほどまでは互いの頬《ほお》をつねり合って争っていたのに、生き残るために逃げるその足並みは、ピッタリ揃っていた。

「……ちょっと！　アタシについてこないでよ泥棒猫！　人間様の囮《おとり》になって、ゾンビ共のエサになってきなさい！」

「アタイについてきてるのはソッチでしょうニャ！　てか、なんで同じ方向に逃げるんだニャ！　バカなのかニャ!?」

「なんですってぇ!?」

　再び喧嘩《けんか》が始まりそうな、醜《みにく》い罵倒《ばとう》の浴びせ合い。しかし実際に手は出さない。

　そんなことよりも、とにかく足を前へ前へと進ませる。その程度の冷静さは、まだ二人の頭に残っていた。

　言い争うだけ、取っ組み合いの喧嘩をするだけ体力の無駄だと、このままでは追いつかれてしまう——と、思っていたが。

「ん……？　ねぇ、アレ見てよ！」

「ニャ？」

イルザが後方を指差し、キャシーもそちらへ目線を向ける。

するとそこには、緩慢《かんまん》な動きのゾンビ達が、ようやく階段を上り終えて二階に来た、というところだった。

イルザとキャシーは、もう既に廊下の真ん中ほどにまで来ている。このまま走っていれば、ゾンビ達との距離は広がる一方だろう。

「ニャハハハハ！　亀みたいに鈍重《ノロマ》だニャ！　アタイ達に全然追いつけてないニャ！」

「本当ね！　ちょーっとだけ怖がって損したわ！」

「へイへイ、鬼さんコチラ、ニャ！」

「ほらほら～！　美少女なイルザちゃんを捕まえてごらんなさ～い！　うふふふ！」

鈍足なゾンビ達を、余裕たっぷりに安全圏から煽《あお》っていると――。


――二階の窓ガラスを突き破って、血まみれの大型犬が飛び込んできた。


「「ぎゃぁぁぁぁぁあああああああああああっ！！！！」」

墓場を駆け抜け、驚異的な跳躍力で大地から二階まで飛び上がって。窓ガラスの破片を廊下に散乱させつつ派手に突入してきたその犬もまた、『生者』ではなかった。

腐敗した身体《からだ》。赤い眼光。鋭く尖った牙。

そして――犬特有の俊敏な走りで、ゾンビ犬は『獲物』を背後から追い立てる。

「ガルルルル……！　バウバウッ!!」

「いやぁぁぁあああああ!!」

「ギニャぁぁぁあああああ！！！」

つい数秒前までの余裕は完全になくなり、イルザとキャシーは涙を浮かべて揃って悲鳴を上げ、屋上へと続く階段がある方へ全速力で逃げ出した。

＊＊＊

鉈を振り上げた看護師《ナース》の亡霊。

鋭利で重そうな刃が、あの凶器が俺の脳天をかち割るのだと、覚悟を決めて瞳を閉じた。

だが――。

「……？」

いつまで経っても『終わりの瞬間』は訪れなかった。痛みで苦しむのは勘弁願いたいから、やるなら一思いにやってほしい。

だというのに。何をしているのか、鉈が振り下ろされる気配はない。

恐る恐る、閉じていた目を開くと――。

「うっ……！」

至近距離で、眼鏡《めがね》越しにナースの亡霊と目が合った。反射的に顔を背けてしまう。

顔のほとんどを包帯で隠し、血で真っ赤に染まった左目が、真っすぐに見つめてくる。

「ケ、ケケ……」

痛みで蹲《うずくま》っている俺へと、しゃがみ込むように低い位置で浮かびつつ、目線を合わせるそのナースは——彼女の赤い眼光は、俺の左肩へ向けられた。

「……ケ、ガ……」

「『怪我《けが》』……？」

ナースがそう小さく呟《つぶや》くと、青白さを通り越して半透明な細い腕を伸ばす。神官服の上着を脱がせ、負傷している左肩を露出させてきた。

他の幽霊とは何かが違うと感じ、彼女のされるがままになって、肩の怪我を見せる。

「痛ッ……！」

セフィラに取り換えてもらったばかりの包帯が、もう既に血で染まっている。広範囲に赤色が広がり、やはり傷口が開いたのだ。

「ケ、ケ……」

どんどんと赤く滲《にじ》んでいく左肩の包帯を見て——白衣に返り血の染みを作っているナースは、半透明な白い右手を、出血する肩へと優しく置いた。

「……『ケルア』……」

『魔法』を唱え、温かな光がナースの右手から放たれ、左肩を包む。

「……!?」

そして光が消えた後。身体が痙攣《けいれん》するほどの痛みは、嘘のように消えた。

包帯を解いてみると、そこには開いた傷口もドクドクと流れ出す血もなく、小さな傷痕だけが残っている。

「治癒《ちゆ》魔法……!?」

驚きのあまり、治療が終わって痛みも消えたというのに、立ち上がることができずにいた。

こんな経験は初めてだ。むしろ、俺以外に体験したことのある人間なんて、この世界にいるのだろうか。——幽霊に怪我を治してもらっただなんて。

「ケ、ケ……」

未だ呆然《ぼうぜん》と蹲っている元怪我人とは違い、『役目』を終えたナースは立ち上がるかのように、すっと浮上した。

そして俺に興味を失くしたのか、もともと興味などなかったのか、フワフワと宙に浮いてどこかへ向かおうとする。

「ま、待ってくれ……！」

思わず声をかけてしまう。

するとナースは空中で止まり、包帯で覆《おお》われた小さな顔を此方《こちら》に向けた。どうやら人間《俺》の言葉は理解しているらしい。

「……あ、ありがとう……。怪我を、治してくれて……」

自分が除霊師であろうと、相手が幽霊であろうと、感謝はちゃんと伝えておかなければいけない。それが礼儀《れいぎ》で、常識というものだ。

「…………………」

しかしナースは俺が述べた感謝の言葉に、何の反応《リアクション》を見せることもなく。その霊体を病院の焦げた壁に押し付け、物理法則を無視してすり抜け、壁の中へと消えていった。

「……一体どういうこと、なん……ッ!?」

不思議な出来事に呆然としていると――。

奇妙な体験は、それだけで終わらなかった。

――正面から走ってきた半透明の人間達が、廊下を駆け抜けていく。

『どいたどいた！　急患が通るよ！』

脇を過ぎ去るどころではない。廊下の向こうから走ってきたその人物達は、俺の身体とぶつかり――しかし体当たりで互いが吹っ飛ばされることなく、担架を担《かつ》いだ青年も、担架に乗せられた患者も、その後方を持って支える男も、三人とも俺の『身体の中』をすり抜けていった。

「……!?」

言葉を失ってしまう。担架を抱える看護師の青年や怪我人が体内に飛び込んできて、反対側へ抜き出ていった――そのことだけに驚いたわけではない。

つい先ほどまで俺は、焼失した黒い廃病院で、ゾンビ達に追いかけられていたはずなのに。

今は、真っ白な壁と綺麗《きれい》な床の、清潔感に溢《あふ》れる病院の中に立っていた。

多くの看護師が兵士達を治療する場所を――かつての『ウエスト・ヒルズ病院』の光景を、

目《ま》の当たりにしていた。

＊＊＊

「鎮痛剤はもうないのか!?」

「さっきので最後です！」

「誰かコッチ来て患者の足を押さえてくれ！」

慌ただしい病院の中。最前線で戦い、負傷した兵士達の命を繋《つな》ぐため、『医療』という現場で看護師達が奮闘している。

必死な声が、せわしなく病院内を移動する人々の足音までもが、俺の耳にハッキリと聞こえてきて、彼らの鮮明な姿が網膜《もうまく》に焼き付けられる。

しかしこれは、今現在起きていることではなかった。俺が時間移動《タイムスリップ》したわけでもない。

これは――。

「……『残留思念』か……」

残留思念。

人間の強い感情が物体やその場《エリア》に残り、生きている人間に影響を与える――と考えられている、スピリチュアルな用語。

今目撃しているのは、その残留思念が映し出す景色なのだろう。しかしここまで強くハッキリしたものは聞いたことがない。極めて珍しいケースだ。

周囲には、十年前のウエスト・ヒルズ病院の姿が広がっている。傷付きながらも笑顔を浮かべる兵士達と、甲斐甲斐《かいがい》しく治療する医療従事者達。

だが俺の存在を察知し、気にかけたり声をかけてくる者は一人もいない。俺と彼らとでは、存在する時間軸がズレているからだ。

魔法水晶を覗《のぞ》いた時と同じ、あくまで『過去の映像』を見ているに過ぎない。

「アリスちゃーん！　傷口が開いちまったよぉ〜！　包帯巻き直してしてくれよぉ〜」

ベッドの上で横たわる一人の大柄な男が、枕元の鐘をチリンチリンと鳴らして『アリス』を呼ぶ。

兵士に呼ばれた銀髪の女性——看護師《ナース》姿のアリスは、多くの薬品を抱えて小走りで病棟を駆け抜けていく。

「これから手術なの！　貴方《あなた》の容体はもう安定したんだから、唾《つば》でも付けておいて！」

「ひでぇ！　そりゃあんまりだぜ！」

アリスに軽くあしらわれ、大柄な兵士は悔《くや》しそうな声を上げる。

あっさりフラれてしまった彼の姿に、ベッド上の他の負傷兵達は笑っていた。

「……アリス……」

その銀髪の女性に、俺は見覚えがあった。

この時点では血まみれになっていないが、白衣のデザインが同じだ。体格も一致している。

治癒魔法を使って治療してもいる。

アリスは、先ほど左肩を治してくれた看護師の亡霊に間違いない。

――あの幽霊の、生前の姿だ。

「バウバウッ！」

「あら、サムも何か用があるの？　お腹空《す》いているのかしら？　もう少ししたらご飯あげるから、待っててね」

窓の外から顔をひょっこり出して吠える大型犬に、アリスは『待て』を指示して頭を撫《な》でる。

すると犬《サム》は嬉しそうに尻尾《しっぽ》を振り、大人しく命令に従った。

「ほらほらサム。お前の相手は俺達だ」

そんなサムに近づき、外を歩けるほどに回復した兵士達が遊び相手になるようだった。

だが彼らは犬との遊びに集中するより、病院内で負傷者を癒《い》やし、天使のような微笑《ほほえ》みを患者達へ向けるアリスにばかり目線を注ぎ、見惚《みほ》れている。

「アリスちゃん、可愛《かわい》いよな～マジで……。俺、この戦争が終わったら告白するんだ……」

「オイ。それ死ぬ奴の台詞《せりふ》だぞ」

「がははは っ！　オメェみたいな剣術馬鹿じゃ、アリスちゃんと釣り合ってないっての！　俺様くらいの男前じゃないとな！」

「お前こそ鏡見ろ筋肉馬鹿」

「……まぁそれに、怪我が治ったらすぐ前線に戻るんですからね、僕達。告白なんかしたって、アリスさんに迷惑かけるだけですよ」

「そうだな……」

「あぁ……。言われなくても、分かってるっての……」

未だ戦いの傷が完治していない兵士達は、明るい調子で軽口を叩き合っていた。だが自分達の置かれた状況を思い出すと、重苦しい雰囲気《ふんいき》に包まれる。

ミズリル国エドマンズ領に侵攻してきた隣国の軍隊を撃退するため、彼らは最前線で戦った。そして戦場で負傷し、このウエスト・ヒルズ病院に担ぎ込まれてきたのだ。

包帯から血が滲《にじ》んでいる者。ベッドから起き上がることもできない者。腕や足を失った者。あるいは、既に隣接された墓地に眠る者。

ここは、生と死が常に同居する場所だった。

「……結末を知っている身からすると、辛《つら》い景色だな……」

俺の呟《つぶや》きは、誰の耳にも届かない。

白衣の天使アリスは、ナースとして一人でも多くの兵士を救おうと尽力している。

そんな彼女を慕《した》い、それでいて兵士の誇りにかけて領民や祖国を守ろうと決心している男達。

戦いとは無縁なはずなのに、彼らに懐いてこの場から離れようとしない犬のサム。

過酷《かこく》な状況の中でも希望を持っている彼らの姿を、俺は――『歴史』を知っている者として、沈痛な表情で見守っていた。

彼ら彼女らはこの後全員、病院ごと燃え尽きることになる。

＊＊＊

『最期の日』は、唐突《とうとつ》に訪れた。

「アリスさん！　逃げてくださいッ！」

場面は移り変わって、数日後の夜。

重傷を負った兵士を——毒矢を打ち込まれた少年兵を、一人で治そうと奮闘しているアリス。

もはや物資も薬品も尽き欠け、過酷な医療現場で人員も減っているのに、彼女はこの病院に留まり続けていた。

手術室で額に汗を浮かべながら、必死に施術を試みる。

そんな彼女のもとへ、年若い青年の兵士が駆け込んできて、切羽詰《せっぱつ》まった表情で叫んだ。

「どうしたの……!?」

「そ、それが……！」

青年は顔を白くし、息も絶え絶えに何かを伝えようとしている。

だが青年兵士の伝令よりも早く、病院の外から怒号が聞こえてきた。その直後、剣や槍同士が激しくぶつかり合う金属音も。

その声と音で、彼女は全てを察した。

「まさか……！　病院《ここ》が狙われたの!?」

激しく動揺《どうよう》している。無理もない。

前線に近いとはいえ病院を、まさか負傷者や民間人も大勢収容している救護施設を狙ってくるだなんて。そんなことをする卑劣《ひれつ》極まる手段を隣国が取ってくるととは、思ってもいなかったからだ。

そんなことをすれば、どんなどんな大義名分を掲《かか》げていようとも、は、一国の信頼は地に墜《お》ちる。戦場での奇襲や計略とはレベルが違う。国際的な『戦争の常識』から逸脱している行為だ。

だが敵の小隊を率《ひき》いる指揮官は、そんなことは一切気にしていないようだった。

ただ単に、五〇〇人ほどの兵力で、エドマンズ兵達の重要拠点を陥落させに来ただけ。

「──火をかけろ！　立ち向かってくる者は皆殺しだ！」

牛や鬼のような二本の角飾《つのかざ》りを兜《かぶと》に取り付けた、赤い甲冑《かっちゅう》に身を包んだ騎士。

大柄な体格で無精髭《ぶしょうひげ》を生やし、まるで盗賊《とうぞく》や山賊の頭領といった風貌《ふうぼう》だった。実際のところ、『病院を襲撃する』というやり方には、騎士道精神の欠片《かけら》も感じられない。

「まったく、忌々《いまいま》しいミズリルの兵士共め……！　倒しても倒しても、またすぐに怪我《けが》を治して戦場に復帰してきやがって……！　まるでゾンビだな。だが、それも今日までだ……！　ここを潰し、戦線の膠着《こうちゃく》状態を打破して、ミズリル国に雪崩《なだ》れ込むぞ！」

軍勢の部隊長である騎士の命令に従い、同じく赤い色で鎧《よろい》を統一した敵国の兵士達が、ウエスト・ヒルズ病院へと突入してくる。

「──今だ！　かかれぇえええっ！」

だが──未だ傷の癒えていないミズリル国の兵士が、エドマンズ家に仕える兵士達が、入り口に立ち塞《ふさ》がり、敵兵を槍で貫き、剣で斬り伏せた。

「ぬぅ……!?」

一気に病院を陥《お》とせると思っていた敵国の部隊長は、思わず唸《うな》る。

他の部下達も、『死兵』の意外な登場と反撃に、足を止めてしまった。

そこを狙い、死兵——負傷した一〇〇名ばかりのエドマンズ兵達が、攻勢に出る。

「ここから先へは、一歩も入れるな！」

「武器になる物なら、角材でもなんでも良いから持ってこい！」

「手の空《あ》いている者は動けない奴を担《かつ》いでやってくれ！　動ける兵士は……！　全員が脱出するまで、ここを死守だ!!」

怪我を負っているというのに。ロクな武器や防具もないというのに。

不調な身体《からだ》で、貧弱な装備で、それでも少数精鋭を誇るエドマンズ兵達は、勇猛果敢《ゆうもうかかん》に五倍の敵軍へ立ち向かっていった。

＊＊＊

『ウエスト・ヒルズ病院防衛戦』が始まった音を、手術室で聞いていたアリスだったが——非戦闘員であるにも拘《かか》わらず、病院から逃げ出そうとはしなかった。

状況を把握《はあく》しても尚、手術台の上で苦しそうに横たわる少年兵を助けるため、毒に冒された身体を治癒《ちゆ》魔法の光で包み込んでやる。

　そんな彼女の様子に、青年兵士は驚きの声を上げた。

「アリスさん……!?　何やってるんですか！　僕達が時間を稼《かせ》ぎますから、貴女《あなた》も早く脱出してください!!」

「傷付いている人を置き去りにして、治療の手を止めて、看護師が真っ先に逃げ出すわけにはいかないでしょ……！」

　アリスは青年兵士の言うことを聞こうとしない。彼が近付いてきて左肩を掴《つか》んで制止しようとしても、その手を振り払って治療に専念する。

　そんな態度に、彼女を心から心配するあまり、アリスと年齢が近い青年兵士は語気を荒げた。

「貴女はミズリル国の人間でもなければ、エドマンズ家に仕えている兵士でもないでしょう!?　アリスさんは……ただの冒険者だ！　なのに、僕達のためにそこまでする理由や必要が、一体どこにあるんですか！」

　青年兵士が叫ぶ正論に対して――アリスは、『正論』で叫び返した。

「私は回復術師《ヒーラー》よ！　私が冒険者であることや、貴方達《あなた》が兵士であることは、一切関係ないわ！　老人でも赤ん坊でも貴族でも亜人《あじん》でも！　『目の前で傷付いて、苦しんでいる人がいたら助ける』……！　それだけよ!!」

「っ……！」

　毒に苦しむ少年兵から目線を一切外さず、治療の手を動かし続けながら、大声で青年兵士に告げた。彼女の信念を。確固たる決意を。

……まるで、どこかの誰かさんみたいだ。こんな頑固な性格の冒険者がいるなんて、実に珍しい。俺としては、好感しか持てないが。

そして『屁理屈《へりくつ》ガンコ女』なアリスの、鋼《はがね》の精神力に根負けし。青年兵士は苦渋《くじゅう》の決断といった表情で、背を向けた。

「……分かりました。でも、その子を治すまでの間だけですよ！　それまでなんとか僕達で持ちこたえますので……！　終わったら、すぐに逃げてください！　絶対ですからね！」

「ええ、分かったわ！　もう少しで治療は終わるから……！　お願い！」

アリスは再び自分の仕事に集中し、青年は主戦場となっている病院入り口へと、刃こぼれした槍を担いで助太刀《すけだち》に向かう。

それぞれの本分を全《まっと》うし、使命を果たすために命を燃やす。彼女達の動きに、眼光に、迷いの色は一切なかった。

――たとえ、既に病院全体には火の手が回り、まるで身体から血を流す兵士のように、何もかもが赤く染まっていたとしても。

＊＊＊

「よし……！　これでもう大丈夫！　後は安静にして、解毒薬を毎日飲み続ければ……！」

アリスの卓越した治療技術の甲斐《かい》もあり、少年兵は小康状態といった様子で、手術台の上で穏やかに呼吸している。

しかし手術室の外からは、未だ激しい争いの喧騒《けんそう》が鳴り響いていた。入り口が突破されたのか、悲痛な断末魔《だんまつま》の叫びやベッドがひっくり返される轟音《ごうおん》まで聞こえてくる。

「早く逃げなきゃ……！」

これ以上ここに留まるのは危険だ。

アリスは治療したばかりの少年兵を背中に担ぎ、病院からの脱出を開始した。

「う……。……アリス、さん……」

「大丈夫よ……窓から出れば、すぐに外へ行けるから……！　絶対、助けてみせるから……！」

病院を包む火炎の熱と、焦りによって額からは大粒の汗が流れ落ちる。

それでも汗を拭《ぬぐ》うことすらせず、背中にある小さな命を捨てて自分だけ逃げるつもりもないらしく、細身な身体で余力を振り絞《しぼ》り、廊下《ろうか》を歩いていく。

そしてアリスはこんな状況でも前を向き、希望に満ちた言葉を紡《つむ》いでいった。

「私ね……！　ここでの戦いが終わったら、また冒険に出るの。……そうよ、貴方も旅をしてみると良いわ……！　エドマンズで兵士を続けるのも立派だけど、まだまだ若いんだし！　世の中には色んな人がいて、色んな景色があって……。そりゃあ嫌なことも大変なこともたくさんあるけど、世界はそれだけじゃない……！　素敵な出会いや、忘れられない景色や体験に、きっと巡り会えるから！　だから身体が治って歩けるようになったら、自由に……！」

すると——。

「むっ……!?」

「……！」

廊下の曲がり角で、大剣を持った敵軍の指揮官と遭遇《そうぐう》した。

赤い甲冑を身にまとい、二本の角を兜から生やす騎士。その鎧や剣には、大量の返り血が付着している。多くのエドマンズ兵を討《う》ち取り、生き残りがいないか執念深く病院内を探し回っていたのだろう。想定し得る限り、最悪の相手だ。

軍勢の部隊長は、アリスの背中に乗《お》せられ《ん》ている少年兵を見て——年若いとはいえ腰に短剣を装備した『敵兵』を認識して——長さも厚さも巨大な剣を構えた。

「小賢《こざか》しいミズリルのゴミ虫共が……！　まだ生き残りがいたか！」

「ま、待ってよ……！　まだ子供よ!?　それに毒の矢を受けて、絶対安静にしないといけないの！」

アリスは必死に命乞《いのちご》いをする。しかし「私だけは助けてください」とは言わない。あくまでも、自分の背でか細く呼吸する少年兵の助命を懇願《こんがん》している。

しかし卑劣な作戦を実行した部隊長は、アリスも少年兵も——敵対する国に所属し、与《くみ》する者であるならば——どちらも見逃す気はなかったようだ。

「女子供であろうと、我が国の脅威《きょうい》になる者は一人の例外なく排除する……！　それが俺の信念《ポリシー》だ！」

ここまで来て、敵の凶刃に倒れるだなんて。アリスは絶望の表情と共に、振り上げられた大剣を見上げ――。

――その大剣が振り下ろされる直前。

廊下を疾走してきた『獣』が、大男の太い腕に噛《か》み付いた。

「バウバウッ！　ガゥアァァァッ!!」

「ぬぉおっ!?」

一匹の大型犬が、大剣を握る右腕に噛みつき、体勢《バランス》を崩させる。

「サム!?」

現れたのは、この病院で負傷兵や看護師達から可愛《かわい》がられていた、野良犬のサムだった。

彼もまた、大事な『仲間』を守るために駆け付け、戦うつもりなのだろう。

しかし犬の牙だけでは、甲冑に包まれた腕には、肉にまでは届かない。

「離れろっ、小汚い駄犬が!!」

鬱陶《うっとう》しそうに、剛腕に任せて振り払う。

サムは噛み付いていたはずの右腕を離してしまい、それでもあらん限りの声で吠えて威嚇《いかく》し続ける。

だが――部隊長は犬の腹を蹴《け》り上げ、宙に浮かせ、廊下の壁へと叩きつけた。

蹴り飛ばされたそのダメージで、サムは起き上がることができなくなった。「ヒュー……。ヒュー……」と弱々しい呼吸を繰り返すだけで、生きるので精一杯といった瀕死《ひんし》の状態へ、一発で持っていかれた。

「サムっ!!」

「女に、子供に、犬畜生《ちくしょう》……！　ははは　っ！　エドマンズの兵士は強者《つわもの》揃いと聞いていたが、とんだ少数精鋭だな！」

そして「これ以上は楽しめそうにないな」と、醜悪《しゅうあく》な笑みでアリスへ語りかける。

この男――自国に仇《あだ》なす者は女子供でも容赦《ようしゃ》しないのが信念、だなんてほざいていたが、本当は違うのだろう。

単に、弱者を不必要に痛めつけ、圧倒的な武力で他者を蹂躙《じゅうりん》したいだけのサディストだ。

「よくも、サムを……。私の友達を……！　許さない……！」

怒りに燃えるアリスは、近くに置いてあった大きな鉈を両手で摑んだ。薪《まき》を作るために使っていたものだろう。だが、今は『敵』と戦う武器として、抵抗の意志をその手に握った。

「クハハハ！　そんな物でこの俺を倒せるかな？　やれるものなら、やってみろ女ァ！」

「あぁあああああああっ！」

銀髪を振り乱し叫びながら、鉈を振り上げる。

素人《しろうと》の雑な攻撃だと見くびる部隊長は、大剣の薙《な》ぎ払いで鉈ごと看護師《アリス》を吹き飛ばしてやろう――として。

「――スキル。『聖なる加護《エル・バフ》』」

「何っ!?」

アリスは自らのスキルで、己の身体《からだ》に赤いオーラをまとわせた。

すると彼女の身体の動きは一気に加速し、達人のような速度と威力で、大剣の一撃を鉈で相《そう》殺《さい》してみせる。

「ぐっ……！」

回復術師《ヒーラー》といえど、彼女も覚悟を決めて生きてきた冒険者。

他人や自分自身の身体能力を向上させるスキルで、乱雑に鉈を振るうフリをして、冷静に勝ち筋を構築していたのだ。

「だが、いつまでも続くわけではあるまい……！」

部隊長の指摘する通りだった。狭い廊下で身軽に動き回るアリスだったが、身を包んでいた赤いオーラは数十秒で消えてしまい、彼女の運動性能はまた元の状態へと戻った。

今度こそ、大剣で斬られて終わり――だと思った、その瞬間。

――少年兵の持つ短剣が、大男の腰へと背後から突き立てられた。

「ぐっ、ぁああ……っ!?」

「……その人に……！　アリスさんに、手を出すなっ……！」

そういえば、少年兵はいつの間にかアリスの背からいなくなっていた。

サムの乱入やアリスのスキル発動で、俺や部隊長の思考からは完全に外れていた。毒の矢を受けて瀕死の状態で、戦うどころか動けそうな様子ですらなかったのに。

だからこそ、少年兵の奇襲は成功した。

そしてアリスの鉈《トドメ》の一撃が、確実に部隊長へ叩き込まれて勝利するのだろうと——そう、思ってしまった。

「スキル——『大震撼《だいしんかん》』ッ!!!」

俺やアリスが固有の戦技《スキル》を覚えているのと同様に。敵も戦いのための秘技を隠し持っていると、警戒するべきだった。

「きゃぁあああああっ！」

「うわぁああああああっ!!」

周囲に衝撃破が発生し、少年の短剣やアリスの鉈ごと身体を吹き飛ばし——その場にいる全員が、意識を失った。

「……おの、れ……！」

その場にいる全員だ。

衝撃波を放った本人も——少年兵に刺された背中側の腰からボタボタと大量の血を流し、強力なスキルを使ったことで余力を失い——火の手が回ってきた廊下に、倒れ込んだ。

アリスも。少年兵も。犬のサムも。敵軍の部隊長も。業火に包まれていく。

「…………」

そんな中で、俺だけが廊下に立っていた。これは残留思念が映し出す景色であり、過去の映像であり、俺は火災の熱さなんて一切感じていない。

だというのに。両手の拳を握り、ブルブルと小刻みに震わせて、病院を包む真っ赤な火炎よりも激しく、青白い炎を拳から噴き出していた。

——そして残留思念は、除霊の炎に混ざって揺らめく赤い火炎は、その後のアリスの姿も映し出した。

『……ケ、ケケ……。……ケ、ガ……。治サナ、キャ……』

病院が炎上し、敵も味方も焼け焦げた。

アリスの遺体は崩落した天井の瓦礫《がれき》により下半身が押し潰され、その影響なのか、両足のない亡霊となり果てた。

それでも彼女は、魂だけの存在になろうと、治療行為を止めなかった。

焦げた骨を拾い、散乱した肉を集め、眼球や内臓を元の位置に戻し、治癒《ちゆ》魔法をかける。

たとえ、もう既に全員が死んでいたとしても。敵も味方も区別なく、増強のスキルも駆使して、夜な夜な戦死者達の肉体を治し続けた。

その結果、中途半端に動き回る、不完全に蘇生《そせい》された醜悪なゾンビが完成しようと。

治療したゾンビ達が共食いし、壊れた武器を握って戦争の続きをして、時には病院に迷い込んだ生者に噛みつき、新たな死者を増やしていく。

それでも夜になれば、アリスは亡霊として再び現れ、墓の下から這《は》い出る彼らを治す作業を始める。

それを何日も何日も、毎晩毎晩、何か月も何年も——十年間続けた。

見返りはない。全ては徒労だ。腐肉を治しても生き返ることなどなく、癒《い》やした彼らは互いに争う不毛な殺し合いへ向かうのみ。

だが、アリスは止めなかった。一日も休まなかった。

四十九日どころの話ではない。十年間どこにも行けず、誰の目にも映らず、何も食べず、寝ることもできず。どこにも行けないまま、誰とも喋《しゃべ》れないまま、二度と冒険の続きができないとしても。決して治療の手を止めようとはしなかった。

——何故なら彼女が、回復術師《ヒーラー》だからだ。

そして、ある日の晩。今日もまた、廃病院の廊下《ろうか》で呻《うめ》くゾンビの兵士を癒やしていると——

アリスは不意に、俺の方を向いた。

『……ソコ、ニ……。誰カ……イル……ノ……？』

「……！」

俺の姿は見えていないはず。これは過去の記録だ。

数年前のいつかの夜、アリスが虚空を眺めて呟《つぶや》いただけに過ぎない。

だが——。

『……オ願、イ……。　……モ、ウ……終ワラセ、テ……！』

何もない闇に、震える声でそう懇願してから。アリスは再び「ケケ、ケケケ……」としか言わなくなり、兵士の死体を治していった。

そしてまた火炎は揺らめき、病院の平和だった日常や、惨劇《さんげき》の記録は最初から繰《リピート》り返される。

「……除霊の理由が、できてしまったな……」

心の奥底で、腹の中で、グツグツと何かが煮えたぎっている。

過去の大火の景色からも、除霊スキルの青い炎からも、温度は感じないはずなのに。

俺は今、熱くなっていた。

両手の拳から噴き出す真っ青な爆炎が、全身や周囲の光景を包み込み——。

——過去の景色も青い炎も、全て拳の一振りで薙ぎ払って。

眼鏡《めがね》を中指で押し上げ、赤いマフラーをなびかせ、元来た道を全速力で戻り始めた。

＊＊＊

「……今のは……!?」

手術室にて、地下へ続く扉と格闘していた勇者セフィラ。

彼女もまた、残留思念が映し出す過去の記録を目撃した。しかし『残留思念』という知識自体がないため、酷《ひど》く驚き呆然《ぼうぜん》としていた。

それでも、過去にこの病院で起きた惨劇の再現《フラッシュバック》なのだろうということは察せられる。

勇敢《ゆうかん》なエドマンズ兵と、最期まで人を癒やす使命に魂を燃やしたアリス。

彼らの無念を、セフィラは心で理解した。

「な、なんだったんだ……!?　ヘレナも見たかい!?　今の……!」

セフィラと同じく、残留思念の景色を見せられたジョンも、半ば興奮気味に幼馴染《おさななじみ》と驚きを共有しようとする。

　しかし、振り向いた先にいたヘレナは無表情のまま、手術室の中央に立ち尽くしていた。

「……ヘレナ？」

「…………………」

　心配して問いかける。だが反応はなかった。

　顔色が青白く、生気がない。

　さっきまでは、「扉を開けて地下に逃げましょう」と、積極的に勇者へ提案していたのに。

「ど、どうしたんだい？　どこか具合でも……」

　不安そうに、ジョンは幼馴染へと近づく。

「……ぁあー……」

　すると。ヘレナの瞳がギョロリと勢いよく『獲物』を見つめ――。

　――異状を察知したセフィラが、大声で警告した。

「危ないッ！　ヘレナさんから離れて!!」

「え？」

　背後の勇者に突然叫ばれて、ジョンの身体は一瞬硬直してしまう。

　そしてヘレナからセフィラの方へ振り向き、幼馴染から目線を外してしまうと――その一瞬でヘレナはジョンに摑《つか》みかかり、喉元《のどもと》に嚙《か》みついた。

「グォオオォォオオオオオッ!!!」

「うわぁあああああああああああああっ！！！！」

ゾンビ化したヘレナが、鋭い爪と牙で幼馴染を捕らえ、喉笛を噛みちぎる。

ジョンは痛みと恐怖で絶叫しながら、必死に抵抗しようとする。だが、ただでさえ遭難《そうなん》して弱っていた体力では、ゾンビの膂力《パワー》に勝てるはずもなかった。

「くっ……！　最初から……！」

セフィラは聖剣を抜刀《ばっとう》し、助けなければと走り出す。

彼女はおそらく、既にゾンビに噛まれて感染していたのだろう。ヘレナ本人すら、自身のゾンビ化に気付いていなかったのだ。

このままではジョンも手遅れになる。失踪者《しっそうしゃ》達を無事に家へと帰すのが目的だったが、こうなっては仕方ない。ジョンを助けるために、ヘレナを倒すしかない。

しかし――。

「ぁあぉあああああああっ‼」

「っ……⁉」

ジョンに噛み付くヘレナを斬ろうとした、その直前。

今まで静かに床で寝ていたはずのマイケルが起き上がり、聖剣を持つ勇者《自分》に摑みかかってきた。

彼もまた、青白さを通り越して緑色に変色した肌で、焦点の定まらない瞳で虚空を見つめ、それでいてセフィラに向かって明確な敵意を――『食欲』を見せて襲いかかる。白く美しい柔《やわ》肌《はだ》に、噛み付こうとしてくる。

「くっ……！　……ごめんなさい……！」

助けられなかったこと、手遅れになってしまったこと、そして今から『遺体』を傷付けることへの謝罪を告げて。神速の剣技でマイケルの両腕を切断し、胴体を斜めに斬り付けた。

胴体を分離させることまではできなかったが、常人なら即死しているほどの深い斬り傷。

だが――。

「うぁあっ……！」

「……！」

両腕を斬り落とされても。胴体を斬り付けられても。マイケルはフラフラと立ち上がり、再びセフィラへ向かおうとする。

ゾンビの強靭《きょうじん》な生命力――いや、既に死んでいるから『生命』ではない。たとえ肉体が腐っても四肢《しし》を失っても、食欲を満たすために生者へ向かっていくだけの哀れな存在。

そんなゾンビ共の仲間にマイケルも、ヘレナも、そしてヘレナに襲われたジョンも堕《お》ちてしまった。

「グヴォオオ……ッ！」

「あー……ぁあぁー……っ」

「ガァアアァ……！」

「ッ……！　ひっ……！」

セフィラの剣先が震え始める。

今までは、ヘレナやジョンがいる前で情けない姿を見せたくないと、『勇者』の威厳を守らなければと、怖いながらも必死に耐えていた。

しかし今。守るべき者《ヘレナ》達が全員ゾンビとなってしまい、自分《セフィラ》一人だけになると――『誰かのために勇気を振り絞《しぼ》って戦う』ということができない状態になると、その身体《からだ》は恐怖で震え、目に涙が浮かんでくる。

「「「「グォオオオォォォオオオッ！！！」」」」

更に背後からも、大量のゾンビ達が押し寄せてきている。

バリケードに阻《はば》まれて立ち往生《おうじょう》していたが、廃材を積み上げただけの簡易的な防御柵《さく》などでは長く押し止めることなどできず――ついに、手術室に大量のゾンビ達が侵入してきた。

「ひっ……！　レイジ……！　いやぁああっ……！　レイジぃぃいいいいいいいっ!!!」

前後左右から、セフィラを取り囲んだゾンビ達が、聖女の白い柔肌《やわはだ》へと手を伸ばす。

恐怖に屈した状態では、普段の剣技や魔法で抵抗することもできず、悲鳴と共に仲間の名を叫ぶことしかできない。

だが悲鳴はゾンビ達の雄叫《おたけ》びにかき消され、肩や腕や太ももや、金髪の頭部や小さな顔を、腐った無数の手にわし摑まれた。

――その瞬間。

青白い爆炎が、手術室の扉から噴き出してきた。

「!?」

セフィラの背後にいた、無数のゾンビ達は青い火炎に包まれ、全て燃え尽きる。

だがゾンビは『前』にもいる。ゾンビと化した貴族の娘ヘレナは、理性もないままにセフィラの細い首に噛み付こうとして――。

「きゃっ!?」

小さな左肩を掴み、その黒い神官服の男は左腕でセフィラを抱き寄せ、右の拳で亡者《ヘレナ》を殴《なぐ》り飛ばした。

「レ……!」

驚きと共に、その男を見上げる。

神官服の胸元には金色の十字架を下げ、首筋に赤いマフラーをなびかせ、眼鏡の奥の眼光は、残り二体のゾンビを見据えている。

「すまない。遅くなった」

それだけ言うと、彼は両手の拳に炎を宿す。そして放たれた矢のように、一歩踏み込む。

右手でジョンの顔を、左手でマイケルの顔をわし掴むと、『除霊』のスキルを放ちながら、緑色に変色した頭部を、手術室の床へと二人同時に強く叩きつけた。

ヘレナも、ジョンも、マイケルも。全身が青白い炎に包まれ、その魂は浄化され、穏やかな寝顔を浮かべるだけの遺体が残った。

「……ふぅ」

静寂を取り戻した手術室の中。

除霊スキル持ちの神官レイジは、一息ついて青白い炎《スキル》を解除した。

「セフィラ。怪我《けが》はない――」

仲間を心配して振り向いたレイジに、彼の胸元へ飛び込み、セフィラは強く抱きしめた。

「かっ……!?」

レイジの顔が赤くなる。今まで何度も抱き着かれたりしてきたが、未だに慣れない。

世界最強の、ずっと憧れだった『勇者』の二つ名を持つ冒険者に抱擁《ほうよう》されて。聖女とも呼ばれる絶世の美少女と密着するのは、どうしても緊張してしまう。

「……良かった……！　貴方《あなた》が無事で……！」

「……！」

震える身体と涙声で、セフィラは大事な仲間を強く抱きしめる。

「色々と当たっているから離れろ」と言うつもりだったレイジは、震える背中を優しくぽんぽんと叩いてやった。

「……それはコッチの台詞《せりふ》だ。良かったよ、怪我がなくて」

助けに来てくれたことの感謝もあるのだろうが、セフィラは自身の命が助かったことよりも、仲間《レイジ》の無傷に安堵《あんど》していたようだ。

つくづく、尊敬に値する心根の持ち主だとレイジは思っていた。

「さて……後はキャシーだな。アイツも無事だと良いが……」

「ええ、そうね……。あの子は聡いから、きっと大丈夫よ……！」

もう少しだけ彼を抱きしめていたかった——という内心は表に出さず。『勇者』の顔付きを取り戻して、共に手術室から出ていこうとする。

しかし。そんな二人の足元に、突如として亀裂が入った。

「!?」

老朽化《ろうきゆう》していた病院だからか。あるいは、ジョンとマイケルを床に叩きつけたせいか。

理由はなんであれ、昼間探索していた時から、この病院はあちこち崩落して穴が開いていた。

それが今、このタイミングで。手術室の床も、ガラガラと激しく音を立てて崩れ落ちていく。

「くっ……！」

「きゃあああああっ!?」

手術室の床は崩落し——レイジとセフィラの二人は、『地下室』へと落下していった。

＊＊＊

「……い、痛たたた……。ビックリしたわね……」

突如崩落した床のせいで、手術室から地下へと落下した俺達。

幸い、地下室の規模は普通の部屋と同じか小さいくらいで、大怪我をするほどの高さから落ちたわけではなかった。

ただ、背中から地下室の床へと叩きつけられ、仰向《あおむ》けになる俺へと――上から抱き着くようにして覆《おお》い被《かぶ》さるセフィラのせいで、若い男子としての精神力はゴリゴリ削《けず》られていた。

「だ、大丈夫レイジ？　怪我はないかしら？」

「……だ、大丈夫だ。大丈夫だから、早く退いてくれっ……！」

俺の顔面には、大きくて柔らかいモノが当たっている。『重さ』も直に感じる。「落下死して天国に昇ったのか」と一瞬思うような、良い香りにも包まれていた。

このままでは、酸欠と羞恥《しゅうち》で俺が死ぬ。

「暗くて何も見えないわね……。『ファイア』」

事故とはいえ、仲間とはいえ、異性《俺》を押し倒し、身体を密着させていたというのに、気にする素振りはまったく見せず。セフィラは平然とした顔で俺から離れて立ち上がり、炎の魔法を使って小さな明かりを灯した。

温かな炎が暗闇を照らすと――そこは、本当にただの地下室といった様子だった。

「薬品の瓶《びん》、椅子《いす》や机……。替えのカーテンやシーツ、か……」

「『賢者の遺産』がある、なんてのはやっぱり単なる噂話《うわさばなし》だったみたいね。それよりレイジ。急いで上に戻りましょう」

「あぁ」

セフィラは手術室へと上がっていく階段へ向かい、地下室の扉を内側から開けようとする。

俺もそれに続こうとして——薄暗闇の中、視界の端で捉えた『それ』に、激しく動揺《どうよう》した。

「……!?」

どうしてこんなものが。どういうことだ。何故、コレが——。

「……セフィラ」

「どうしたの？」

「『賢者の遺産』を見つけた」

「え!?」

扉を開けようとしていた手が止まる。当然だろう。俺だって驚いている。

しかしこれは事実だ。半信半疑なセフィラを呼び寄せ、戸棚《とだな》の上に平然と置かれている『遺産』を見つめた。

「そうか……そういうことか……。『東方の賢者』の正体は……」

遥《はる》か昔に東方から訪れ、数々の知識や技術を遺《のこ》していったという偉人。その正体は謎に包まれているらしいが、俺は一つの『真実』に到達した。

顔も名前も知らないが——東方の賢者は、俺と同じ場所から来た人間なのだろう。

「……コレが賢者の遺産なの？　なんだか……変な形ね」

「燃料は……あるな。よし、問題なさそうだ……」

「レイジ……？」

賢者の遺産を触り、あちこち確認する。

そんな俺に対してセフィラは「勝手に触るのはマズイのでは」といった目線を送ってくる。

この世界ではオーパーツとして、そして伝説の道具として、貴重かつ高価な存在なのだろう。

だがそんなことは気にせず弄《いじ》り回していく。

こんなものは、あっちでは誰でも買うことができた代物《しろもの》だ。

「セフィラ。これは道具であり『武器』だ。俺が持つより、お前が使った方が良いだろう」

「え……？　こ、これでゾンビと戦うつもりなの……？」

賢者の遺産であり、伝説の道具。同時に、この状況を突破する有効な武器でもある。

「それに俺は神官だ。刃物で他人を流血させたり、傷付けることはできない」

「ゾンビ相手にも戒律《かいりつ》は守るのね……」

未だ困惑している仲間を尻目に、俺は遺産の『グリップ』を握り、後方へと引っ張る。

するとグリップに付けられたワイヤーが遺産の内部から飛び出てきて、再び内部へ戻っていく。そうしてまた、グリップを引いてワイヤーを伸ばす。何度も、何度も。

やがて――賢者の遺産が、真っ黒な排気ガスをまき散らして唸《うな》り始めた。

「レイジ……!?　ほ、吠えてるわよ！　遺産が……！」

「生き物じゃない。エンジンがかかったんだ。リコイルスターターを引いて、クランクシャフトを手動で回転させたことでな」

「リコ……？　クラ……？　え？」

困惑している。当然だろう。こんな道具は、見たことも聞いたこともないはずだ。

だが俺は知っている。これが何なのかを。

「グルルルルッ……！　ォアアァ……ッ！」

「っ！　レイジ……！」

「あぁ。来たようだな……」

頭上から、ゾンビ達の迫る声や音がする。手術室を目指して、第二波が近付いてきているのだろう。

「セフィラ。怖いだろうが、お前がゾンビを斬り倒して身動きを封じてくれ。そこを俺が除霊する。多勢に無勢だが、俺達ならきっと勝てる」

唸り続ける賢者の遺産を、セフィラへ手渡そうとする。

一度エンジンがかかりさえすれば、後の使用方法は刀剣とほぼ同じだ。『トリガー』を指で握り続けていれば、最高の切れ味を保ち続ける。

しかしセフィラは見慣れぬ武器を前にして、賢者の遺産を扱うことに対して、少しだけ迷いを見せていた。

「……賢者の遺産を使えば、この状況を打破できるの……？」

「あぁ。むしろ『コレ』を使わないとダメなくらいだ。ゾンビものの『お約束』だからな」

困惑しつつも、俺を信頼してくれる世界最強の冒険者は、その青い瞳で真っすぐ見つめ――

勇気を振り絞《しぼ》って遺産を受け取った。

「よ、よく分からないけど……。……貴方と一緒なら、少しも怖くないわ……！」

これで準備は整った。後は、始めるだけだ。

＊＊＊

地下室から扉を開け、短い階段を上り、手術室へと戻る。

そこには既に、破壊されたバリケードの木材を踏み潰し、赤い甲冑《かっちゅう》を着込んだゾンビ達が侵入してきていた。

「グルゥウヴォォオッ……！」

「あぁあー……っ！」

「殺、ゼ……。一人、残ザズ……ッ!!」

階段から上がってきた俺達を睨《にら》み、おぞましい声を上げ、鋭い牙を剝《む》き出しにする亡者達。

それぞれの手には錆《さ》びた剣や槍を持ち、新鮮な血と肉を求めて迫りくる。

「……このウエスト・ヒルズ病院に火を点《つ》け、エドマンズの負傷兵を虐殺《ぎゃくさつ》し、民間人すら手にかけた連中が……」

「死んでも戦争をし続けているだなんて……。貴方達の戦いは、今夜で終わらせてあげるわ……！」

セフィラが人差し指でトリガーを握るたびに、賢者の遺産は金切《かなき》り声《ごえ》のような、魔物の咆哮《ほうこう》のような唸り声を上げる。

そして激しいドラムのビートを思わせる、心臓の鼓動音に似たエンジン音が、一定のリズムで夜の廃病院に鳴り響く。

そうやってセフィラがトリガーを握り続けると――無数の小さな刃が取り付けられた鎖《チェーン》が、高速回転して切れ味を最高にする。

「……ねぇレイジ。この武器の名前も、貴方は知っているの？」

「あぁ……」

知っている。名前も、使用方法も。賢者の遺産がなんなのか、東方の賢者が何者なのか。

――この世界に、前世の記憶を引き継いだまま転生した俺にしか分からない真実を。名前を、叫ぶ。

「……セフィラが普段から持っている武器の種類が『剣』。銘《めい》が『デュランダル』だとすると……。その道具の種類は『チェーンソー』……！　名前は『テキサス１９７４』だ!!」

セフィラの右手に握られた『チェーンソー』が、爆音とガソリン臭《くさ》い廃棄ガスを周囲にまき散らす。

左手には愛用の聖剣を握りしめ。チェーンソーを右肩に軽々と担《かつ》ぎ、聖剣の切っ先をゾンビ達へ向けた。

「テキサス・チェーンソーね……！　良い重さと名前じゃない、気に入ったわ!!」

俺は人知れず、興奮していた。『聖剣とチェーンソーの二刀流』。

雑なB級映画でも採用しないアイデアだろう。だが俺は、こういうアンバランスな組み合わせが結構、かなり、いや大好物だ。

何より、ホラーやゾンビにチェーンソーは欠かせないだろ……！

「さぁ、行くぞセフィラ……！」

「えぇ……！」

拳を構え。両手に青白い炎を燃え盛らせて。

聖剣とチェーンソーを携《たずさ》えて。刀身は光り輝き、刃《チェーン》が高速回転する。

「「グォオオオオッッッ！！！！」」

俺達へ襲いかかる、無数のゾンビ達。

だが、恐怖と殺戮《さつりく》の夜はもう終わった。

十年前からこの廃病院で続く、ゾンビ同士の不毛な争いの時間は、今日で終わる。

今から始まるのは――。

「除霊の時間だ!!!」

「除霊の時間よ!!!」

＊＊＊

けたたましいエンジン音を上げるチェーンソーが、真っすぐに振り下ろされる。

赤い甲冑を着たゾンビ兵は錆びた剣でその一撃を受け止めようとするが、勇者《セフィラ》の技術とチェーンソーの切れ味、そして重さを防ぎきれるはずもなく。

激しい火花を飛び散らせながらチェーンソーは錆び付いた剣を削り、ゾンビの左肩から右脇腹へと刃を食い込ませ、その腐敗した胴体をズタズタに裁断しながら切り裂いていった。

「グギャァァァアアアァアァァアアアァッ!!!」

痛覚があるのかないのか、ゾンビ兵は絶叫しながら剣を手放す。

しかし身体《からだ》を切り裂かれた程度では死なず、胴体をチェーンソーの刃で破壊されながらも、血の気のない腕を伸ばしてセフィラに摑《つか》みかかった。

「レイジ!」

「あぁ」

そこへ、俺の鉄拳を叩き込む。

除霊スキルを発動させた、青白い炎が宿る拳でゾンビの顔面を殴《なぐ》りつけ。おぞましい断末魔《だんまつま》の叫びを聞きつつ、全身を燃やし尽くしてやって灰へと還《かえ》す。

「ヴアアアッ!」

だが、一体倒した程度では敵の数はまだまだ減らない。

背後から俺の心臓を貫こうと、ボロボロの槍を持ったゾンビが、鋭い突きの一撃を繰り出してきた。

「セフィラっ」

「ええ、背中は任せて！」

そう小さく俺に告げ、チェーンソーで槍の柄を真ん中から切断し、真っ二つにする。元々は樹木を伐採《ばっさい》するための道具だ。槍の木製の柄なんて、枝より簡単に破壊することができる。

そしてセフィラは流れる動作で、左手に持った聖剣を振るい、腐った首を斬り刎《は》ねた。

手術室の床へと落下していく頭部へ、俺は正拳突きのような殴打《おうだ》を喰らわせる。ゾンビの腹に叩き込まれる、自身《ゾンビ》の頭と俺の拳。発火した青白い炎はすぐに全身を包み、跡形もなく消滅させた。

「いけるな……！　このまま突破するぞ！」

「ええ！」

両手に燃え盛る除霊の炎。そしてセフィラが握る聖剣とチェーンソー。

戦力が僅《わず》か二人の俺達に対して、ゾンビ共の兵力は十数倍以上。しかし俺のスキルと、賢者の遺産《チェーンソー》を手にしたセフィラの武力を前に、群れは一気に数を減らしていく。

そうして俺達は次々に亡者を祓《はら》い、手術室を脱出して病院の入り口へと向かった。

＊＊＊

一方その頃。

残留思念による過去の景色を見ていた魔法使いイルザと猫の獣人キャシーは、自分達が『追われている身』であることを思い出し、再び全力で足を動かして、病院二階の廊下《ろうか》を疾走していた。

「バウッ！　ガウッ！　ワンワンッ!!」

「きゃーっ！　いやーっ！　いつまで追いかけてくるのよぉおお！　あのバカ犬ぅうう！」

「何か凄《すご》い尻尾《しっぽ》振ってるニャぁああ！　楽しんでるニャ！　狩りを楽しんでいるニャあいつ！」

ゾンビ犬――かつてこの病院で焼死したサムは、生前の記憶そのままに、単にイルザとキャシーと遊びたくて追いかけているだけだった。

しかしそんな事情を知らない魔法使いと獣人の二人組は、『噛《か》み付かれたら終わり』という危機感のみを抱えて走り続ける。それがまた、サムを喜ばせることになっているとも知らずに。

そんな時。イルザは突然、冷静な思考を取り戻した。

「あっ。てか空飛べるわアタシ。ホウキで逃げよ」

空中浮遊《ザ・フライ》の魔法を使って窓から屋外へ脱出しようと、ホウキに跨《またが》る。

しかしそんなイルザの服をキャシーは全力で掴み、尖った爪を突き立てて逃がそうとしない。

「は!?　ふざけんニャ！　アタイも乗せてけニャ！」

「ちょっと！　離しなさいよクソ猫！　アタシのホウキに乗って良いのは、アタシとイケメンな男だけよ！」

「うるせぇニャ！　自分だけ逃げようったって、そうはさせないニャ！　乗せろニャぁああ！」

「嫌だって言ってるで……いやぁああああああ!!」

取っ組み合いになりながら言い争うイルザだったが、揉《も》めていたせいでゾンビ犬のサムに追いつかれてしまい、悲鳴を上げる。

「ギニャぁあああああああ!!」

そしてキャシーもまた「これで終わりだ」といった、諦めにも近い悲鳴を上げる。

恐怖で怯《おび》え切った二人は抵抗も逃走もできず、自分達に飛びかかってこようとするサムの赤い眼光を、腰を抜かして見つめ——。

「…………………」

しかし。サムは急に動きを止め、廊下の真ん中で背後を振り向いた。

「え……?」

「ニャ……?」

呆気《あっけ》にとられるイルザとキャシー。絶体絶命だと思ったにも拘《かか》わらず、ゾンビ犬が急停止したことに、疲労と恐怖のせいもあって理解が追いつかない。

だが犬のサムが踵《きびす》を返し、来た道を戻って下り階段へと向かっていったのを視認すると、助かったのだと理解した。

「……な、なんだったの……?」

「……ニャ!?　た、大変ニャ！　そんなことよりアレ見ろニャ、ニワカ女！」

「誰がニワカ女よ！　レイジの幼馴染《おさななじみ》だって言っててんでしょ！」

「そのレイジが、アタイのご主人様が！　あそこにいるニャ！」

「え……!?」

ガラスの割れた窓から身を乗り出し、眼下を指差すキャシー。

幼馴染の名を聞いて、イルザも同じく二階の窓から顔を覗《のぞ》かせて見下ろす。

二人が見つめる先には、月光に照らされる病院入り口付近の野原では――両手を青白く燃やすレイジと二刀を振るうセフィラが、ゾンビ達相手に大立ち回りを演じていた。

＊＊＊

チェーンソーと聖剣でセフィラがゾンビを斬り倒し、俺が除霊のスキルでトドメを刺す。

襲いかかるゾンビ達をそうやって次々になぎ倒し、キャシーと合流するため廊下から病院入り口付近にまで戻ってくると――。

「グヴォオオオッ！」

「入レルナァアッ……！」

十数年前の病院防衛戦さながらに、軽装のゾンビと赤い甲冑《かっちゅう》のゾンビ達が、激しい戦いを繰り広げていた。

病棟で四方を囲まれた時、ゾンビ同士が共食いしているように見えたが、あれはエドマンズ兵と隣国の兵士達の争いだったのだろう。同じ亡者とはいえ、生前の所属が違うため争い合っていたのだ。

だが、いつまでも同じことを繰り返させるわけにはいかない。事情を知った今、見過ごすことはできなかった。

「――『ケルア』！」

「アレは……」

エドマンズ兵が戦う後方で、傷付いた腐肉を治癒《ちゆ》魔法で直している幽霊がいた。

赤い返り血を浴びたナース服を着て、頭部に包帯を巻いて顔を隠す銀髪の女幽霊――かつての冒険者『アリス』が、死後の現在も回復術師《ヒーラー》としての使命を果たしていた。

「ガァァァアアアアアア！」

「ッ！」

しかし。腐肉を癒《い》やしている存在を鬱陶《うっとう》しく思ったのか、一体のゾンビが防衛線を突破し、アリスへと襲いかかる。

幽霊相手にゾンビの攻撃が有効なのかは分からないが、放置もできない。

残留思念で彼女の過去を知った俺とセフィラは互いに、合図するよりも先に走り出していた。

「はぁあああっ！」

「せぇいッ！」

チェーンソーと聖剣が、アリスを襲おうとしていたゾンビの赤い甲冑ごと胴体を切り刻んで破壊する。そこへ除霊の拳が腐肉に触れ、骨の一片すらも残さず焼き尽くす。

そして戦いの渦中《かちゅう》へと飛び込んだ勢いそのままに、俺とセフィラの二人は、病院内に続々と侵入してくる敵兵を突破し、屋外へと繰り出した。

するとそれまで防戦一方だったエドマンズ兵も反撃に転じ、病院正面の野原は混戦状態に陥《おちい》った。

「クソっ……！　このままでは、キャシーを探しに行くこともできないな……！」

「こうなったら……！　この戦いを終わらせるしかないわ！」

血肉を求めて四方八方から迫ってくるゾンビ共へ、チェーンソーを振り回しながら、拳を振るって戦いながら。俺とセフィラは背中合わせになって相談する。

「だが、どうする……!?　敵も味方もないような状態で、これだけ混乱した場では……！」

軽装のゾンビと赤い甲冑のゾンビが入り乱れての大混戦。戦うにしても、あまりにも無秩序《カオス》だ。

しかし歴戦の勇者には、『考え』があるようだった。

「――私の『戦技《スキル》』を使うわ」

「お前の……!?」

勇者の――セフィラの『スキル』。

考えてみれば当然のことだった。俺の『除霊』や看護師《アリス》の『聖なる加護《エル・バフ》』、敵国の指揮官が放った『大震撼《だいしんかん》』。

冒険者はそれぞれ固有の戦技を持っていることが多い。

ならば最強の冒険者がスキルを持っていないだなんて、そんなことはありえない。

「正直、あんまり使いたくはないのだけどね……。『勇者』っていうより、なんだか『魔王』っぽいから」

聖剣とチェーンソーを大地に突き刺し、呼吸を整える。

発動までに準備や時間がかかるタイプのスキルなのだろう。

そしてその手のスキルは、リスクがあるぶん強力な効果を発揮する。

「少しだけ時間をくれるかしら」

「任せろ」

セフィラへと襲いかかるゾンビを、俺は除霊の炎を灯した拳で殴《なぐ》り倒し、どうにか彼女の身を守って時間を稼《かせ》ぐ。

だが流石《さすが》に数が違いすぎる。セフィラが戦闘を中断した今、一人では『除霊』に限界がある。

このままではマズイか——と、冷や汗を浮かべた時。

「『聖なる加護《エル・バフ》』」

俺の全身が突如、赤いオーラに包まれた。

「これは……！」

振り向くと、先程病院の入り口でゾンビの攻撃から助けた亡霊アリスが、スキルで俺の身体《からだ》を強化してくれた。そして彼女は再び傷付いたゾンビ兵に寄り添い、その肉体を治していく。

「ありがたい……！」

視線をゾンビ兵達に戻して駆け出し、一歩強く踏み込んだ。

――その踏み込みで、地面の土が抉《えぐ》れる。

砲弾を撃ち出したような、あるいは雷が落ちたような音が響き、同時に加速した除霊の拳は、ゾンビの頭部を粉々に打ち砕く。

呆気に取られているゾンビ達の隙《すき》を衝《つ》き、間合いを一瞬で詰め、懐《ふところ》に潜り込んだところを殴打《おうだ》する。その一撃《パンチ》は、あまりにも激烈。

鎧《よろい》も兜《かぶと》も関係ない。アリスのスキルで強化された俺の身体能力は、拳法の達人や一流の冒険者達にも匹敵するほどだろう。

剛腕と鉄拳によって頑強な防具を粉砕《ふんさい》し、その奥にある腐肉を除霊の炎で燃やし尽くす。セフィラの剣でゾンビの動きを止め、チェーンソーで鎧を壊して肉体を晒《さら》してもらう必要もない。

「ギャァァアアアアアッ‼」

「ガアアアアアァァァァァアアァッッ!!!」

断末魔《だんまつま》の咆哮《ほうこう》ともつかない、背筋の凍るような声が周囲から聞こえる。

その絶叫の中を風より早く駆け抜け、擦れ違い様にゾンビ達の顔面を殴り、脊椎《せきつい》を折りながら炎で触れ、鎧ごと腹部を拳で貫通し、次々に青白い火柱が上っていく。

「ゼアアアアッ！」

だがゾンビ共も、生前は訓練された兵士の集団。動揺《どうよう》や混乱を、数秒で立て直した。

そして錆《さ》びた槍や欠けた剣で反撃し、生者《俺》の命を刈り取ろうとする。

「――遅い」

通常時だったら、俺一人程度に手こずるゾンビ達《彼ら》ではないだろう。

しかし剣による一閃《いっせん》は虚《むな》しく空を切り、長い槍で突きを繰り出しても、もう既にその位置に俺はいない。貫いたのは、赤いマフラーとオーラが生み出す、陽炎《かげろう》のような残像のみ。

そして流れる体捌《たいさば》きで移動した俺はゾンビの武器を叩き落とし、連撃の拳で鎧を打ち砕き、一発の蹴《け》りでゾンビ三体を吹き飛ばす。

こんな感触は初めてだ。これが『強者《つわもの》』の景色なのか。相手の動きがよく見える。心臓は激しく鼓動し血流が全身を張《みなぎ》り、躍動する筋肉で身体は軽いのに、拳の一撃は鋭く重い。

気分はまるでブルースかジャッキー、あるいはドニーかキアヌってところだ。

そうして、アリスの増強スキルが切れる時間まで俺が戦っている間。

青い瞳を閉じて集中していたセフィラだったが――周囲の草木が、次第にザワザワと震え始めた。

「……レイジは対象から外して……範囲は半径三〇〇で良いかしら……」

何かを小さく呟《つぶや》いている。しかしゾンビ達が争い合い、恐ろしい叫び声を上げる音にかき消され、何を言っているかまでは分からない。

こんな戦場のド真ん中で両手の武器を手放し、目を閉じているだなんて中々の『勇気』だ。

そして――セフィラは目を見開き、固有戦技《スキル》を発動させた。

「スキル。『絶対服従《カリスマ》』」

――全てのゾンビの動きが、止まった。

金縛《かなしば》りに遭《あ》ったかのように、世界の全てが一瞬で凍結したのかと思うほど、全ての兵士は静止する。

あれだけ騒がしかったゾンビの唸《うな》り声も、剣や槍同士がぶつかり合う音も、肉を食い千切《ちぎ》る音すらピタリと止んで。

病院正門前の野原には、水を打ったような静寂が訪れた。時間が止まったとすら錯覚《さっかく》する静けさの中で、自由に動くことができるのは俺とセフィラだけ。

「『平伏せよ』!!」

静寂の中、よく通る凜《りん》とした声で号令を発する。

そうすると、全てのゾンビ達は片膝を地面につき、武器を下ろし、セフィラへと頭《こうべ》を垂れた。まるで君主に忠誠を誓う騎士のようだ。

エドマンズ兵も、赤い甲冑を着こんだ敵のゾンビ達も、全員が勇者の命令に従っている。

「なるほどコレは……。確かに、とんでもないスキルだな」

『絶対服従《カリスマ》』の作用は広範囲に及び、しかも六〇〇人近い数すら支配下に置くことができている。

まさに『王』の能力。問答無用で相手を服従させるスキルなんて、危険なほどに強力だ。

「……持続時間は長くないの。私は今から、エドマンズ兵に『統率《とうそつ》』を与えるわ……!」

スキルを発動させ、それで戦いを止めるのかと思った。しかし本当の狙いはそうではなく、『絶対服従《カリスマ》』のスキルはあくまで『下準備』に過ぎないようだ。

あと数秒でスキルの効果が消える、直前。セフィラは懐から一枚の紙きれを取り出した。

「注目しなさい！　ミズリル国の、エドマンズ領に所属する全兵士に告げます！」

紙きれを高々と掲《かか》げると、ゾンビ兵達の目線はその紙に――エドマンズ家の紋章が刻まれた『許可証』へと集まる。

「アレは……」

あの紙は、昼間このウエスト・ヒルズ病院に到着した際、フランソワから手渡されたエドマンズ家の許可証だ。

エドマンズの家紋が刻まれた紙。そして一〇〇人規模の軍隊を率《ひき》いることも可能な権力を持っている『勇者』。

その冒険者は、セフィラという少女は、エドマンズ兵にとって『病院から排除すべき侵入者』から――『従うべき者』へと認識が変わる。

「私の名はセフィラ・レオンハート！　第一級《プラチナ》冒険者、『勇者』の称号を持つ者です！　ダリル・エドマンズ伯爵からの依頼《クエスト》を受け、加勢に来ました！　これより貴方《あなた》達は私の指揮下へと入り、一致団結し敵を討《う》ち倒すのです!!」

これが、真の狙いか。

『絶対服従《カリスマ》』のスキルで全兵士の戦いを一旦中断させ、勇者の身分とエドマンズ家の許可証を利用して『統率』を手に入れる。

その狙い通り、『絶対服従《カリスマ》』のスキルが時間切れで解除されて自由を取り戻した後も、エドマンズ兵達は自分勝手に武器を振るったり、セフィラや俺へ襲い掛かることはしなかった。

ゾンビの兵士を従えて率いようだなんて、確かに勇者というよりは魔王だな……と俺は思いつつ、高揚《こうよう》している部分もあった。

「全軍集結！　隊列を組み直します!!」

号令に従い、エドマンズ兵は『陣形』を作り出していく。その動きはゾンビでありながら機敏で、まさに少数精鋭の評価に相応《ふさわ》しい、よく訓練された迷いない動きだった。

「……オノレ……！　冒険者の、援軍だと……!?」

手早く整列していくエドマンズ兵を、敵もただ指を咥《くわ》えて見ているわけではない。

赤く豪華な甲冑《かっちゅう》を着こみ、兜に二本の角《つの》を生やした大柄なゾンビも、周囲の赤鎧ゾンビ達に指示を下して、対抗するように陣形を展開させていく。

「アイツは……」

あの赤い甲冑には見覚えがある。ゾンビと化したせいで顔や肉体は腐敗しているが、兜も手に持った大剣も、残留思念の映像で見た『奴』の特徴と合致している。

この病院を襲い、アリスや少年兵を殺し、病院と共に焼け落ちた指揮官――敵軍の部隊長だ。

「援軍ナド、恐れるものか！　数は我らが上！　ゴミ虫共を圧《お》し潰し、ミズリル国へ侵攻するぞ!!」

とっくに戦争は終わっているというのに。今もなおエドマンズ兵を殺し続け、ミズリルへの侵略を諦めていない。

「アイツも……そろそろ眠らせてやらないとな」

眼鏡《めがね》を中指で押し上げ、右手に除霊の炎を宿す。

あの男の執念にも、ケリをつける時が来たようだ。

「さて……これで、準備完了ね」

大地に刺していた聖剣とチェーンソーを抜き取り、再び構えるセフィラ。

彼女の後方には、俺とエドマンズのゾンビ兵達。

陣形は魚鱗《ぎょりん》。セフィラを頂点として、上空から見ると三角形を描くような攻撃的な隊列だ。

「いつでも攻めてくるが良い……！」

対するは、赤い甲冑を着込んだ敵国の兵士達。その兵力は俺達の五倍以上はあるだろう。

陣形は鶴翼《かくよく》。横へ広く展開し、Ｖの字に並んで、俺達の突撃を受け止めて包囲殲滅《せんめつ》する考えらしい。

「レイジ……！」

「あぁ、これで決着だ……！」

両軍、ともに陣形は完成した。後は互いの指揮官の号令に従い、最終決戦に挑むだけ。

「……ケ、ケ……」

「バウッ！　ガウッ！」

「お前達……」

すると俺の両脇に、看護師の亡霊とゾンビ犬が並んだ。アリスとサムだ。

彼らもまた、『これが最後』だと理解しているのだろう。病院が炎上した後から続く、長い長い悪夢の夜に決着を付けるため、陣形に加わった。

そして――セフィラが、右手のチェーンソーを天高く振り上げた。

俺は除霊の炎を宿した拳を構える。アリスもまた鉈《なた》を持ち、サムは牙を見せ、エドマンズ兵は武器を構える。

「全軍……！　――突撃!!」

「「「ゥオオオオォォォオオオオオッッッ！！！」」」

勇者セフィラを先頭に。神官と亡霊とゾンビの軍勢は、駆け出した。

＊＊＊

眼下で始まった、亡者の軍勢同士による戦闘。

両軍が激しくぶつかり合う戦いを、そして先陣切って戦う勇者《セフィラ》と神官《レイジ》の姿を、イルザとキャシーはウエスト・ヒルズ病院の二階廊下《ろうか》から身を乗り出して見つめていた。

「ど、どうなってるの……!?　急に身体《からだ》が動かなくなったと思ったら……！」

「勇者様とご主人様が戦ってるニャ！　無事で良かったニャ！」

セフィラが使用した『絶対服従《カリスマ》』の影響を受けて、廊下で跪《ひざまず》いてしまっていた二人。しかし勇者のスキルが効果時間を終えて身体の自由を取り戻し、周囲にはゾンビ犬もゾンビ兵もいなくなり、病院内に残っているのは彼女達だけとなった。

これで助かった、とイルザが安心した矢先。キャシーは『ある覚悟』を決めた。

「……アタイも助太刀《すけだち》に行くニャ！」

「は、はぁ!?　何言ってんのよアンタ!?　せっかくゾンビ達が追ってこなくなったのに！　さっさとこんな場所から離れるでしょ、普通！」

今まで散々ゾンビ達から逃げ回り、ようやく危険が及ばなくなった。

だというのに、今度は自分の方からゾンビの軍勢に向かっていこうだなんて。イルザは「何考えてんのアホ猫！」と詰め寄る。

しかし決意を秘めた眼光は、猫特有の瞳孔《どうこう》が縦長な瞳は、どれほど反対されても揺らがなかった。

「アンタみたいなチビの獣人に何ができるっていうのよ！　魔法のひとつでも使えるの!?」

「アタイは、斧《おの》で殺されそうになった時にご主人様に助けてもらったニャ！　獣人だからって、見捨てようとはしなかったのがご主人様ニャ！　……だから今度はアタイの番ニャ！　アタイは剣も魔法もスキルも使えないけど……！　何かできることがあるはずニャ！」

「……！」

そうして「ビビってるなら、アンタはココに残ると良いニャ！」と言い切り、小さな背を向ける。階段の方から一階へ下りていくつもりらしい。

そんなキャシーの姿を見て、幼馴染《おさななじみ》の神官《レイジ》が自分《イルザ》ではなく猫の獣人《キャシー》を助けていたことや、二人の絆《きずな》を感じて苛立《いらだ》つイルザだったが――。

「っ……！　あぁ～……！　……もうっ！　分かったわよ！　待ちなさいアホ猫！」

「ニャ？」

魔女帽子の中の紫髪の頭をガシガシと掻《か》いてから、キャシーを呼び止めた。

そしてホウキに跨《また》がり、しかし自分だけ空中浮遊《ザ・フライ》の魔法で飛んでいこうとはしなかった。

「レイジを助けるのはアタシの役目よ。でも……アンタも来るなら、さっさとして！」

もう一人が乗れるだけのスペースを空《あ》けて。怒り顔を見せつつも、同乗者を待つ。

そんなイルザの姿を見て、キャシーの表情は思わず綻《ほころ》んだ。

「……！　まったく、どっかの誰かさんに似て素直じゃないニャ！」

「うっさい！」

そして二人はホウキに乗り、巨大な満月が輝く夜空へと二階の窓から飛び出し、病院正門前の戦場へと向かっていった。

＊＊＊

「グォオオオオォォォォォオッ!!」

「うっせぇ」

斧を振り下ろしてきたゾンビ兵の一撃を避けて、顔面へと右の拳を叩き込む。

黒く腐った肉は青白い炎に包まれ、この世から消滅していった。後に残るのは、抜《ぬ》け殻《がら》のような古びた赤い甲冑のみ。

そうやって除霊のスキルでゾンビ共をなぎ倒し、着実に勝利へと近付いている感触を味わっていたが——セフィラの活躍は、俺以上だった。

「左翼が薄いわ！　向こうを集中的に攻めて！　負傷したら後方へ！　右は私が抑えるから！」

聖剣とチェーンソーで次々とゾンビの首を刎《は》ね飛ばし、古い槍や錆《さ》びた剣を破壊し、腐った足を斬り落として機動力を奪い、甲冑ごと腐肉を切断する。

更に全体の戦況を把握《はあく》して的確な指示を出し、軍勢を前へ前へと押し出している。

「左翼へ、左ェエエ！」

「ゥオオオオオッ!!」

セフィラの指示に従い、元から精鋭揃いのエドマンズ兵達は、兵力差を覆《くつがえ》すかのように健闘していた。統率《とうそつ》さえ手に入れてしまえば、相手の数が多くとも問題ないのだ。

「ケルア……！」

更に、傷付いた兵士は後方にいるアリスが治療してくれる。

彼らはゾンビだから痛みもなく戦えるが、損傷が激しくなると動けなくなる。

そこをアリスが回復魔法や強化スキルで復活させ、再び戦線に復帰した兵士達によって、敵の数を順調に減らしていく。

「レイジは敵のリーダーを狙って！　貴方《あなた》の道は、私達が作ります！　任せるわ！」

「あぁ……！」

「貴方なら勝てるって、信じてるから！」

セフィラという強くて有能な大将。屈強なエドマンズ兵。回復役のアリス。戦いに必要な要素が揃っている上に、触れれば一撃で相手を消滅させられる『除霊』を持つ俺。

俺は敵軍の統率を奪うため、勝利を決定的なものとするために、二本角の兜《かぶと》を被《かぶ》る敵軍の指揮官――過去に病院を襲ってアリス達を殺した、大柄な指揮官を探す。

「オノレ……！　ゴミ虫共、がッ……！」

すると都合良く、向こうの方から来てくれた。

その顔は屈辱《くつじょく》と怒りに燃えている。腐敗した顔面ではあるが、イライラはハッキリと伝わってくる。数十年間、病院《ココ》でエドマンズ兵達と終わらない戦争をしてきて、しかし今日初めて『苦戦』を強《し》いられているのだから、動揺《どうよう》や焦りから来る怒りは当然だろう。

「虫けらの集まりの、分際でぇえええっ！」

「虫けらが集まって、ハエがたかってるのはお前の方だろ」

「ガァァアアアァアアッ!!」

挑発の言葉に乗り、赤い眼光を向ける敵軍の部隊長は、大剣を振り上げ迫りくる。

長い夜に決着を付けるため。俺は俺の役目を果たすため。右手に除霊の炎を宿らせ、拳を固く握る。

そして一撃で勝負を決めようと、鈍重な大剣が振り下ろされる前に、踏み込んで接近し除霊の拳を叩き込もうと――。

「『大震撼《だいしんかん》』ッ!!」

――強烈な衝撃波が、周囲にいたゾンビもろとも、俺の身体を吹き飛ばす。

「ぐっ……!?」

咄嗟《とっさ》に身体の前で腕を十字に組んでガードしたが、それでも骨まで響く『波動』に、数メートルも後方へ吹っ飛ばされてしまった。

「ごほッ、がは……!」

その場で蹲《うずくま》り、眼鏡《めがね》にヒビが入り、口からは少量の赤い血を吐く。たった一発で内臓にダメージを負ったか。

油断していた。目立つ大剣を振り上げたのは、単なるフェイントだ。本命はスキルによる攻撃。出鼻をくじかれた。しかし、それにしても――。

「仲間ごとか……!」

赤い甲冑《かっちゅう》を着込む部隊長の周囲には、同じ色をした赤い鎧《よろい》の残骸《ざんがい》が散らばっている。

俺一人にスキルを叩き込むため、周囲の味方ごと攻撃しやがった。

大事な部下で戦力であるはずなのに……と思ったが、病院に攻め込むような男だ。卑怯《ひきょう》だの非道だの、今更だろう。

「クハハハ！　俺のスキルは強力だろう？　次の発動までに時間がかかるのだけは欠点だが……。もはや大震撼を使わずとも、弱った貴様はこの剣でバラバラにしてやる！」

死にきれず未だ唸《うな》っている部下《ゾンビ》の腹を踏み潰し、ガシャンガシャンと鎧を鳴らして、屈強な敵将が迫りくる。

俺はそれを見上げながら、未だ肉体のダメージが回復せず、膝をついたまま立ち上がることができない。

コッチは負傷した身で、丸腰で、相手の懐《ふところ》まで飛び込まなくちゃいけないのに。まったく難儀《なんぎ》な状況だ。

「レイジっ！」

セフィラが心配そうな目線を向けてくるが、彼女も彼女で忙しい。

次々に襲い掛かるゾンビ達を倒し、エドマンズ兵へ指示を出している。俺を助けるには勇者といえども手が回らないだろう。

それに——『敵将の撃破』は、俺の仕事だ。

セフィラが信じて任せてくれた任務。それができずに余計な手間をかけさせたのでは、ここに立っている意味がない。この戦場で、なんの役にも立てない。

『剣も魔法も使えないお前を、これ以上ウチで使い続けることはできない』

『何ができるっていうんですか？　雑用しかしていないですよね？』

『幽霊なんて存在しないものを倒すスキルぅ？　おっかしー』

元仲間の、クロムとエルとイルザの言葉を思い出す。

確かに役立たずだった。無能だった。剣も魔法も使えない。だが、除霊のスキルだけは唯一使えた。

『神官のレイジは、今日から私の仲間になったの』

そんな俺を必要としてくれて、価値を見出《みいだ》してくれたセフィラ。

ビビりで大飯食いで子供っぽくて、だが誰よりも偉大な『勇気』を持っている、最強の冒険者。

『セフィラで良いわ。今日から私と貴方は対等な仲間なんですもの。よろしくね、レイジ』

そんな彼女が、信じて任せてくれた仕事。

俺は彼女に信じられている。こんな俺が、頼られている。

――信頼を、裏切るわけにはいかない。

役立たずだとしても、背筋を伸ばして立てよ……！　他人に誇れるものが何もなくとも、立ち上がって、胸を張って踏み込んでいけ。レイジ・ウィッカーマン……！

「神官である貴様に信じる神がいるのなら……！　死ぬ前に、祈る時間をくれてやるぞ！」

全身に力を込めて、よろよろと立ち上がる。口元の血を拭《ぬぐ》い、ヒビ割れた眼鏡で相手を真っ直ぐ見据える。

「……生憎《あいにく》俺は、聖典も読み切っていない生臭坊主《なまぐさぼうず》なんでな。神様は信じてない。幽霊も信じちゃいない」

何度も除霊したのに。悪霊と遭遇《そうぐう》しゾンビと戦っているのに。

それでも俺は『幽霊なんて信じない』と断言できる。

何故なら――。

「俺が信じているのは、生きている人間の強い意志だけだ……！　仲間を……勇者セフィラを信じている。俺のことを信頼してくれるセフィラを、セフィラの信じる俺を、俺は信じる！」

俺は俺が信じるもののため。俺を信じてくれる人の想いに応えるため。

神への祈りで手の平を合わせることはせず、除霊の炎が宿った拳を、強く握った。

この拳を叩き込めるチャンスは、敵将《ゾンビ》の大震撼《スキル》が再び発動可能になるまでの、少しの間しかない。

それがどれくらいの長さなのかを、俺は知らない。スキル使用者である本人以外には分からない情報だ。目安も存在しない。あるのは『強力な効果のスキルならば、すぐには再使用できないはず』という、ざっくりとした予想だけだ。

だが反対に、自分自身のスキルについてなら、よく理解している。

除霊《スキル》を使えば、一発相手を殴《なぐ》れば勝利できる。青白い炎が燃え続ける持続時間は非常に長く、一度解除しても次に発動可能になるまでの時間《クールダウン》は極端に短い。

その『差』が、勝敗を分けることになるだろう。

「祈る間を与えてやったのに……！　無駄にするか！」

「祈ってる間に不意打ちでもするつもりだったんだろ、どうせ」

「クハハ、どうだろうなぁッ！」

正解だったのか、不敵に笑って大剣を振り上げた。

スキルを発動させずとも、あの剣による攻撃は一太刀《ひとたち》で致命傷となり得る。

とはいえ俺だって、除霊以外は使えないとしても、冒険者の端《はし》くれだ。剣戟《けんげき》をかいくぐり間合いを詰め、あと一歩で拳が届きそうになるが――。

「『大震撼』!!!」

「ッ!!」

スキル名を聞いて、身体《からだ》が硬直してしまう。咄嗟に腕を交差させ再び防御し、後退《あとずさ》する。

だというのに、衝撃波は来なかった。

代わりに、大剣の肉厚な刃が真横から迫る。

バックステップで回避したが、剣先が神官服の腹部分を僅《わず》かに切り裂いた。回避のタイミングが少しでも遅かったら、腹部を斬られて今頃は内臓が零《こぼ》れ落ちていたことだろう。

「姑息《こそく》なマネしやがる……！」

ただのフェイント。スキル名を叫んだのは、ハッタリだった。

あれだけ強力なスキルが、こんなに短い時間で連発できるわけないと、きっと嘘だろうと、頭では分かっているはずだったのに。

だが万が一、ハッタリではなく本当だったとしたら。敵のスキルを至近距離でモロに喰らうことになる。その可能性が頭をよぎり、踏み込まずに防御と回避を選んでしまった。

大剣の攻撃か、スキルによる衝撃波なのか、その発動は本当なのか嘘なのか。再使用可能になる時間はいつなのか。

分からないのに常に選択を迫られ、攻撃のタイミングを逃してしまう。

「ガハハハ!! 恐れているようだな、俺の攻撃を！ スキルを！ 恐怖《ビビっ》は身体をすくませ、不安が動きを止め、そして敗北に繋《つな》がる……！ こういうのはなァ、恐怖した奴から死んでいくんだ!!」

「……それもそうだな」

倒すべき敵将の言葉に、俺は同意していた。

誰だってそうだ。死ぬのは怖い。自分が死んだらどうなるか、死後の世界はどうなっているのか、知っている者は皆無。分からない、解明されていないものは、誰だって怖いんだ。

幽霊や悪魔やゾンビは、この世界では常識外れで存在しないもので理解の外。そんな存在を、最強の勇者《セフィラ》すらも恐れている。

だが――。

「ありがとよ。おかげで、突破口が見つかった」

「なに？」

ヒビの入った眼鏡《めがね》を指で押し上げ、不思議そうな顔を浮かべる敵将へ再び走り出す。

赤いマフラーをなびかせ、胸元の十字架を揺らし、真っすぐに、一直線に、全速力で走る。

「死ぬ覚悟ができたか！」

問いかけには答えない。拳を握り、右手に青白い炎を宿し、敵の攻撃射程距離へと迷いなく飛び込んだ。

「大震撼ッ!!」

スキル発動。しかし衝撃波は来ない。ハッタリだ。

止まらずに走り続け、殴打《おうだ》の構えを取る。

そんな俺へと、大剣は真上から振り下ろされた。

「ガァァアアアアアっ!!」

大剣の攻撃を、身体を半歩横にズラして紙一重《かみひとえ》で回避する。

地面に深々と突き刺さる巨大な剣。だがこれで、大剣はすぐに振るえなくなった。

相手との距離は既に詰まっている。スキルが届く。あと一歩踏み込めば、勝てる。

そして拳を叩き込――。

「『大震撼』ッ!!!」

大気が、揺れる。

今度はハッタリじゃなく本当だ。回避できない。

——だが俺は、そもそも回避する気なんてなかった。

「何ッ⁉」

驚愕《きょうがく》する敵将を見据えたまま、赤いマフラーを首から解き、振り下ろされた大剣の鍔《つば》や柄《つか》に巻き付け、自分の右腕にも巻いて繋げる。

そしてそのまま、大震撼の一撃を真正面から甘んじて受け入れた。

「ぐゥッ……！」

超至近距離で喰らったせいで眼鏡が吹き飛び、十字架も砕け散る。内臓も脳も激しく揺れて、骨にはヒビが入ったような激痛を感じる。

それでも——大剣と腕とを繋いでいたマフラーのおかげで、遥《はる》か彼方《かなた》へ吹き飛ばされることはなかった。

マフラーは千切《ちぎ》れてしまったが、死ぬほど痛くて眩暈《めまい》と吐き気で身体はフラつくが、死んじゃいない。生きているなら、なんだってできる。俺は再び拳を振り上げた。

「終わりだ……！」

「ぬッ……！　あぁあああっ！」

しかし。敵将の頭部へと叩き込んだ拳は、赤い兜《かぶと》によって防がれた。

「⁉」

頭《こうべ》を垂れるように兜を差し出したことによって、除霊の炎は本体《腐肉》に届かなかった。

右の拳には、ビリビリと激しい振動や痛みが走るだけだった。

「もう、一発……！」

だが、まだだ。まだ左手が残ってる。今度は左の拳を握り、トドメを刺そうと――。

「ッ……!?」

ガクン、と。右足から力が抜けた。

大震撼のダメージをマトモに喰らったせいだ。その場に膝をついて崩れ落ちてしまう。

ゾンビ達との逃走劇や連戦で、身体はとっくに疲労のピークを迎えていたのだろう。

むしろ、よく右手の殴打を繰り出せたくらいだ。

「限界が来たようだな！　終わりだァアアッ！」

そして敵将は地面に刺さった大剣を摑《つか》んで引き抜き、神官服に包まれた身体を真っ二つにしようと振り上げる。

――そこへ。

空中を回転しながら飛来してきた『チェーンソー』が、激しい金属音と共に大剣を真横から吹き飛ばした。

「……!?」

驚きに目を見開く俺と敵将。

賢者の遺産《チェーンソー》は大剣と衝突して火花を散らしバラバラに大破したが、そのおかげで『隙《すき》』が生み出された。

「レイジっ！」

チェーンソーを投擲《とうてき》したセフィラは、既に大半の敵軍を蹴散《けち》らしていた。残す敵兵も、エドマンズ兵が駆逐《くちく》している。

敵将を撃破して相手の統率《とうそつ》を奪う――というのが俺の役目だった。

敵将は一騎打ちに執着しすぎたせいで、結果的に部下達への指示は滞《とどこお》っていた。どうやら俺は、最低限の仕事をしていたようだ。

そして――。

「ど、どいてどいてどいてぇえええ～～～っ!!!」

「ギニャアあああああああっ！！！！」

ゾンビ兵達の頭の上を、猛スピードで飛行し。魔女帽子をかぶった少女と、その背後にいる猫の獣人が、ホウキに乗って急接近してきた。

「キャシー……！　それに、イルザ!?」

キャシーが無事で良かった。だが、どうしてイルザまでココ《廃病院》にいるんだ。

そんな困惑する俺と同様、チェーンソーによって大剣を手放してしまった敵将も、突然の出来事に混乱したままだった。

その敵将の兜を――イルザの操るホウキがすれ違う一瞬――イルザの背後でホウキに乗るキャシーが、兜の二本角《づの》を掴み、奪《かっさら》い取った。

「取った！　取ったニャアあああ！」

「きっ、貴様ァァアアア！　返さんかァァァアアアアアッ!!」

兜を奪われ、憤怒《ふんぬ》の形相《ぎょうそう》で叫んで大剣を振りかぶる。

しかしイルザ達は悲鳴を上げながら空を飛んで逃げ、病院向こうの森へと突っ込んでいった。

「……セフィラ、キャシー、イルザ……！」

彼女達のおかげで、勝機が見えた。

フラつく身体を叱咤《しった》し、再び立ち上がると――俺の方へ向き直った敵将の、その丸出しになった顔面目掛け――左手の拳を、『除霊』のスキルを叩き込んだ。

「オラァあぁっ！」

「グギャアァァアアァァァァアアッッ!!!」

断末魔《だんまつま》の叫びを上げる敵将。これで俺の、俺達の勝ちだ。

しかし――身体が青白い火炎に包まれ、消滅する直前。

太い両腕で俺の身体を掴み、抱きしめるようにして背中の骨を折ってこようとした。

「ぐ、ぁああっ!!」

鯖折《さばお》りの構え。せめて俺だけは道連れにするつもりか。

そうはさせない。背骨に走る激痛に苦しみながら、口から血を吐き出しながら、それでも右手に燃やした除霊の拳を、断末魔の声を上げる亡者の口内へと突っ込んだ。

「ゴァァァァアヴァアアアアアアッッ!!!」

大きな口の中から除霊の炎が噴き出し、眼球すらも発火して悶《もだ》え苦しんでいる。

「ダメよレイジっ!!」

だがセフィラは、俺の行動を『悪手』と捉えた。

そのことに相手も気付いているようで——口内に拳を入れた俺へ、右腕へと、最後の余力を振り絞《しぼ》って嚙《か》み付こうとしている。

嚙み付かれた人間はゾンビ化する。最後に俺に一矢《いっし》報いるため、右腕を嚙んで感染させるつもりだ。

俺が敵将《コイツ》の頭部を燃やし尽くすより、コイツが口を閉じて嚙む方が早い。

しかし他に、倒す手段がない。仮に俺がゾンビになっても、セフィラがいれば上手《うま》く土に還《かえ》してくれるだろうと思っていた。セフィラに後を託すつもりだった。

その時——。


「——『聖なる加護《エル・バフ》』」


「アリス……!!」

この病院で死んだ看護師の亡霊、アリスのスキルが、俺の身体を包んだ。

右腕は赤いオーラを放ち、身体能力でなく『除霊《スキル》』が強化される。

「ガァァァアアアアアアッッ!!!」

敵将は最後の一噛みに、残された力を全て注ぎ込んで、顎《あご》を閉じようとしている。

なら、コッチも全力全開だ。

「燃えろ……！　燃え尽きろッ!!」

全てを終わらせるため、右手の拳は爆炎と爆音と爆風を噴き出す。

右腕全体すらも、右肩まで青白い炎が迸り——その噴き出す火炎は、ビームやレーザー状に撃ち出される。

敵将の鋭い牙を蒸発させ、後頭部を穿《うが》ち、その顔面を消し炭になるまで吹き飛ばす。

『除霊』よりも、もう一段階だけ上。アリスによって強化された、このスキルの名は——。


「——『ゴースト・バスター』ァァァアアアアアッッッ！！！！」


全身全霊、全力の除霊。

光線のように打ち出された火炎によって頭部を失った敵将は、ついに崩れ落ちて倒れ込む。

そして赤い鎧《よろい》ごと大柄な全身は青白い炎に包まれ——その魂は、この世から消え去った。

「はぁ、はぁっ、はぁーっ……！　……まったく……。今夜も、面倒な夜だったぜ……」

セフィラとエドマンズ兵の活躍によって他のゾンビ達も討《う》ち倒され、全て行動不能にさせたようだ。

こうして──俺達の戦争は、長い長い夜は、勝利によって幕を下ろした。

ウエスト・ヒルズ病院での戦いが終わり、いつの間にか東の空は白み始めていた。

＊＊＊

「……貴方《あなた》は勇敢《ゆうかん》に戦いました。その武功を、私は讃《たた》えます」

敵軍の大将を撃破し、倒した敵軍の兵士達も、俺の除霊の炎で全て土へと還した。

それが終わると──残るは、エドマンズ兵達の除霊だ。

セフィラのスキルで整列させ、死者への敬意を払いながら勇者セフィラが健闘を労《ねぎら》い、隣に立つ俺が彼らの肩へと順番に手を置いて、青白い炎で一人ずつ包んでやる。

「貴方も……よく頑張ったわね」

「ワン！　ワンッ！」

ゾンビ犬のサムも、動物でありながらエドマンズ兵達と戦いや運命を共にした。

そんなサムの頭を除霊の手で撫《な》でてやり、彼の魂も浄化してやる。サムは撫で回されて嬉しそうにし、尻尾《しっぽ》を振りながら光となって消えていった。

こうして、ゾンビ達は全て消滅した。

十年以上続いた悪夢は、彼らの戦いは、ようやく終わったのだ。

「うぅ～……しんどい仕事だったニャ……。アタイのことも撫でてほしいニャ……」

「はいはい。お前のおかげで助かったよ。ありがとなキャシー」

ホウキに乗って森へと突っ込んでいったキャシーも戻ってきた。

敵将の兜を奪うという大手柄を上げてくれた勝利の女神を、猫耳が生えた頭を撫でてやる。

キャシーは「ニャへへ……」と笑い、そんな俺達をセフィラは微笑《ほほえ》みながら見つめていた。

そしてもう一人――『もう一体』と言うべきか。

赤い眼光の看護師もまた、宙に浮きながら此方《こちら》を見つめていた。

「……ケ、ケ……」

「……アンタにも助けられたな、アリス。それも二回」

左肩の怪我《けが》を治療してくれただけでなく、強化のスキルで難敵に勝利できた。

恩人とも呼べる幽霊だが、治すべき兵士達が浄化された今、彼女の役目も終わりを迎えた。

俺はアリスへと手を伸ばそうとして――それでも一瞬、躊躇《ためら》ってしまった。

「……レイジ？」

除霊しない、という選択肢《せんたくし》はない。

ただ、悲劇的な結末を迎え、死後も治療し続け、長い悪夢が終わって。その先が消滅だなんて、少しやり切れない思いに浸っていた。

しかし。そんな俺の手を、アリスは握ってくれた。幽霊の方から、除霊の手に触れてきた。

『ありがとう。貴方達のおかげで、助かったわ』

「……！」

顔を上げると、そこには血まみれの亡霊などいなかった。顔を包帯で巻いてもおらず、銀髪の長い髪を揺らし、美しい慈愛《じあい》の表情を浮かべるアリスが、笑顔で感謝を伝えてきた。

「礼を言うべきは俺達の方だ。……本当に、ありがとう。お疲れ様」

俺と握手したアリスは、除霊の右手から放たれる青白い炎に全身を包まれ——穏やかな表情を浮かべたまま、光の粒となって天へと昇っていった。

きっと彼女はまた別の世界で、新たな冒険へ向かうのだろう。そう信じたい。

「……終わったわね」

「あぁ……」

全ての死者を送り終えた。

本来の任務《クエスト》であった失踪者《しっそうしゃ》の捜索——貴族の子供へレナ達は、ゾンビになってしまい、救えなかった。だが昔に死んで肉体が朽《く》ちた兵士達とは違い、遺体を回収することはできた。依頼人である貴族達も、悲しむだろうが心の整理はつくはずだ。

「……ところでキャシー。なんでイルザと一緒にいたんだ？」

「ニャ？　あの性悪女《しょうわるおんな》のことかニャ？」

「口が悪いわねキャシー……」

「病院の中で偶然出会っただけニャ。そういえば……アイツどこ行ったのかニャ？」

それは俺が聞きたいくらいだ。森に突っ込んでいって、気絶でもしているのだろうか。

しかしこの周辺に凶暴なモンスターは生息していないはずだし、ゾンビ達も全て除霊し終え、イルザくらいの実力を持つ冒険者なら問題ないだろう。

何より幼馴染《おさななじみ》とはいえ今はもう仲間でもないし、『迎え』も来てしまった。

＊＊＊

「い、痛たたたた……」

獣人キャシーをホウキに乗せて戦場を駆け抜けた魔法使いイルザは、森の中で目を覚ました。

結果的に彼女もレイジの勝利に貢献したわけだが、スピードを落としきれず森に墜落《ついらく》した。

キャシーは猫の獣人としての身軽さを活《い》かし、上手く着地してレイジのもとへ帰った。

だが大木に激突したイルザは、夜が明ける頃にようやく意識を取り戻したのだった。

「うぅ～……タンコブできてるじゃない……。乙女《おとめ》の身体《からだ》に傷を付けさせて、これはレイジに責任取ってもらうしかないわね……！　んふふ……！」

痛む頭部をさすりつつも、レイジに迫る口実ができたと、取り戻す交渉材料がひとつ増えたわと、嬉々とした表情でいると――。

「……ん？　何かしらコレ？　卵？」

よく見ると、周囲には何か大きな卵が無数に転がっていることに気付いた。

鳥の卵にしては大型だ。水瓶《みずがめ》や壺《つぼ》くらいの大きさはある。

「……動いてる？　何か生まれるのかしら？」

興味深そうに、その半透明な大きな卵を真上から覗《のぞ》き込んでみる。

すると――。

卵が突然割り開かれ、その中から、大型な蜘蛛《くも》の幼体が飛び出してきた。

「キシャァァアアアアッ!!!」

赤ちゃん蜘蛛はイルザの小さな顔面《フェイス》にへばり付く。

ベトベトした体液を蜘蛛嫌いなイルザの顔面へ付着させ、長い脚を蜘蛛嫌いなイルザの頭部へ回して抱き着き、母親と認識して蜘蛛嫌いなイルザに育ててもらおうとする。

「いいいいいいいいいいいいいいいぎゃアあああああああああああああああっっっ！！！！！！！！」

しかし大の蜘蛛嫌いなイルザは森中に響き渡る絶叫を上げ、顔面にへばり付いた蜘蛛を引き剝《は》がして森の地面に叩きつけ、ホウキに乗って無我夢中で大空へと逃げ出した。

そしてパニック状態に陥《おちい》りながら、最高速度と最高高度で、レイジ達がいるウエスト・ヒルズ病院とは反対方向に飛んでいった……。

＊＊＊

「ん？」

遠くに見える森の中から、何かが飛び出したように見えた。

しかし眼鏡《めがね》が粉砕《ふんさい》されてよく見えず、しかもその黒い点はどんどん遠ざかっていく。

イルザかもしれないと思ったが、今更俺に用はないだろう。彼女には彼女の冒険がある。

それよりも、荒野の向こうから走って近付いてくる馬車の方に目線を向ける。

馬車の窓から顔を出し、フランソワが笑顔いっぱいに手を振っていた。

「レイジ様ー！　勇者様ー！　子猫ちゃーん！　お迎えに上がりましたわよ～！」

迎えの予定は今日の昼間だったはず。随分《ずいぶん》と早い再会だ。よほど心配だったのだろう。

キャシーは「これでようやく帰れるニャぁ！」と、恐怖の夜《ゾンビナイト》から抜け出せたことを喜び、一足先に馬車へと走っていった。

「……ねぇ、レイジ」

「ん。どうしたセフィラ」

俺もキャシーの後に続いて歩き出そうとした時、セフィラから声をかけられた。

「前から聞いてみようと思っていたんだけど……。……貴方は、幽霊やゾンビがまったく怖くないの？　傷付くことや、死ぬことさえ」

「…………」

セフィラや他人からすれば、そう見えているのだろうか。

しかし俺は恐れ知らずなわけでも、人一倍勇気があるわけでもない。

「怖いさ。死んで、何もできなくなることはな」

予想外の返答だったのか、セフィラは少し目を見開いた。

「だが怖いからって悲鳴を上げるだけじゃ、縮こまって震えているだけじゃ、何も変わらない」

俺は前世で幽霊だった。幽霊は他人に見えず、腹も減らず、寝る必要もない。

ただ、死んだ場所から自由に動けず、誰とも会えず、何もできなかった。

成仏《じょうぶつ》するまでの四十九日間、ずっとずっと孤独だった。退屈だった。不自由だった。

無味乾燥とした時間が流れるのを噛《か》みしめ、成長もなく停滞し、未来に希望を抱くこともできない日々。

このまま何十年も何百年も地縛霊《じばくれい》として過ごすのかと、俺は死ぬほど怖かった。

だが『レイジ』として生まれ変わって、俺の新しい物語《人生》は始まった。

「怖いなら、恐怖の元凶を取り除けば良い。分からないなら、究明して知れば良い。俺達は両足のない幽霊じゃないんだ。生きているんだから、自分の足で前へと進んで、真実や新しい世界を知りに行けば良いだけだ。……そうすれば、少しは怖くなくなる」

自分に害を為《な》す脅威《きょうい》。幽霊という未知の存在。考えの読めない人間《相手》。何が飛び出してくるのか分からない暗闇。それは誰でも恐ろしいものだ。俺だって怖い。

ただ——朝日に照らされる俺は、眼鏡を失くした顔で、セフィラへ小さく笑顔を向けた。

「……ま、とにかく。脅《おど》かしてくるだけの幽霊に、ビビる必要はまったくないってことさ」

そう言うと、セフィラは朝焼けに輝く金髪を揺らして、可笑《おか》しそうに笑った。

「やっぱりレイジって、変な人ね」

「よく言われるよ」

朝の陽射しが身体を温める。心にも、じんわりと温かいものが広がってくる。

今の俺は、自由に動いて自由に歩いて、どこまでも行ける。未知の土地へ冒険できる。

『生きている』って、実感がする。

「ご主人様ー！　勇者様ぁー！　何してるニャ！　早く帰ろうニャ～！」

「あぁ。今行くよ」

キャシーに呼ばれて、フランソワも待つ馬車へと歩いていく。

それに続いて、セフィラも共に歩き出す。両足で大地を踏みしめ、光差す方へ一緒に向かう。

「さて……次の依頼は、どうなることやら」

俺達の冒険はまだまだ終わらない。

この先どんな恐怖や怪異が待ち受けているかは分からないが——それでもコイツらとなら、どこまでだって行けると信じていた。

そして立ち塞《ふさ》がるならどんな幽霊だろうと、拳一つで殴《なぐ》り飛ばして除霊してみせる。

何故なら俺は、この異世界に転生した『除霊師』なのだから。

Case.3　『廃病院』　END

エピローグ

Different world exorcist

「剣も魔法も使えない貴方《あなた》でも、きっとできるクエストがあるはずよ」

冒険者達で賑《にぎ》わうギルドの集会所の中。

セフィラはテーブルの上に何枚も依頼書を広げ、俺に見合うクエストがないか探す。

『社会見学』として冒険者ギルドを訪れたフランソワも、飲んでいた紅茶のカップを優雅に置き、依頼書の一枚を細い指で拾い上げた。

「コレなんてどうですの？　『魔女の谷に住むウォーライオンの討伐《とうばつ》』……！　まさに勇猛果敢《ゆうもうかかん》な冒険者のイメージにピッタリですわ！」

「……それは第二級《ゴールド》以上の実力者が受けるような依頼だ」

俺みたいな実力も実績もない底辺冒険者が、こんな高難易度クエストに挑戦したら、悪い意味で注目を集めるだろう。

それでなくとも、今この場でセフィラやフランソワ、キャシーといった美少女達とテーブルを囲んでいる俺に、ジロジロと好奇の目が向けられているというのに。

「じゃあコッチは？　『王家が遺《のこ》した七つの宝石を探す』とか。これならレイジが戦う必要もないし」

「探索クエストか……。だが宝石は各地に散逸《さんいつ》しているみたいだし、下手《へた》すると数年がかりになるな」

勇者であるセフィラ一人だけなら、どれも難なく受注して攻略してしまうだろう。だがセフィラは『二人でこなす依頼』にこだわっているようだった。

「ニャッフッフ……。宝石探しはアタイも凄《すご》～く気にニャるところだけど、そんなクエストは他の連中にでも任せれば良いニャ！」

すると不敵な笑みを浮かべ、自信満々に右腕を上げるキャシー。その手には数枚の依頼書が握られていた。

「ご主人様にピッタリの儲《もう》け話……じゃなくて、仕事を見つけてきましたニャ！」

キャシーがテーブルに置いた、茶色く変色した紙。どれも古びて色褪《いろあ》せ破れかけ、長い間掲載されていたのに誰も受注せず、見向きもされなかったクエストなのだろうと分かる。

「……『幽霊トンネルの先にある廃村の調査』、『人食い島に消えた宣教師の捜索』に、『住むと必ず呪われる家への遺品回収』か……」

他にもいくつもの、通常であれば悪戯や眉唾物《まゆつばもの》として誰も相手にしないような、胡散臭《うさんくさ》い内容の依頼ばかりが揃っていた。

「……どうするレイジ？　貴方が行くなら、私も同行するわ。仲間ですもの」

「行き先までの馬車や、装備品の調達に必要な資金は我がエドマンズ家にお任せくださいまいた。


し！　快適な旅を提供して差し上げますわ！」

「真偽は怪しいけれど、どれも報酬金《ほうしゅうきん》は悪くないニャ！」

依頼書を眺めながら、俺は――生きていれば、状況は変わるものだなと、別のことを考えていた。

前の仲間だった戦士クロムに弓使いエル、幼馴染《おさななじみ》で魔法使いのイルザ。あいつらと一緒にいた時は、俺の一存でクエストを選んだことなんて一度もなかった。常に俺以外で相談して受ける依頼を決め、俺は荷物持ちや雑用係として後ろをついていくだけ。

それが今では、この通りだ。

「……よし。これにしよう」

椅子《いす》から立ち上がり、一枚の依頼書を受付嬢に渡して、クエストを受注する。

『役立たずのレイジ』としてではなく、勇者の仲間《セフイラ》――『除霊師の神官レイジ』として。

そしてギルドの入り口へ向かう。

セフィラもフランソワもキャシーも立ち上がり、後に続く。

聖剣を携《たずさ》え、亜麻《あま》色の髪を揺らし、猫耳を動かし、開け放たれたギルドのドアから街の雑踏へと、昼間の往来へと共に踏み出す。

さぁ、新しい旅に出よう。まだ見ぬ場所へ、この両足で進んでいくとしよう。

「――冒険の時間だ……！」

『異世界除霊師』 To Be Continued

あとがき

初見の方は初めまして。知っている方はビックリするほどお久しぶりです。落ち込んだりもしたけれど、私はどうにか元気でやっていました。及川《おいかわ》シノンです。こっちは黒猫のジジ。
二十歳《はたち》でラノベ作家デビューしたものの、その後は全く売れずに鳴かず飛ばずで石の上にも三年どころか十年くらい座って苔生《こけむ》す石像になりかけていましたが、この度《たび》久々に及川シノン名義で出版することができました。変な地蔵だと思って毎日おにぎりをお供えしていたら急に動き出したもんで、猟師《りょうし》の爺《じい》さんは腰抜かしてましたよ。ちなみに石の上にも三年の『三年』は別に3years って意味ではないんですってね。

これまでの下積み期間、食品工場でキャベツを一日千個千切《せんぎ》りするバイトをしたり、百歳になる寝たきりの祖母の介護をしたり、闇の金持ちの前で一輪車に乗りながらバイオリンを演奏したり、魔法少女が忍者《敵》の頭を魔法の杖《つえ》でカチ割る小説を書いたり、『死滅回游《しめつかいゆう》』の仙台《せんだい》コロニーで得点を奪い合ったりと、紆余曲折《うよきょくせつ》の七転八起《しちてんはっき》に捲土重来《けんどちょうらい》・樋口一葉《ひぐちいちよう》それぞれ色々ありまして、切ないながら生き抜いてきました。

そんな日々の中でも、文章を書き続けていました。

再起を図って試行錯誤《しこうさくご》を繰り返す毎日の荒波に呑《の》まれつつ、流行《はや》りモノに寄せたり読者ウケを狙ったあざとい作品を応募したりもしましたが、やはり上手《うま》くはいきません。そこで原点に立ち返り、自分の好きなものを追求し、それでいて読者の皆様にも楽しんでもらえるような作品というコンセプトを、もう一度見つめ直してみました。

そうして生まれたのが『異世界除霊師』です。

元々、子供の頃から宇宙人や都市伝説や幽霊といったオカルト全般が好きだったこともあり、そんな自分の趣味をライトノベルに落とし込んだ結果、どうにか受賞して出版にまで漕《こ》ぎ付けることができました。

本作には、自分が今まで見たり聞いたり学んだりしてきた全てを注ぎ込んだつもりです。「これ、俺も知っている」や「こういうキャラや展開、私も好き」と一人でも多くの方に感じていただき、もし楽しんでもらえたのなら、悔《く》いはありません。

面白かった、続きや新しい話を読みたいと思ってもらえれば――たったそれだけで、辛酸《しんさん》を舐《な》めて舐めて他人に侮《あなど》られてはナメられて、それでも積み重ねてきた――これまでの日々は、決して無駄じゃなかったと思うことができます。……いや、結構無駄なこともしたな……。

本作がどのような評価や結果となるのかは、あとがきを執筆している現段階では何も分かりません。一寸先はいつも闇です。しかし未来が分からず、将来が不安で、この道を進むと選択して良かったのだろうかと途中で恐ろしくなっても、立ち止まるわけにはいきません。

『光に向かって一歩でも進もうとしている限り、人間の魂が真に敗北することなど断じてない』という言葉の通り、この二本の足で、これからも邁進《まいしん》していこうと思います。そしてこの両腕で、文章を書き続けていきます。

年齢、収入、才能や実力の差、世間体《せけんてい》、将来性など……ライトノベルを書かない方が良い理由は五十個くらい見つかりますが、「小説を書きたい」という理由が一個あるので、今後も、どんな形であれ、物語を紡《つむ》いでいきます。

周りからの評価が低く、絶望で心を折られたとしても、筆を折ることまでは誰にもできません。「もう諦める」と決めるのは、いつだって自分自身です。

除霊のスキルしか持たず、役立たずとして追放された主人公レイジは、それでも冒険者を辞める決断はしませんでした。そして新たな仲間達と出会い、新しい冒険の日々が続いていくことになります。

理不尽や恐怖を前にしても挫《くじ》けることなく、前へと進み続けるレイジの姿は、作者の憧れを投影したものなのかもしれません。

そんな主人公レイジ・ウィッカーマンのキャラ造形を、受賞を経て応募時から更にブラッシュアップさせるため何度も相談を重ねてくださった担当編集のM様には、この場を借りて心から御礼申し上げたいです。

主人公だけでなく各ヒロイン達の素晴らしいキャラデザを考案してくださり、美麗《びれい》な表紙や挿絵を描いてくださったイラストレーターさかなへん様も、誠にありがとうございます。

そして第11回集英社ライトノベル新人賞にて、数ある応募作の中から受賞作に選んでいただいたダッシュエックス文庫編集部、及び関係各所の皆様。最終選考審査員の丈月城《たけづきじょう》先生、山形石雄《やまがたいしお》先生の御両名にも、深く感謝いたします。

何よりも、「そんなの辞めたら?」「いつまで続けるの」といったネガティブな言葉を告げず、今日まで静かに見守ってくれた家族・友人の皆様。温かい無関心と偉大な不干渉があったおかげで、どうにか続けることができました。本当にありがとうございます。

そして今作を御手に取っていただいた、このあとがきを読んでいる全ての読者様に感謝いたします。本当に、本当にありがとうございました。それしか言う言葉が見つかりません。また次巻でお会いできることを、心から期待しています。

たとえお会いできなくても、私は今後もどこかその辺でヘラヘラ笑って元気にやっていこうと思います。

人生という冒険は続く。

及川シノン

この作品の感想をお寄せください。

あて先　〒101-8050　東京都千代田区一ツ橋2-5-10
集英社　ダッシュエックス文庫編集部　気付
及川シノン先生　さかなへん先生

ダッシュエックス文庫

異世界除霊師

及川シノン

2024年6月30日　第1刷発行

★定価はカバーに表示してあります

発行者　瓶子吉久
発行所　株式会社　集英社
〒101−8050　東京都千代田区一ツ橋2−5−10
03(3230)6229(編集)
03(3230)6393(販売／書店専用) 03(3230)6080(読者係)
印刷所　TOPPAN株式会社

ISBN978-4-08-631555-5 C0193